玄鸟文丛

王子今 主编

诸神在人间

吕宗力 著

中州古籍出版社
·郑州·

图书在版编目（CIP）数据

诸神在人间 / 吕宗力著. -- 郑州：中州古籍出版社，2024.10. -- （玄鸟文丛）. -- ISBN 978-7-5738-1442-5

Ⅰ.I267.1

中国国家版本馆 CIP 数据核字第 2024W3T225 号

ZHUSHEN ZAI RENJIAN
诸神在人间

出 版 人	许绍山	
策划编辑	郑　雄	闵世勇
责任编辑	翟　楠	
责任校对	唐志辉	
装帧设计	曾晶晶	

出 版 社	中州古籍出版社（地址：郑州市郑东新区祥盛街27号6层　邮编：450016　电话：0371-65788693）
发行单位	河南省新华书店发行集团有限公司
承印单位	河南印之星印务有限公司
开　　本	787 mm×1092 mm　1/32
印　　张	12
字　　数	196 千字
版　　次	2024 年 10 月第 1 版
印　　次	2024 年 10 月第 1 次印刷
定　　价	52.00 元

本书如有印装质量问题，请联系出版社调换。

总序

"玄鸟文丛"收入王仁湘《月西日东》、吕宗力《诸神在人间》、王子今《沧海大风》、陈文豪《庸儒斋随笔》、汤惠生《思想的形状》、李华瑞《平坡遵道续集》、朝戈金《雪地走橐驼》共7种随笔集。

"玄鸟文丛"的这几位作者都是考古学、中国史、民俗学、文学等学术领域学有优长,做出过一些学术贡献的学人。大多声名响亮,是名震一方甚至享誉海内外的学术领袖。但是这组作品的基本品质和主要内容，并不是非常严肃的学术论说，其学思往往溢于专业框架之外，因而多有自然、生动、新鲜的气息。但是所有的文字，又都是作者在自己学业基础之上的精心创作，往往在轻松的风格后面，透现出雄厚的学理基底。通过从容的叙说，读者应当也可以体会到深沉的思想脉动。

"玄鸟文丛"定名，由自中州古籍出版社出版人的建议。在上古神话传说中，"玄鸟"是沟通天与地，联系自然与人文的飞动的精灵。据说少皞部族联盟"纪于鸟，为鸟师而鸟名"。"玄鸟氏，司分者也。"玄鸟执掌着最重要的春秋季节转换。杜预《春秋经传集解》："玄鸟，燕也。以春分来，秋分去。"《诗·商颂·玄鸟》说："天命玄鸟，降而生商，宅殷土芒芒。"《史记》卷一三《三代世表》曰："诗人美而颂之曰'殷社芒芒，天命玄鸟，降而生商'。"《焦氏易林》卷九《晋·剥》言："天命玄鸟，下生大商。"其说由来于商人先祖"契"的生母简狄吞玄鸟卵怀孕的传说。《史记》卷三《殷本纪》说："三人行浴，见玄鸟堕其卵，简狄取吞之，因孕生契。"司马贞《索隐》引谯周云："（契）其母娀氏女，与宗妇三人浴于川,玄鸟遗卵,简狄吞之。"裴骃《集解》:"《礼纬》曰:'祖以玄鸟生子也。'"而《史记》卷五《秦本纪》记载,另一影响历史走向的族群有关先祖的神话中,也有"玄鸟生子"情节:"女修织,玄鸟陨卵,女修吞之,生子大业。"神秘的生命接续神话,将社会文明与"玄鸟"的轻羽联系起来,借助神翼实现腾飞。王褒《九怀·蓄英》言:"玄鸟兮辞归,飞翔兮灵丘。"王逸注:"悲鸣神山,奋羽翼也。"[1]汉人的"玄鸟"咏叹,似乎表达了特殊的文化感觉。"玄鸟"的飞翔与鸣叫,可能是丛书设计者的初衷。

近年"随笔"受到书界关注,"随笔"作为文体,其实有悠久的传统。放宽眼界来看,古来学者的许多"笔记""札记",与今人所称"随笔"多有共性。近代思想家鲁迅的许多杂文,大略也可以归入通常所谓"随笔"一类。不过鲁迅似不用"随笔"之称。他的一些文章题名"随感录",关心"随笔"文体史的学者,也许应当有所注意。鲁迅有作于1918年的《随感录二十五》《随感录三十三》《随感录三十五

---

[1] 洪兴祖. 楚辞补注[M]. 北京:中华书局,1983:275.

至三十八》，作于1919年的《随感录三十九至四十三》《随感录四十六至四十九》《随感录五十三至五十四》，以及《随感录五十六至五十九》《随感录六十一至六十六》，都编在《热风》中，收入《鲁迅全集》第1卷。另有《随感录》《随感录二十五》，收入《鲁迅全集》第8卷。据注释，收入第1卷者"据手稿编入，当作于1918年4月至1919年4月间"，收入第8卷者"最初发表于1919年4月30日《每周评论》第十五号'随感录'栏。原无标题，每则文后均署庚言"[1]。鲁迅的《随感录》，有的有标题，多数则只有标号。鲁迅题《随感录》的文章，其中多有现今人常称为"金句"者，许多言辞透露出历史的真知。比如："不满是向上的车轮，能够载着不自满的人类，向人道前进。""多有不自满的人的种族，永远前进，永远有希望。""多有只知责人不知反省的人的种族，祸哉祸哉！"[2]

---

[1] 鲁迅. 鲁迅全集：第8卷[M]. 北京：人民文学出版社，2005：106—107.
[2] 鲁迅. 随感录六十一　不满[M]// 鲁迅. 鲁迅全集：第1卷. 北京：人民文学出版社，2005：376.

对于我稍微熟悉一些的秦汉史，这样的议论不妨在这里引录："古时候，秦始皇帝很阔气，刘邦和项羽都看见了；邦说，'嗟乎！大丈夫当如此也！'羽说，'彼可取而代也！'羽要'取'什么呢？便是取邦所说的'如此'。'如此'的程度，虽有不同，可是谁也想取；被取的是'彼'，取的是'丈夫'。所有'彼'与'丈夫'的心中，便都是这'圣武'的产生所，受纳所。"鲁迅说，"如此"以及"如此"之后，有三个层次的"算最高理想的表现"：1."纯粹兽性方面的欲望的满足——威福，子女，玉帛"；2.面对"死"，于是"求神仙"；3."造坟，来保存死尸，想用自己的尸体，永远占据着一块地面"。鲁迅三次用同样的语句强调："我怕现在的人，也还被这理想支配着。"他还写道："现在的外来思想，无论如何，总不免有些自由平等的气息，互助共存的气息，在我们这单有'我'，单想'取彼'，单要由我喝尽了一切空间时间的酒的思想界上，实没有插足的余地。"鲁迅所说的"现在"和我们今天面对的"现在"，已经相差104年。但是我们知道，他指出的"纯粹兽性方面的欲望的满足"以及其他层次的"理想"，依然"支配着""很阔气"

的"现在的人"。

在言及"秦始皇帝很阔气"之说的前面一段话,鲁迅论"圣武",也可以给我们有意义的启示。他写道:"几位读者怕要生气,说:'中国时常有将性命去殉他主义的人,中华民国以来,也因为主义上死了多少烈士,你何以一笔抹杀?吓!'这话也是真的。我们从旧的外来思想说罢,六朝的确有许多焚身的和尚,唐朝也有过砍下臂膊布施无赖的和尚;从新的说罢,自然也有过几个人的。然而与中国历史,仍不相干。因为历史结帐,不能像数学一般精密,写下许多小数,却只能学粗人算帐的四舍五入法门,记一笔整数。"他说:"中国历史的整数里面,实在没有什么思想主义在内。这整数只是两种物质,——是刀与火……""'刀与火'也触目,我们也可以别想花样,奉献一个谥法,称作'圣武',便好看了。"[1]

鲁迅熟悉"中国历史",尤其善于进行历史的透视,历史的总结,历史的理解和说明,也就是"历史结帐"。他的许多历史分析,是专门的史学工作者的榜样。

---

[1] 鲁迅. 随感录五十九 "圣武"[M]// 鲁迅. 鲁迅全集:第1卷. 北京:人民文学出版社,2005:371—373.

"玄鸟文丛"的作者们,应当都是赞同鲁迅的意见,也愿意探知和说明"中国历史的整数"的。"玄鸟文丛"中的文字,有些可以体现这样的努力。

匆匆以此短序回复出版社的要求,言略意长,但是没有经过深沉思考,希望不至于对不起这套"玄鸟文丛",不至于辱没了其他6位好友。

承中州古籍出版社认真编校、正式推出,谨此代表作者表示感谢。至于读者是怎样的态度,是表扬赞许还是冷漠视之,或者批评鄙视,当然要待发行之后再注意倾听。

王子今

2024年10月于北京

序言

中州古籍出版社约王子今先生组织文史哲学者的学术随笔集,收录随笔、札记、序跋等较轻松的文字。子今兄点将,点到我的头上,让我提交一部较具可读性的作品。说实在的,颇有些忐忑。

当然,我也曾有过青春岁月,也曾有过做文学青年梦的辰光。自孩提养成的习惯,是嗜读古今中外小说如命,至今依然。从中学到"上山下乡",

写过诗和小剧本，参与过文宣团队，对文学性的书写，颇为向往。1973年入选工农兵学员，听说本来是被分配到同济大学学习路桥工程的，但因近视，终被调剂到上海师范大学（日后的华东师范大学）中文系。那个年代的大学生，尚无知识有用无用的纠结或择业前程的盘算。入学后，沉浸在藏书丰富的图书馆中，手持中外文学名著的目录，按图索骥，如鱼入水，那种乐不可支的心境，如今难再复制。

始料未及的是，我的学术兴趣，渐渐趋向古典文学和文献。毕业后被安排到古籍整理组进修，参与整理《续资治通鉴长编》，对历史文献开始情有独钟。1978年考入中国社会科学院研究生院历史系古文字古文献专业后，从研究机构到海内外高校，数十年耕耘于古代史和古代文献的学术领域，不才如我，写作居然自带学院风、学究气，下笔枯涩，文思闭塞。所以多年来，极少撰写随笔札记类的文章。此次领命，凑集十来篇序跋和近似随笔的文章，编作三章，不揣谫陋，敬请读者批评。

或许与中文系所受学术训练有关，我在硕士研究生阶段学习的专业课程是古文字古文献，而个人的兴趣更偏重于思想文化史。同学栾保群与我背景相仿，志趣相投。他毕业后回石家庄，在出版社工作，我参与了他组织的历史故事撰写和古籍校点等一系列项目。1984年，因种种机缘，我们合作编撰了《中国民间诸神》。书中鬼神信仰在当时属于冷僻甚至不太正确的研究领域，现成参考资料奇缺，也没有各种数据库可供检索下载。连续几个月，我穿梭在北京图书馆柏林寺分馆和坐落在东厂胡同的中国科学院图书馆，搜寻、抄写、影印与民间诸神相关的史料，常常一坐就是七八小时，午餐用面包和白开水就打发了。此前学界甚少关注和利用，但对研究诸神信仰很有价值的《集说诠真》《铸鼎余闻》《破除迷信全书》《东岳庙七十六司考证》《民间新年神像图画展览会》等书，就是这次从尘封藏书中"发现"的。另如当时罕见的李调元《新搜神记》抄本，则由与我共享办公室的历史所前辈袁行云先生慷慨借览转抄。《中国民间诸神》初版于1986年由河北人民出版社出版，1994年台北学生书局出版了繁体字版，增补本则由河北教育出版社于2000年出版。本书第一部分"民间诸神"，收录我和保群兄共同撰写的《中国民间诸神》初版叙言和增补本前言，表达了我们对民间诸神信仰的认知：诸神的形象、传说及对它们的信仰，其实是人们欲望、需求、恐惧、焦虑的折射，神人相通相关，认识诸神，须从人间入手。初版出版后，我的时间和精力转移到历史所的一些集体项目上，如《中国历史大辞典·秦汉卷》《中国古代职官词典》《中国历代官制大辞典》等，以及我的硕士研究课题谶纬学。保群兄则持续耕耘，陆续出版了《中国神怪大辞典》和多部鬼文化论著。2017年开始，我和保群兄开始大幅度增订《中国民间诸神》。2018年，澳门大学的李凭教授邀请我向澳门特别行政区政府文化局主办的《文化杂志》投稿。我利用增订过程中收集整理的史料，撰成《盘古与中国的开辟神话》《玉皇大帝信仰源流考略》《玄天上帝信仰源流略述》《关公崇祀源流辨》诸篇，也收入了本书第一部分。

我在中国社会科学院研究生院完成的硕士论文是《东汉碑刻与谶纬神学》，在美国威斯康星大学麦迪逊校区完成的博士论文是"Heaven's Mandate and Man's Destiny in Early Medieval China：The Role of Prophecy in Politics"（《天命与命运——谶言与中古中国的政治》）。四十年来，我的学术关注主要围绕着谶纬之学。2020年，在徐兴无教授的支持下，更依托南京大学文学院，成功申请获批国家社会科学基金重大招标项目"纬书文献的综合整理与研究"。我对谶纬学的兴趣，既是在硕士学习期间受到李学勤先生的启发，更源自我对中国古代思想文化特别是神秘文化的独特兴趣。谶纬现象揭示出中国文化史、社会史上"语言"独具的神秘力量。而历史上的某些"谣言"作为民间舆论的一种另类表达，与谶言颇具可比性。所以第二部分"语言的神力"收录了河北人民出版社《纬书集成》的前言和浙江大学出版社《汉代的谣言》的绪言和后记。本章所收《〈菜根谭两种〉序》则需要略加说明。1980年，我在撰写硕士论文期间，幸运地结识了谶纬研究的前辈学者安居香山、中村璋八教授。自1981年起，安居先生和中村先生每次访问中国，必约我小聚交流，曾赠送我日文新著（包括全套《重修纬书集成》）。1988年中村先生来我国访问期间，赠我新作《菜根谭·解说》。拜读后，发觉《菜根谭》的版本源流需要梳理，其编者洪应明的籍贯也须重新检视。当时联络了出版社，历史所图书馆陈海龙先生负责文本的点校，我则负责调查版本源流和洪应明的籍贯。有所发现，写成序言。后因种种原因，未能出版。中村先生认为我的序言自有其学术价值，遂节译为日文，刊发在《驹泽大学外国语论集》31号（1990）上。其中文原稿，属于首发。

求学、教研近五十年，成就有限，却幸遇多位明师，尤以张政烺、李学勤两位硕士研究生期间的导师影响深远。第三部分"师恩友情"收录了《点点滴滴忆恩师》《李学勤先生与我的学术生涯》和《李学勤先生与谶纬学研究》，表述我对两位恩师的怀念。《〈东方海王〉序》和《〈古谣谶〉序》乃应王子今、栾保群两位先生之邀而作。本人因文思艰涩，向来少为人作序跋，但子今、保群是多年挚友，情同手足，不能推却。两序与其说是为他们论著所作的序言，不如说是兄弟情谊的纪念。

吕宗力

2022年1月3日于维港北岸

目 录

民间诸神

《中国民间诸神》初版叙言————003

《中国民间诸神》增补本前言————019

盘古与中国的开辟神话————030

玉皇大帝信仰源流考略————090

玄天上帝信仰源流略述————165

关公崇祀源流辨————215

语言的神力

《纬书集成》前言————265

《汉代的谣言》绪言————282

《汉代的谣言》后记————294

《菜根谭两种》序————298

师恩友情

点点滴滴忆恩师————315

李学勤先生与我的学术生涯————323

李学勤先生与谶纬学研究————328

《东方海王》序————342

《古谣谶》序————354

民间诸神

《中国民间诸神》[1]初版叙言

两年前,我们曾打算和几位朋友一起编一本名叫《说神道鬼》的小书,目的是通过对一些在民间众所熟知的神、鬼的产生和形成过程的剖析,揭露一些民间信仰的迷信本质。当时准备写一二十位神。后来因为某些原因,这个计划未能实现。但在搜集和讨论材料的过程中,这个专题引起了我们浓厚的兴趣。首先是这个专题如果深入研究起来,内容非常丰富,原来所设想的一本通俗性小书,收录一二十位神的规模,显然与这个题目太不相称了。其次是这个专题非常重要,它是中国文化的一个侧面,然而以往对它的研究是太不够了。由于它属于"俗文化"的范畴,儒家又向有"不语怪力乱神"的观念,所以古代文献中缺乏完整的记载。六朝以来,尤其是唐

---

[1] 宗力,刘群. 中国民间诸神[M]. 石家庄:河北人民出版社,1986.

宋以后，出现了一些专记鬼神妖怪故事的笔记作品，但古代文人视之为"小说家言"，多以"述异"为目的，很少有意识地对当时民间的神鬼信仰作一番系统整理。有些是出于宣传封建迷信的目的，如《三教源流搜神大全》《历代神仙通鉴》，以及佛、道经典，其记载对于研究是有价值的，但科学性是根本谈不上的。明清以来，进行这种整理工作的人渐渐多了起来，但多是偶有所闻所得，随手录之，或偶对某几个神感兴趣，下一番考证功夫，但并没有对民间主要的神鬼信仰作全面整理的打算。清代考据风盛，成就也大，许多读书札记涉及这一专题。其中贡献较大的，如翟灏的《通俗编》、赵翼的《陔余丛考》、俞樾的《茶香室丛钞》等，然而这些著作都不是专以考鬼神为事，所以内容虽较他书为丰，涉及的范围仍很有限。但他们对所论及的神鬼，确实下过不少功夫，作了系统整理，对这些神鬼信仰的源流的分析，也常有精到见解，对我们今天的研究工作颇有启发。至于他们由于不可能掌握唯物史观的方法，所以难以对古代宗教意识的起源和发展及其与社会历史条件的关系作出科学的阐述，甚至常有一些非科学的议论，则是不能苛求的。说到讨论考证民间信仰诸神之源流的专书，清代也有几种。较早的是李调元附于《新搜神记》中的《神考》。但该书篇幅不大，内容大半承袭翟灏的《通俗编》。光绪年间，常熟人姚福均作《铸鼎余闻》，搜集材料颇富，录神名八百余则，但材料排列次序甚乱，不成系统，考证亦多未确处。清末至民国年间，就此专题出过两种专著，作者都是教会中人，迄至当时，可算集大成之作了。一名《集说诠真》（光绪三十二年重校版），作者黄斐默，是上海圣方济教堂的司铎。该书所收神名虽不及《铸鼎余闻》多，但排列颇有次序，材料编排也较系统，较注意综合前人的研究成果，对诸神的源流也有考订，在这一专题的专著中，可算是比较好的一种。一名《破除迷信全书》，编者为李干忱，一九二四年由美以美会全国书报部出版，该书并不像《集说诠真》那样罗列材料，而是采取通俗的写法，介绍诸神信仰的源流和发展，其中有一些看法有一定的参考价值。这两种书的共同缺点，除了所收神名较少、遗漏了不少在民间有影响的神、征引材料仍不够充分外，根本的缺陷，是它们都以破除中国民间多神信仰的宣扬基督教一神教的迷信为目的，所以考证往往显得偏执、奇特，除了个别具体论点以外，基本上是反科学的。

近三十年来，由于学者们掌握了历史唯物主义的科学方法，不再把生产力和一切经济关系仅仅看作是文化史的从属因素，从而使宗教学、民俗学等的研究出现了不少科学性强的成果。在对中国民间信仰的研究方面，袁珂先生对古代神话、朱天顺先生对西汉以前的古代宗教所作的研究，都是很有启发性的。还有许多研究思想史、宗教史的学者，虽不专门注重民间信仰，但在他们的论著中，对此问题也时有涉及，其中不乏精辟独到的见解。此外还有一些单篇论文，对某几个特定的神的源流及演变过程进行科学的剖析，很有价值。但是，我国近代民间信仰的众多神鬼仙佛，主要是从西汉以后尤其是唐宋以来发展起来的，这些信仰在现代中国仍有一定影响，或留有不少遗迹。现存的各种庙宇中所供奉的，主要是这些神灵。对这些神灵的信仰，不仅是一种宗教现象，也构成了近现代中国民间文化、风俗的一个重要组成部分，不仅在国内，而且在海外华人社会中，也具有广泛的影响。不仅在中国人中，而且在日本、朝鲜、东南亚诸国的人民中也具有一定的影响。而对这些民间信仰加以分门别类的系统整理、追根溯源，探讨这些信仰从原型到现状的历史演变过程，并将之与各个时代的社会历史条件相联系，作出科学的阐述，则是一项重要而又工程浩大的研究任务，至今尚未见到这样的成果。以我们目前的功底、学力和识见之浅陋，当然是不可能胜任这样重大的任务的。但既然这个课题如此重要，空白点如此多，而我们对这方面的兴趣又如此浓厚，"不妨试一试"的念头也就油然而生。虽然我们才疏学浅，见闻甚少，由于工作条件和时间、精力的限制，又很难博览群书，充分占有材料，又由于理论水平的限制，也难以对诸神的源流演变真正作出准确的、科学的描述，但我们比起前人来，也有有利因素。我们可以站在前人的肩膀上，利用他们的研究成果；我们目前能看到一些前辈学者不易看到的书；我们初步掌握了历史唯物主义的科学方法，又可以利用当代学者研究古代宗教的理论成果。所以，我们还是决定试一试了。

很显然，这样一来，就不能把着眼点仅仅局限在破除迷信上了。对于影响民众思想达几百年甚至数千年的信仰方式，简单地说它是无稽之谈或归之于迷信，是远远不够的，还应该根据这种信仰方式所借以产生并持续发生影响的社会历史条件，去说明它的起源和发展；历史上的一种文化因素一旦形成以后，既会不断适应周围社会环境的变化，又会对周围环境在较长时期发生反作用，形成一种独特的文化传统，例如在近现代的民间信仰中，就可以发现不少原始宗教观念的影响和痕迹。对以上两种情况作出具体的科学的解释和阐述，是宗教学的重要任务，而我们对民间诸神信仰的源流发展状况加以搜集和系统整理，也会为宗教学的这种解释和阐述提供丰富的例证和根据。不仅如此，民间从古至今的宗教意识的发展变化，诸神名称、形象、意义的发展变化，也生动地反映了普通人宇宙观的变化过程，对于哲学史、思想史的研究，也可提供一些重要的素材。

对民间信仰的整理和研究，也是文化史、民俗学研究的重要内容之一。从古代到近代和现代，在漫长的岁月中，曾有种种宗教在中国活跃着。从各民族的原始宗教，到封建时代的国家宗教，以及民间流行的道教、佛教、伊斯兰教等（也有人把儒学称为儒教），它们对中国民众的思想、文化、风俗都曾产生过重要的影响。但是说实在的，中国民间的思想、文化、风俗，从未被某一种宗教统治过。中国的民间文化是兼容并蓄的，既保持传统的东西，也不拒绝外来的东西，只是，无论传统的还是外来的，都需因时、因地而加以适当的改造，使之适合各地民众的口味。到了近代，常有熔佛、道及传统鬼神于一炉的众神体系出现。老百姓中，真正虔诚的某教教徒数量不多，而一遇急难就临时抱佛脚，病急乱投医，见庙就烧香，见神就磕头的大有人在。可以说，中国的民间信仰，是颇具民族特色和历史传统的，它已成为中国文化、思想、风俗的重要组成部分，其影响持续到现在，达于海外。从事中国文化史、民俗学的研究，是不能不触及它的。推而广之，对民间信仰的研究如能比较深入地进行，对于考古学、历史学、社会学、心理学、民间文学的研究都会提供一定的帮助。由于历史的原因，在我国的名山大川、古迹胜地，往往寺庙林立，供奉各种神灵，它们也都成为中国文化遗产的一部分。我们在破除迷信的同时，也有必要把这些遗产正确地介绍给年轻人和海外游人。所以，对民间信仰的研究也能对旅游工作者提供帮助。

所谓民间信仰，范围是非常广泛的，它包括民间所流行的各种神鬼、图腾、灵物、前兆、占卜、禁忌、祭祀仪式等信仰形式。而我们在本书将要涉及的，是神，所以将本书取名为《中国民间诸神》。关于本书所探讨的范围，还有几点需要说明：其一，本书的着眼点，主要是近代以来在民间仍有较大影响的神，所以除了像医王（伏羲、神农、黄帝）、仓颉等仍被后世奉祀为神的以外，古代神话中的人物，一般不收。但我们在追溯某些自然神之来源，如海神、河神等时，或许会涉及某些古代神话人物，那只是为了弄清诸神的演变过程。其二，我们之所以在"诸神"前面冠以"民间"的概念，是为了表示某些区别。首先是区别于"国家宗教"。这里所说的，并非指像西方那样统治某国意识形态的所谓"国教"。一般来说，古代国家的毁灭总要引起古代宗教的毁灭，某种宗教形式产生于某种特定的社会、政治基础，基础一旦破坏，与之相适应的宗教自然要崩溃。但是一种文化因素一旦形成，又往往具有持续的影响力。在中国社会中，这种持续性、传统性就表现得相当突出。正因为没有一种宗教能真正统治中国的意识形态，成为帝王权力的威胁，所以中国古代的历代君主在宗教问题上总是宽容大量、兼收并蓄的。即使他们自己不信，也持"神道设教"的态度，只要有人信仰，便允许该信仰存在（近代统治者对天主教的态度是例外，因为那时的历史条件起了根本变化）。所以秦始皇统一中国后，就由国家把战国时期各地主要的神灵都供奉起来（那些神灵信仰又有许多是自原始宗教继承下来的）。西汉统治者仍持这样的态度，并进行过几次整理，使之与封建专制集权制度更相适应。当时这些信仰在民间是普遍流行的，所以统治者的这种做法有其实际的政治意义。但以后有些神灵继续流行于民间，而其形象、意义已有所变化，有许多神灵则已在民间消失，历代王朝却代代相承，使这些信仰仅仅存在于国家祀典祭祀仪式中，我们把这种信仰称为"国家宗教"，不予收录。"民间诸神"还有别于佛、道等宗教诸神。应该看到，佛教和道教（尤其是道教）为了传播的便利，也吸收了一部分民间神灵信仰的内容，佛教、道教的诸神中，有一部分在民间也很有影响。但两教的神灵体系与民间的诸神体系，并不是重合的。佛教中佛、菩萨等神名极其复杂，中国民间所熟知的仅为其中若干种，而且还对这些外来神不断予以民族化、地方化的改造，如观音、弥勒佛、地藏王、阎罗王、天王、伽蓝等。道教的神灵，名目更加繁复，还有许多"仙人"，如彭祖、王子乔、安期生、容成公之类，虽然也很著名，文人骚客常用为素材，但在民众中影响并不很大。而民间信仰的神灵除了有一部分来源于佛、道两教之外，还有其他来源（这一点以下还要谈到）。所以"民间诸神"有别于佛、道诸神。其三，中国民间所信奉的神灵，数量、名目也是极多的，难以在本书篇幅中囊括。我们收录的标准，是自唐宋以迄近代，不仅见诸文献记载，而且在中国民间具有较广泛的影响，成为较大范围之地区如一省或数省乃至全国的普通民众之崇拜对象的神，这些神不仅见诸文献、流传乡里，而且大多被立庙奉祀，而且其庙不限于一县一乡。即或地方性很强，其庙限于一地，但影响也当远远超出该地之范围。也有个别神灵，其名望影响没有那样大，但与我们所收录的某神有密切关系，我们将其附载于该神之下。

经过这样的选择，我们在本书中共收录二百余则神名（其中有个别重复）。我们不敢说民间信仰的主要神祇已全部录入，毫无遗漏，但大概可以说，主要神祇大部分已录入本书了。我们对诸神的叙述次序，是按其起源的性质分门别类，列为十编。但由于诸神演变过程中的复杂性，也难免会有各个类别相互交叉的情形。按照古代宗教意识的发展规律，自然崇拜应是最早发生的。但我们考虑到近代对诸神的奉祀习惯，还是把民间信仰的最高神列为甲编。从乙编到己编，收录的是从自然崇拜发展而来的诸神，包括天体气象、土地（包括五祀）、山川河海、灵物、动物等神。根据历史唯物主义的观点，在古代人类中自然崇拜是最早发展起来的，自然崇拜在初期是将自然现象和自然力神化，不久又出现将自然神人格化和社会化的复杂现象。将自然神人格化，开始是赋予自然神人的形象、服饰、性格、意志、历史、姓名，以后又按人间的习俗为其找配偶，授职分工，而且随着时代的不同，它们的面貌也不断发生变化。渐渐地，随着鬼魂崇拜的发达和自然神人化的强化，又出现了以人鬼神代替自然神，行使其职能的现象，如泰山神、黄河神、海神、江神等，都经历过这样的演变。唐宋以后，山川神的地盘有相当一部分被人鬼神所侵占。这种现象在土地神后土、城隍中尤其明显，可说是几乎全部为人鬼神侵占。但由于这些人鬼神行使的是自然神的职能，它们代表了自然神演变过程的一个环节，所以不归在人鬼神之类。比较起来，动物神中除了西王母被道教利用而彻底仙化，或多或少还保留了一些原始的遗迹，使人们依略能据此想象出它们的起源和演变历程。庚编收录由鬼魂（中国传统上习称为人鬼）崇拜发展而来的诸神。鬼魂崇拜虽发生得稍迟一些，但与自然崇拜同为原始宗教的两大支柱。由于中国长期存在宗法制度影响，祖先崇拜远较其他民族发达。与此相应，鬼魂崇拜也就尤其发达。所以民间所信仰的诸神中，人鬼神实占了主要的比重。它们当中有些被佛教、道教吸收，但究其起源，并非由于两教的推崇在先，而是民间的崇祀在先，所以不归在仙、佛之类。辛编收录的神数量虽少一些，却也代表了民间诸神的一种来源。它们中有些源自道教，有些源自佛教，有些源自人鬼信仰，但一旦成为神后，其职能主要是社会性的，反映了人类社会进入私有制以后以及社会分工深化以后，人们对异己的社会力量的恐惧和迷信。壬、癸两编收录的是道教、佛教诸神中，在民间影响较大的神祇。关于各类神祇的起源、发展状况、社会背景及其特点，详见各编小叙，在此不重复了。我们在此还想指出一点：民间诸神的来源，如果细分起来，还不止这几类。例如有些神祇是由帝王想象出来，而后流向民间的；有些神祇出于某种误会，但因符合民间的迷信心理，于是也流传开来；尤其要说明的是，古代的神话故事以及经过文人加工的神怪小说，对于民间信仰能起相当大的作用。早的,如唐人小说中的柳毅;晚一点的,如《封神演义》《西游记》中的各种神祇,对于民间诸神体系的形成,都产生过重大影响。如《茶香室四钞》卷二十引汤用中《翼駉稗编》云:"闻太师、申公豹,系《封神传》荒诞之言,乃恰克图四部祀之甚虔。……此与西藏唐僧、孙行者等师徒四众庙,闽省齐天大圣庙,皆以寓言而为后世信奉,并著灵异。可知人心所向,神即因之,不必实有其人也。"然而我们所采取的分类方法,是根据古代宗教意识的特点,所以仍可归入各类,不必另行划分。

本书的编写体例,是按类别分成十编,各编都有小叙,介绍各类神祇的起源和发展状况及其特点。对诸神则先列素材及前人的考证、研究成果,后面附以案语,阐述我们对该神源流的看法。凡是材料比较丰富、脉络比较分明的,我们尽可能在案语中提出自己的判断;情况比较复杂、诸说歧异的,我们或主一说,或存诸说以示疑;情况不分明、难以下结论的,一概存疑,不敢擅断。至于征引材料的编排,主要依据材料所反映的史实之年代早晚，及材料出处之年代先后。不少材料我们是转引的，编排次序时，以其原始出处的年代为依据。但为了说明问题，我们有时又将阐述同一问题的材料集中在一起，这样就难免要打乱先后次序。这种情况并不很多，相信读者在阅读时能辨别出来，不致造成混乱。在征引材料时，我们根据需要作了适当删节，但一般不加省略号。请读者注意。

我们在编写本书时，曾参考了不少前辈学者的研究成果。凡直接征引的，均注明出处；未直接征引的，我们也列入《征引及参考书目》中，以表示对前辈的感谢。在编写过程中，我们还得到张政烺、王利器先生的鼓励和帮助，并蒙张政烺先生为本书题签。李调元的《新搜神记》，传本甚少，不易得见，袁行云先生慨然惠示珍藏抄本，丰富了本书的内容。我们谨在此一并表示感谢！

限于水平、功力和时间，又由于所涉及的领域是一大片生荒地，本书是比较粗糙的，不成熟的。粗疏谬误之处在所难免。我们只希望能起到抛砖引玉的效果，引起更多的同志研究这一专题的兴趣。同时我们也决不自甘浅陋，回避责任。我们恳请所有读者不吝赐教，提出各种批评、建议，或提供深入研究的线索，以冀今后三五年内，把这本书修订得更像样子。

吕宗力　栾保群

一九八四年九月

《中国民间诸神》[1] 增补本前言

这是十四年前（1986）出版的《中国民间诸神》的增补本。所谓增补，是在原有的神名之下补充了一些新搜集的材料，大约占本书的三分之一。此外也增加了少数神名，并对神祇的分类作了轻微调整，删去一些遴选不当及重复的材料，同时对各篇的案语也作了修正和补充。由于水平和本书体例所限，这些神名之下的材料未能搜集完备。例如，从碑铭、道藏、地方志、通俗小说、地方戏曲、民间宗教和秘密会社的经典，以及民俗与人类学者发表的调查报告中，应该还可以发掘出大量极有价值和有趣的文献资料。王秋桂、李丰楙教授主编，台湾学生书局于1989年出版的《中国民间信仰资料汇编》第一辑，收录了不少仙传小说。王秋桂教授主编、台湾施合郑民俗文化

---

[1] 吕宗力，栾保群. 中国民间诸神[M]. 石家庄：河北教育出版社，2001.

基金会出版的《民俗曲艺丛书》约80种，更收录了有关中国地方戏与仪式的大量研究成果，其中多种田野调查报告、地方戏曲剧本和科仪本中，都保留有大量神名及相关的诸神信仰资料。读者及研究者如有深入了解的兴趣，不妨找出来看看。至于我们编纂此书时所特别关注的，是散见于史书、笔记等传统文献中，搜检不便的有关民间诸神信仰的零星资料，钩沉辑遗，方便学界之研究。就此目的而言，经过是次增补，这一类较有价值和代表性的材料可说是遗漏不多了。本书未收录的其数近万的神鬼名目及材料，我们另编为《中国鬼神辞典》，希望能在不久的将来得以出版。

在1984年的初版叙言中，我们曾指出，对民间信仰的整理和研究对宗教学、民俗学（人类学）、文化史的研究深具意义。民间宗教与信仰包含的内容相当广泛，如鬼神、占卜、禁忌、巫术、秘密会社等，并以千奇百怪的形式表现出来，对中国的历史传统和现实生活都产生着影响。但是这些自古以来活跃在社会大众日常生活和思维习惯中的信仰方式，尽管对中国的普通民众有着不可低估的影响，却由于种种政治的、意识形态的原因，长期未受到学者们的重视。古代文献中缺乏完整的记录。史家视之为怪力乱神，只可作为伟人的逸事、正史的点缀，或叛逆的代表。文人视之为述异、猎奇的"小说家言"，以之资谈兴、浇块磊，少有严肃、系统的整理与研究。反而是西方的汉学家，如 J. J. M. De Groot，在 19 世纪末著有六大册的《中国的宗教体系》(*The Religious System of China: Its Ancient Forms, Evolution, History and Present Aspect, Manners, Customs and Social Institutions Connected Therewith. Leyden: E.J.Brill*，1892)，以正史、四书五经和《古今图书集成》的记载为依据，探讨了中国古代的丧葬礼仪、祖先崇拜、自然崇拜、鬼神信仰、万物有灵信仰、巫术信仰等。20 世纪以来，西方学者在这一领域持续辛勤耕耘。旅美华裔学者杨庆堃的《宗教与中国社会》(*Religion in Chinese Society: a study of contemporary social functions of religion and some of their historical factors. Berkeley*, University of California Press，1961)虽然作于 20 世纪 60 年代，其中不少论点及研究方法也常受到后进学者的挑战，但其中有关中国民间宗教和信仰形式、分类、根源、功能的讨论仍然被公认为具有经典性。至于就特定区域（如福建、浙江、香港、台湾地区等）、特定时期（如汉、三国两晋南北朝、唐、明、清等）、特定神祇（如西王母、天后、关帝、观音、城隍等）所作的田野与文献调查并举的专题研究，更是不胜枚举。这些著作吸收当代人类学、宗教学、社会学、心理学的理论成果，对于理解中国民间宗教、信仰的历史来源、社会意义、哲学和心理基础，其类型、状况、功能，以及与社会、社区、共同体之政治、经济、文化间的互动，具有相当的启发性。日本、中国台湾地区学者在这一领域所做的工作，也是硕果累累。

反观国内的相关研究，在20世纪80年代之前，前辈学者在神话学、宗教学、民俗学等领域中都著有相当分量的专著。但就民间信仰的学术性研究而言，只有少量的专题探讨，缺乏综合性、整合性的著作。自1986年版《中国民间诸神》一书出版以后，各种研究中国鬼神信仰的论著佳作如林。如上海三联书店出版的《中华本土文化丛书》，就收录了一些很不错的有关特定民间神祇及巫术、禁忌信仰的专题性论著。学苑出版社出版的《中华民俗文丛》所收的一批特定神祇研究专著，定位似乎在学术与通俗之间，兼采文献及民俗、民族田野调查的资料，自有其特色。假以时日，当会出现更具整合性、系统性、理论性、思辨性的著作。坊间所见有关中国民间信仰的书籍，数量最多的当为一些通俗的关于鬼神的知识性读物以及音像制品。后者的作用也不容忽视，它是对社会基层民众影响最大的传播媒介之一。我们衷心地希望这些媒介在为民众提供赏心悦目的娱乐的同时，能像莎士比亚那样把古代的故事传说注入新的人文思想，而不要把道士巫师的鬼话变成"民间故事"。鲁迅先生和茅盾先生都曾致力于神话研究，而他们的历史小说《铸剑》《石碣》等就是他们神话观的艺术化，是古代神话传说的现实主义再创造。尽管这些小说没有成为"世界名著"，但从眼力见地上起码不弱于莎翁。我们深切地盼望作家和艺术家们能从古代的武库中造出现代化的兵器，依然闪光的刀剑尚且需要磨砺，那些锈蚀的更应该抛弃或重新锻造。

葛兆光先生于1996年在一篇文章中指出，经历过数不清的"破除迷信"的风风雨雨，经过一个相当长时间的蛰伏状态，到了20世纪80年代，中国的民间信仰似乎又从冬眠中苏醒过来。各种各样的民间信仰和活动再次兴盛起来，从地下转入地上，迅速向50年代以前的状况恢复[1]。我们自己于1996年夏天，获得香港科技大学人文社会科学学院的研究资助，也曾到山东、河北、山西、陕西、甘肃、四川等省，调查当地新旧庙宇及民间信仰活动的状况，得到的印象与葛先生完全相同。这些沉寂有年的"迷信"观念和活动形式本来似乎已经"失传"了，却又居然死灰复燃，好像连"文化大革命"的狂潮也未曾损伤它半根毫毛。而且它简单原始的观念与当代最先进的社会科学和自然科学的传播既形成强烈的反差，却又出现某种奇特的结合，算命与电子计算机，巫师与宇宙信息，周易与股票，古代神明与当代伟人，这些很难融合在一起的事物居然被一种奇怪的逻辑搅混

---

[1] 葛兆光. 认识中国民间信仰的真实图景[J]. 寻根，1996（5）.

在一起，而这种逻辑好像是一种潜伏在我们民族内心的神秘密码，无论它看起来多么荒诞和不可理喻，但却很容易很自然地为我们所接受，虽然接受的内容和深浅程度不同。这使我们更加坚信原来的观点：在中国几千年的历史中，形形色色的民间宗教和信仰（包括各种庸俗化的佛教和道教），始终是影响最大的宗教力量，这种力量不仅存在于民间，也盛行于社会的上层。所以它不仅能够成为农民造反的旗帜，也可以被统治者作为统驭人民的缰索，被大大小小野心家作为蛊惑煽诱人心的工具，都不过是因为它本身已经成为我们民族传统意识的一个组成部分。事实上，民间宗教和信仰对历史上几乎所有时期的政治、经济、文化生活都产生着不容忽视的作用。正统的佛、道二教的一些内容和形式被民间宗教和信仰吸收、改造、同化，同时正统的佛、道二教又利用民间宗教和信仰改造自己，以求得自己的生存和发展。在这种相互作用中，居主动地位的常常是民间的信仰和宗教。我们只需看看在民间势力最大的神明观世音菩萨、吕纯阳、关圣帝君、玄武大帝、文昌帝君的来龙去脉就很清楚了。正统宗教为我们留下了汗牛充栋的经典，而民间信仰却给这个民族的心灵烫下了难以磨灭的烙痕。所以，将民间信仰贴上"迷信""荒诞""落后"的标签，一味禁绝或打压，只是将复杂的文化、社会现象简单化，长远来看，无效亦无益。倒不如认认真真地作些调查研究，理清民间信仰的源头、发展趋势、历史脉络、文化背景、社会效果，揭示这种传统信仰的思想基础、心理机制和所代表的大众心态，再来探讨传统信仰与急剧变化中的现代社会行为、观念的复杂的互动关系，以及它在现代社会整合过程中可能发挥的正面及负面作用，因势利导，化消极为积极，从根本上破除愚昧和迷信。

我们前面提过，好像连"文化大革命"的狂潮也未曾损伤民间信仰的半根毫毛。这个"好像"，从另一个角度去看，又可能是假象。贴近观察近年来复兴的民间信仰活动和仪式，我们会发现有些地区的一些活动和仪式只是看起来与几十年前完全相同，其实正如许多其他思想文化领域一样，也出现了断层。一些经济发达的地区只热心于修坟造庙，却不重视修路建校。这根本就不符合传统民间信仰入世济人的精神。宗教艺术当然也是中华文化的重要组成部分，修庙塑佛自然也可能促进当地旅游经济的发展，但那些用水泥钢筋对古代宗教殿堂的粗劣仿造，千佛一面、形象呆板的泥胎有什么文化和经济价值可言？1983年，我们到四川峨眉山下的报国寺游览，见到一尊新塑的普贤菩萨，侧倚在卧倒在地的白象身上，虽然当时还没有彩绘，但宝相庄严而又妩媚，令人感到一种慑心的美，那是一种现代意识和宗教艺术的美妙结合，完全不逊于太原晋祠、大同华严寺、昆明筇竹寺那些古代宗教艺术的珍品。但这种等级的宗教艺术品，现在实在是太少了，多起来的是完全商业化、与伪劣假冒产品同步的粗劣寺观和塑像。一些地方利用民众的鬼神信仰，修建了一种拼盘式的"庙宇"，把如来、观音、关帝、瘟神、马王、牛王等混居一堂，随便由香客各取所需；而这种神灵世界的超级市场，生意居然很兴隆！这一现象，也反映了中国民间信仰的一个特色，很值得大家深思。

《中国民间诸神》出版之后，我们收到海内外一些师友同行的来信，他们热心地为这本书提出了宝贵的意见和建议,使我们终生难忘。现在这本《中国民间诸神》的增补本,在一定意义上说,就是这些师友同行们协助而成的。所以我们谨向我们的恩师张政烺先生、王毓铨先生、张虎刚先生、李学勤先生,以及中国社会科学院的吴树平先生、胡小伟先生,台湾地区"清华大学"的王秋桂先生,中国美术学院的任道斌先生,中国艺术研究院的刘荫柏先生,天津师范大学的高洪钧先生等好友表示衷心的感谢。我们还要感谢河北教育出版社的王亚民先生,没有他的热心鼓励和慷慨协助,这部增补本是不可能这么顺利地问世的。至于增补本的粗糙疏漏之处,还希望所有专家、读者继续指正。

吕宗力　栾保群
二○○○年一月一日

补记:近日得知,峨眉山报国寺的那尊普贤塑像早已被虔诚的佛弟子不知移往何处,那卧地的白象倒还保留着，在它身上又重塑了一尊千篇一律的立像。这大约是因为那尊普贤太女性化、太迷人了吧。可是普贤、文殊与观音一样，本来就有女子之说，而山西平遥双林寺的二位菩萨像正是女身。于是我们想：中国寺庙文化中的珍品的出世，不仅要有技艺高超的艺术家，还需要眼光卓越的宗教家；我们真应该向那位允许米开朗琪罗在教堂里用人体来表现宗教故事的教皇致敬。

盘古与中国的开辟神话

开辟神话就是人类幼年时期对自然、宇宙的想象及由此生发出来的解释,反映了原始人类对天地起源、人类和万物由来的原始观念。大部分宗教或文化传统中,都有开辟神话。中国各民族保存的开辟神话中,盘古神话无疑仍最具影响力且广为流传。盘古开天辟地、身化万物,是中国神话谱系中的创世主神,但在三国之前的上古文献中却找不到任何他的踪迹,因而引发对盘古神话源头的各种假说。例如盘古是南方少数民族始祖神盘瓠的音转,或殷商土地神亳的音转,或源自印度文化中的创世传说。无论盘古神话的源头来自何处,三国以后盘古开天辟地的形象已深入人心。道教以盘古为仙人领袖之一。宋以来的私家上占史书将盘古神话历史化,视盘古为中国历史上第一位帝王。岭南地区,及江西、四川、湖南、湖北、河南、河北、江苏等省,都有盘古庙祀和崇拜遗迹。只不过,在后世的民间信仰中,盘古的形象更加亲民,与民众崇拜的诸路神仙一样,充当各地区信众的守护神。

中国有开辟神话吗?

开辟神话也称创世神话。茅盾于1929年关于开辟神话的定义是:

> 解释天地何自而成,人类及万物何自而生的神话。不论是已经进于文明的民族或尚在野蛮时代的民族,都一样有他们的开辟神话。他们的根本出发点是相同的——同为原始信仰,但是他们所创造的故事却不能尽同[1]。

"神话是想象的产物,是智力尚未发达的原人,对于宇宙的森罗万象,如日月的进行,星辰的出没,山川河海、风云雷雨,以及生活的技术,人群的礼制,乃至于日

---

[1] 茅盾. 神话杂论[M].《民国丛书》编辑委员会. 民国丛书:第4编59册. 上海:上海书店出版社,1989:1.

常生活中看似神奇的事物的解释。"[1]而开辟神话就是人类幼年时期对自然、宇宙的想象及由此生发出来的解释，反映了原始人类对天地起源、人类和万物由来的原始观念。大部分宗教或文化传统中，都有开辟神话。广为人知的，如《圣经·旧约·创世纪》称，宇宙原本是空虚混沌的，上帝凭借语言，在六天中创造了天地万物。

其他如古埃及早王朝时代赫利奥坡里斯神学的"创世论"，以原初之水为万物之始，此水充塞天地，混沌一片。在这一片混沌中，首先出现的是一块原初凸地，这就是大神阿图姆，万物的创造者。阿图姆以无性生殖的方式生出大气之神舒、湿气女神泰富努特和其他神祇。当天空女神努特的脚站在东方地平面上，她的身体弯曲在大地之上造成了天宫的穹隆，而她的双臂下垂到没落的太阳地平线上。这也就是人们想象中的、最初的天和地的创造与分离[2]。

---

[1] 黄石. 神话研究[M].《民国丛书》编辑委员会. 民国丛书：第4编59册. 上海：上海书店出版社，1989：2.
[2] 刘文鹏. 古埃及"创世论"的宇宙神学[J]. 内蒙古民族师范学院学报，1996（3）；麦永雄. 古埃及神话中的宇宙论与象征体系[J]. 广西师范大学学报，1996（2）.

印度最古老的诗集、后来成为婆罗门教经典的《梨俱吠陀》,有《原人颂》,描写众天神举行祭祀,以"原人(Purusa,原始巨人)"为祭品。这位原人有千头、千眼、千足,覆盖整个大地。被宰割后,他的"嘴成为婆罗门,双臂成为刹帝力,双腿成为吠舍,双脚成为首陀罗。从他的心中产生月亮,眼中产生太阳,嘴中产生因陀罗和火,呼吸中产生风。从他的肚脐中产生空,头中产生天,脚中产生地,耳中产生方位,组成世界",成为创世之神。吠陀时代后期出现的梵书和奥义书中,则以"梵"(梵天,Brahmā)为创世神。据说梵天是从漂浮在混沌汪洋中的宇宙金卵中孵化出来的。梵天经过漂流后,以意念力把卵壳破为两半,成为天地。梵天于是想:

"现在让我创造世界。"他创造这些世界:水、光、死亡和水。水在天国之上,天国是支撑者。光是天空。死亡是大地。地下是水。他思忖道:"这些是世界,现在让我创造世界保护者。"于是,他从水中取出原人,赋予形状。他给原人加热。原人受热后,嘴张开,似卵。从嘴中产生语言,从语言中产生火。鼻孔张开,从鼻孔中产生气息,从气息中产生风。眼睛张开,从眼睛中产生目光,从目光中产生太阳。耳朵张开,从耳朵中产生听觉,从听觉中产生方位。皮肤张开,从皮肤中产生汗毛,从汗毛中产生草木。心张开,从心中产生思维,从思维中产生月亮。肚脐张开,从肚脐中产生下气,从下气中产生死亡。生殖器张开,从生殖器中产生精液,从精液中产生水。"[1]

众神、星辰、时间、高山、平原、河流、一切生物和妖魔,人类及其语言、情欲、愤怒、欢乐、忏悔、孤独,都由此而生。最后梵天自身也一分为二,一半为男,一半为女[2]。

---

[1]《爱多雷耶奥义书》。
[2] 黄宝生. 神话和历史——中印古代文化传统比较[J]. 外国文学评论, 2006 (3);韩辉. 试论印度神话中梵天的升格与虚化[J]. 新乡学院学报, 2011 (5).

希腊的开辟神话是生殖型的,通过两性的结合来"生出"天地万物。在赫西俄德的《神谱》中,最初诞生的大神是卡俄斯(混沌,Chaos)。卡俄斯生下了大地和黑夜。大地女神盖亚又从自己体内分娩了天、山脉和海洋,又与所生之子天神乌拉诺斯结合,孕育了独眼巨人和百手巨人。这些巨人就是泰坦神,而泰坦神间彼此结合生成了太阳、月亮、星辰等[1]。

中国上古时期有没有开辟或创世神话?在西方汉学界,"中国没有创世神话"是一种相当流行的看法,并视此为中西文化传统最根本的区别之一。著名汉学家如卜德(Derk Bodde)认为,除了盘古开天辟地的故事,中国没有真正意义上的创世神话;牟复礼(Frederick W.Mote)说,中国人认为宇宙和人类是非创造的,这构成了没有创世主(creator)、没有神(god)、没有第一动因(ultimate cause)或者独立意志(will external to itself)的宇宙的核心特征;葛瑞汉(A.C.Graham)认为,在汉代以前的文献中没有关

---

[1] 赫西俄德. 工作与时日·神谱[M]. 张竹明, 蒋平, 译. 北京: 商务印书馆, 1991: 29—30.

于宇宙起源的神话，留下的仅仅只是第一代君王之前的历史空白。近如郝大维（David L.Hall）和安乐哲（Roger T.Ames），通过比较古代中国和古希腊，坚称"这种在西方传统中处于核心的关于宇宙起源的猜想，对中国人而言无足轻重"。

美国宾夕法尼亚大学金鹏程（Paul R.Goldin）教授最近发表了一篇很有意思的论文，说"中国没有创世神话"其实就是一种神话（迷思）[1]。他指出，中国古代的经典文本中从来都不缺少关于宇宙生成的讨论，例如《老子》和《淮南子》等。至于故事形式的创世神话，则可以举出盘古开天辟地和女娲抟土造人。

我们的先人当然会关注宇宙的起源、天地万物的生成。屈原"见楚有先王之庙及公卿祠堂，图画天地山川神灵"，不禁"书其壁"而发问[2]：

---

[1] 金鹏程."中国没有创世神话"其实就是一种神话[J].复旦学报，2018（5）.
[2] 屈原《楚辞·天问》。

> 遂古之初，谁传道之？
> 上下未形，何由考之？
> 冥昭瞢暗，谁能极之？
> 冯翼惟像，何以识之？
> 明明闇闇，惟时何为？

大意是：

> 太古肇始之前的状态，有谁能向后人描述？
> 天地未分前的混沌，如何能考定其形态？
> 明暗不分清浊难明之时，谁能说得清究竟？
> 天地既分而迷蒙无物时，凭什么辨识其形象？
> 明暗日夜，由谁安排？

《天问》对宇宙起源的关注，并非偶然。1942年在湖南长沙子弹库所发现的《楚帛书》，以"梦梦墨墨，亡章弼弼"形容天地未分之前的一派混沌，始祖神伏羲、女娲生出四神，开辟天地，创设时令，规整大地，布局山陵海川[1]。同为楚人,庄子所描述的混沌则颇具拟人化的喜剧色彩。

> 南海之帝为儵,北海之帝为忽,中央之帝为混沌。儵与忽时相遇于混沌之地,浑沌待之甚善。儵与忽谋报混沌之德,曰:"人皆有七窍以视听食息,此独无有,尝试凿之。"日凿一窍,七日而混沌死[2]。

混沌既死,天地遂开。

新中国的神话学者们,通过大规模文化和社会调查,发掘出包括汉族在内的中国各民族民间近现代还存在的大量创世神话。具有代表性的如陶阳和牟钟秀先生的《中国创世神话》,大体包括了"天地开辟、人类起源、民族诞生、文化发端及宇宙万物肇始的神话",即以天地宇宙、诸神世系、日月星辰、人类(含民族)及动植物由来、诞

---

[1] 张开焱.《楚帛书·甲篇》新释[J]. 湖北师范学院学报,2012(5).
[2]《庄子·内篇·应帝王第七》。

生为核心的神话。袁珂先生在《中国古代神话》一书中，将古代文献中搜集的零散资料概括为六种人类由来和七种宇宙开辟的神话[1]。在这么多不同类型、不同形态、不同来源的创世神话中，传统的盘古开天辟地神话无疑仍最具影响力且广为流传。

传世文献中的盘古开天辟地神话

开天辟地大神盘古之起源，学界聚讼纷纭。目前可以确认者，文献中的"盘古"最早见于三国。或说在西汉末至东汉流行的纬书"古史"叙述中，盘古已被列为最古老的大神。纬书散佚已久，遗存的残章断简中，仍保留不少上古神话及其在战国至汉的流变，包括伏羲、女娲、神农、轩辕等大神的故事。但《春秋元命苞》有关天地开辟的论述，始述伏羲，并未见盘古之踪影：

> 天地开辟至春秋获麟之岁，凡二百三十六万年。

---

[1] 张开焱. 中国创世神话类型研究述评[J]. 湖北民族学院学报，2014（3）.

盘古与伏羲、女娲画像（河南南阳汉画像）

天地开辟，获麟中，百一十四岁，推闰月，六直其日。

天地开辟，自人皇以来也。

人始伏羲，帝位生。

造起天地，铸演人君，通三灵之贶，交错同端[1]。

河南、山东等地出土的东汉画像石中常见怀抱人首蛇躯的伏羲、女娲的巨人形象，或说即盘古[2]。

李陈广撰写的图像说明称："下部刻一赤裸身躯的巨人，当为盘古。"

周到、吕品也认为河南唐河县针织厂汉墓北壁画像中拥抱伏羲、女娲的力士，就是盘古[3]。

---

[1] 安居香山，中村璋八. 纬书集成：中[M]. 石家庄：河北人民出版社，1994：597—598.
[2] 中国美术全集编辑委员会. 中国美术全集：绘画编·画像石画像砖[M]. 北京：人民美术出版社，2015：120.
[3] 周到，吕品. 河南汉画中的远古神话考略[J]. 史学月刊，1982（2）.

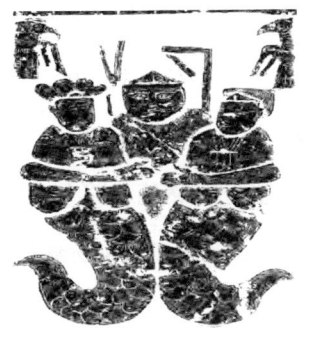 

高禖神　　　　　　　　　高禖

《中国画像石全集》一册所收山东沂南汉墓墓门东立柱画像，画像说明："画面上部刻一力士，以强壮的双臂拥抱人身蛇躯的伏羲和女娲。"[1]王建中释此力士为高禖神[2]。

《中国画像石全集》二册所收山东嘉祥画像，画像说明："中间刻高禖，头戴'山'字形冠，三角眼，阔嘴露齿，一手抱伏羲，一手抱女娲。"[3]

---

[1] 中国画像石全集编辑委员会. 中国画像石全集：山东汉画像石[M]. 郑州：河南美术出版社，济南：山东美术出版社，2000：134.
[2] 王建中. 汉代画像石通论[M]. 北京：紫禁城出版社，2001：434.
[3] 中国画像石全集编辑委员会. 中国画像石全集：山东汉画像石[M]. 郑州：河南美术出版社，济南：山东美术出版社，2000：107.

所以，东汉民间信仰中的这位巨人或力士，是否即开辟大神盘古，仍有很大争议。近来也有不少艺术史学者认为此即汉武帝推崇为最高神的太一[1]。近年有饶宗颐等先生据唐永徽元年（650）所立《益州学馆庙堂记》，以为汉献帝兴平元年（194），益州太守高联在成都所修周公礼殿，其壁上绘有盘古、李老等图像，所以盘古之名汉末已有，盘古神话最迟亦产生于东汉。此说种种疑点，已经刘屹梳理考辨，不赘。

《魏大向记碑》记魏文帝黄初三年（222）大飨六军，立碑于谯，据说出自钟繇手笔，见录于洪适《隶续》。

千秋万代，□□主重居外，天地始□，至里□文，王大飨之。□皇□高□，徒集有□之魁，万名□。一据东西南□，术□复歌。叹丽□建。起尚盘古，罗天□焉。

---

[1] 刘屹. 盘古神话：史料新读[J]. 中国史研究, 2007（1）: 91.

如果遵从刘屹标点，则"不知'起尚盘古，罗天□焉'是否意味着时人已将盘古作为天地开辟之神来看？既然曹魏官方祭祀仪式中出现了'盘古'，则盘古传说不应该是当时才刚出现的。因此，在东汉末确有可能已经出现了盘古传说"。然而该碑残泐已甚，不可卒读，此说只可存疑。

传世文献中最早记叙盘古创世神迹的是三国时期韦昭（约204—约273）的《洞纪》。

韦昭，别名韦曜，字弘嗣，吴郡云阳（今江苏丹阳）人。少好学能文，以史才著称。孙权时历任西安令、尚书郎、太子中庶子、黄门侍郎。孙亮时任太史令，撰《吴书》。孙休时为中书郎、博士祭酒，掌国子学，校定皇家藏书。孙皓时，封高陵亭侯，任中书仆射、侍中，领左国史。因坚持国史编纂原则，得罪孙皓，被害。撰有《毛诗答杂问》《国语注》《孝经解赞》《辩释名》《汉书音义》《吴书》《洞纪》《官仪职训》《韦昭集》《吴兴录》《三吴郡国志》等[1]。

---

[1] 史念海. 论班固以后迄于魏晋的地理学和历史地理学[J]. 中国历史地理论丛：第一辑，1990.

据《三国志》本传，韦昭晚年在狱中上书孙皓："囚昔见世间有古历注，其所纪载既多虚无，在书籍者亦复错谬。囚寻按传记，考合异同，采撷耳目所及，以作《洞纪》，起自庖牺，至于秦、汉，凡为三卷，当起黄武以来，别作一卷，事尚未成。"由此观之，《洞纪》第四卷并未完卷。但《隋书·经籍志》著录《洞纪》为四卷，《旧唐书·经籍志上》著录《洞纪》为九卷，《新唐书·艺文志》著录为四卷。唐以后，《洞纪》散佚，难睹全貌。唐燮军研究《洞纪》，发现唐《开元占经》和宋《太平御览》征引或转引了25条佚文[1]。此外，唐代高僧释澄观（738—839）所撰《大方广佛华严经随疏演义钞》卷四二也引了一条《洞纪》佚文，这是传世文献中涉及盘古开辟神话最早的记录："韦昭《同记（洞纪）》曰，世俗相传为盘古一日七十化，覆为天，偃为地，八万岁乃死。然盘古事迹近为虚妄，既无史籍，难可依凭，但是古来相传虚妄耳。"片言只语，传达的信息却颇丰富：盘古俯面朝下则为天，

---

[1] 唐燮军. 韦昭《洞纪》考论[J]. 宁波大学学报，2013（1）.

仰面向上则为地，其身躯巨大无比。所谓七十化，应指由其身化生出天地万物[1]。既是"世俗相传"的故事，其流传必然早于韦昭所记。但"既无史籍，难可依凭"，从史学编纂的角度看，自然"近为虚妄"了。

传世文献中对盘古开辟神话更详细的描述，出自与韦昭同时代而稍晚的徐整。徐整，史籍无传，字文操，豫章人，吴太常卿[2]。其撰述包括经学、地方史志和星历，如《毛诗谱》《孝经默注》《豫章烈士传》《诸国先贤传》《豫章旧志》《长历》《三五历记》《通历》《杂历》等。著述多佚，唐宋类书中仍保留若干佚文，其中就包括《三五历记》中关于盘古开辟神话的著名描述。

> 天地混沌如鸡子，盘古生其中，一万八千岁，天地开辟，清阳为天，浊阴为地。盘古在其中，一

---

[1] 刘屹指出，"一日七十化"之说，在汉代本来是指女娲的，可知盘古神话与女娲神话之间有一定关联。但如果说女娲就是盘古的原型，则是把问题简单化了。
[2] 严可均. 全上古三代秦汉三国六朝文：全三国文（卷七十三）.

日九变,神于天,圣于地。天日高一丈,地日厚一丈,盘古日长一丈。如此一万八千岁,天数极高,地数极深,盘古极长。后乃有三皇。数起于一,立于三,成于五,盛于七,处于九,故天去地九万里。

天地混沌如鸡子的画面,与东汉三国时期流行的"浑天说"宇宙观颇契合:"天如鸡子,地如鸡中黄,孤居于天内,天大而地小。天表里有水,天地各乘气而立,载水而行。"纬书《春秋元命苞》也说:"天如鸡子,天大地小,表里有水。"[1]

盘古生于混沌之中,变化万物。随着阳气清而上升,阴气浊而下降,天地逐渐分离,天日高,地日厚,盘古的身躯也随之日益高大。一万八千岁之后,天地开辟,天、地、人三皇相继出世,人间界的精彩活力从此蓬勃展现[2]。

---

[1] 安居香山,中村璋八. 纬书集成:中[M]. 石家庄:河北人民出版社,1994:598.
[2] 吴晓东. 盘古神话:开辟天地还是三皇起源[J]. 广西民族师范学院学报,2011(5).

人们熟知的盘古开辟神话包含两个主题：开天辟地和身化万物。《洞纪》中的"一日七十化"和"覆为天，偃为地"反映的就是这两个主题。《三五历记》"天日高一丈，地日厚一丈，盘古日长一丈"细化了天地剖分的想象。南朝梁任昉《述异记》则详述了盘古的肢体如何分解并化生万物。

> 昔盘古氏之死也，头为四岳，目为日月，脂膏为江海，毛发为草木。秦汉间俗说：盘古氏头为东岳，腹为中岳，左臂为南岳，右臂为北岳，足为西岳。先儒说：盘古氏泣为江河，气为风，声为雷，目瞳为电。古说：盘古氏喜为晴，怒为阴。吴楚间说：盘古氏夫妻，阴阳之始也。

唐释澄观《大方广佛华严经随疏演义钞》卷四二引《三王历》：

> 天地混沌，盘古生其中。一日九变，神于天。

圣于地，主于天地。天日高一丈，地日厚一丈，盘古亦长一丈。如此万八千年，然后天地开辟。

盘古龙身人首。首极东西，足极东西，左手极南，右手极北；开目成昼，合目成夜；呼为暑，吸为寒，吹气成风云，叱声为雷霆。盘古死，头为甲，喉为乙，肩为丙，心为丁，胆为戊，脾为己，胁为庚，肺为辛，肾为壬，足为癸；目为日月，髭为星辰，眉为斗枢，九窍为九州岛；乳为昆仑，膝为南岳，股为太山，尻为鱼鳖，手为飞鸟，爪为龟龙，骨为金银，发为草木，毫毛为凫鸭，齿为玉石，汗为雨水，大肠为江海，小肠为淮泗，膀胱为百川，面轮为洞庭。

《三王历》疑即《三五历记》之讹，但其描述远比《述异记》细致，是否真的出自徐整之手，尚待考察。

北宋初年编纂的道教类书《云笈七签》，收集了北宋以前道教的珍贵文献。其《诸家气法部·元气论》云：

洎乎元气蒙鸿，萌芽兹始，遂分天地，肇立乾坤，启阴感阳，分布元气，乃孕中和，是为人矣。首生盘古，垂死化身，气成风云，声为雷霆，左眼为日，右眼为月，四肢五体为四极五岳，血液为江河，筋脉为地里，肌肉为田土，发髭为星辰，皮毛为草木，齿骨为金石，精髓为珠玉，汗流为雨泽。身之诸虫，因风所感，化为黎甿。以天之生，称曰苍生；以其首黑，谓之黔首，亦曰黔黎。其下品者，名为苍头。

还有一部叫作《五运历年记》的传世文献，所记盘古垂死化生万物，与《元气论》所记略同。

　　盘古之君，龙首蛇身，嘘为风雨，吹为雷电，开目为昼，闭目为夜。死后骨节为山林，肠为江海，血为淮渎，毛发为草木。
　　元气蒙鸿，萌芽兹始，遂分天地，肇立乾坤；启阴感阳，分布元气，乃孕中和，是为人也。首生盘古，垂死化身，气成风云，声为雷霆，左眼为日，右眼为月，四肢五体为四极五岳，血液为江河，筋脉为地里，肌肉为田土，发髭为星辰，皮毛为草木，齿骨为金石，精髓为珠玉，汗流为雨泽，身之诸虫，因风所感，化为黎甿。

有些学者认为《五运历年记》与《三五历记》同出徐整之手，所以往往作为三国时期的史料来引用。但刘屹指出，《五运历年记》应是宋明间人从道教的《元气论》中摘录而成，并非徐整的另一部著作，其反映的已是中晚唐至宋初人观念中的盘古神话。

三国以来进入文士、史家视域的这则"太古神话"，与其说保留了智力尚未发达的原人对宇宙之想象，倒不如说是一种后神话的寓言，融合了先秦两汉道家的宇宙论话语。在六朝的道教论述中，盘古已被神仙化，号"盘古真人"，也称"元始天王"，即道家三清之一的元始天尊。

《真书》曰：昔二仪未分，溟涬鸿蒙，未有成形，天地日月未具，状如鸡子，混沌玄黄，已有盘古真人,天地之精,自号元始天王,游乎其中。溟滓经四劫,天形如巨盖,上无所系,下无所依,天地之外,辽属无端,玄玄太空,无响无声,元气浩浩,如水之形,下无山岳,上无列星,积气坚刚,大柔服结,天地浮其中,辗转无方。若无此气,天地不生。天者如龙,旋回云中。复经四劫,二仪始分,相去三万六千里,崖石出血成水,水生元虫,元虫生滨牵,滨牵生刚须,刚须生龙。元始天王在天中心之上,名曰玉京山。山中宫殿并金玉饰之,常仰吸天气,俯饮地泉。复经二劫,忽生太元玉女,在石涧积血之中,出而能言,人形具足,天姿绝妙,常游厚地之间,仰吸天元,号曰太元圣母。元始君下游见之,乃与通气结精,招还上宫。当此之时,二气氤氲,覆载气息,阴阳调和,无热无寒,天得一以清,地得一以宁[1]。

---

[1]《道藏》第3册《元始上真众仙记》。

南宋谢守灏《混元圣纪》引徐整《三五历记》："元炁肇始，有神人号天皇，时老君降世，号通玄天师，一号玄中大法师"，"与天皇为师"；地皇时，"老君下降为师，号有古大先生"；人皇时，"老君下降为师，号盘古先生"[1]。然而其说与今存《三五历记》其余佚文颇不相符，当是唐宋道士们托徐整之名神化老子的过程中，对盘古身份的新演绎——太上老君的化身之一。

盘古神话的源头

盘古开天辟地、身化万物，是中国神话谱系中的创世主神，但在三国之前的上古文献中却找不到任何他的踪迹。也就是说，位列三皇五帝之前的首位大神，在文献中却最晚现身。这种尴尬难免引起中国神话学者们的困惑、质疑和对盘古神话源头的各种假说。

对这种种假说，王晖、刘屹和张开焱三位先生作过

---

[1]《道藏》第17册《混元圣纪》。

很好的梳理[1]。笔者参考他们的概括和其他相关论述,试举数种如下:

1."烛龙或烛阴"说

《山海经·海外北经》:"钟山之神,名曰烛阴,视为昼,瞑为夜,吹为冬,呼为夏,不饮,不食,不息,息为风。身长千里。"《大荒北经》:"西北海之外,赤水之北,有章尾山。有神,人面蛇身而赤,直目正乘,其瞑乃晦,其视乃明,不食不寝不息,风雨是谒。是烛九阴,是谓烛龙。"刘起釪先生认为,从"烛龙或烛阴成为化成日月、生出四时昼夜的造物主式的神来看,已知和后来所传的盘古神话非常相像,可认定这是我国盘古神话的原型"[2]。然而从引述的表述看,烛龙或烛阴只是地域性的小神,与开天辟地、身化万物的造物主神差距颇大。

---

[1] 王晖. 盘古考源[J]. 历史研究, 2002（2）; 刘屹. 盘古神话: 史料新读[J]. 中国史研究, 2007（1）; 张开焱. 外来说与本土说: 理由与问题——盘古创世神话研究述评[J]. 长江大学学报（社会科学版）, 2014（3）.
[2] 刘起釪. 古史续辨[M]. 北京: 中国社会科学出版社, 1997: 73.

2. "盘古即盘瓠"说

这是学界讨论盘古神话源头最流行的一种假说。

《后汉书·南蛮西南夷列传》：

> 昔高辛氏有犬戎之寇，帝患其侵暴，而征伐不克，乃访募天下，有能得犬戎之将吴将军头者，购黄金千镒，邑万家，又妻以少女。时帝有畜狗，其毛五采，名曰盘瓠。下令之后，盘瓠遂衔人头造阙下，群臣怪而诊之，乃吴将军首也。帝大喜，而计盘瓠不可妻之以女，又无封爵之道，议欲有报，而未知所宜。女闻之，以为帝皇下令，不可违信，因请行。帝不得已，乃以女配盘瓠。盘瓠得女，负而走，入南山，止石室中。所处险绝，人迹不至。于是女解去衣裳，为仆鉴之结，着独力之衣。帝悲思之，遣使寻求，辄遇风雨震晦，使者不得进。经三年，生子一十二人，六男六女。盘瓠死后，因自相夫妻，织绩木皮，染以草实，好五色衣服，制裁皆有尾形。其母后归，以状白帝，于是使迎致诸子，衣裳斑兰，语言侏离，好入山

蛰，不乐平旷。帝顺其意，赐以名山广泽。其后滋蔓，号曰蛮夷，外痴内黠，安土重旧，以先父有功，母帝之女，田作贾贩，无关梁符传租税之赋。有邑君长，皆赐印绶，冠用獭皮，名渠曰精夫，相呼为姎徒。今长沙武陵蛮是也。

这里说的武陵蛮，即汉代分布在武陵郡（包括今湘西沅江和澧水流域及黔、川、鄂的部分地区）的少数民族，传说他们以神犬盘瓠为始祖。《后汉书》的编撰者是南朝宋的范晔。但据唐章怀太子李贤的注，这则文字引自东汉末期著名学者应劭的《风俗通义》。从东汉至南北朝，类似的记载还见于曹魏鱼豢编撰的《魏略》、东晋干宝编撰的《搜神记》和北魏郦道元的《水经注》[1]，可知当时流传之广。

干宝《搜神记》所记稍详：

高辛氏，有老妇人居于王宫，得耳疾，历时，

---

[1] 王利器. 风俗通义校注[M]. 北京：中华书局，2010：490.

医为挑治，出顶虫，大如茧。妇人去，后置以瓠蘺，覆之以盘，俄尔顶虫乃化为犬，其文五色，因名盘瓠，遂畜之。时戎吴强盛，数侵边境。遣将征讨，不能擒胜。乃募天下有能得戎吴将军首者，赠金千斤，封邑万户，又赐以少女。后盘瓠衔得一头，将造王阙。王诊视之，即是戎吴。为之奈何？群臣皆曰："盘瓠是畜，不可官秩，又不可妻。虽有功，无施也。"少女闻之，启王曰："大王既以我许天下矣。盘瓠衔首而来，为国除害，此天命使然，岂狗之智力哉。王者重言，伯者重信，不可以女子微躯，而负明约于天下，国之祸也。"王惧而从之。令少女从盘瓠。盘瓠将女上南山，草木茂盛，无人行迹。于是女解去衣裳，为仆竖之结，着独力之衣，随盘瓠升山入谷，止于石室之中。王悲思之，遣往视觅，天辄风雨，岭震云晦，往者莫至。

盖经三年，产六男六女。盘瓠死后，自相配偶，因为夫妇。织绩木皮，染以草实，好五色衣服，裁制皆有尾形。后母归，以语王，王遣使迎诸男女，天不复雨。衣服褊裢,言语侏离,饮食蹲踞,好山恶都。王顺其意,赐以名山广泽,号曰蛮夷。蛮夷者,外痴内黠,安土重旧,以其受异气于天命,故待以不常之律。田作贾贩,无关缛符传、租税之赋;有邑君长,皆赐印绶;冠用獭皮,取其游食于水。今即梁、汉、巴、蜀、武陵、长沙、庐江郡夷是也。用糁杂鱼肉,叩槽而号,以祭盘瓠,其俗至今。故世称"赤髀横裙,盘瓠子孙"[1]。

明人陈耀文编类书《天中记》卷五十四"犬"类亦收录:

高辛氏有老妇,居王室,得耳疾,挑之,乃得物,大如茧。妇人盛瓠中,覆之以盘,俄项(顷)化为丈(犬),其文五色,因名盘瓠[2]。

武溪山高可万仞,半有盘瓠石窟,可容数万人。

---

[1]《搜神记》卷十四。
[2]《天中记》卷五十四《魏略》。

窟中有石似狗形，蛮俗相传即盘瓠也[1]。

每岁七月二十五日，种类四集于庙，扶老携幼，环宿其旁，凡五日，祠以牛豚酒鲊，椎歌欢饮，即还，惟不用犬云[2]。

杨宽认为故事中的犬戎和神犬的形象源出《山海经》之《海内北经》和《大荒北经》中的犬封国、犬戎国，后来因文化程度较高的中原不容神怪传说的存在而消失，但文化程度较低的南方反而保存了中土固有的传说，由犬戎而生犬封之说，演变为犬、为犬戎之祖，再传而为盘瓠，成为南方蛮族先祖[3]。

盘古神话的源头缥缈难觅。一些前辈学者，如苏时学、夏曾佑、杨宽、徐中舒、常任侠、袁珂等，不由得将观察的目光投向盘瓠，认为盘古、盘瓠，一音之转，盘

---

[1]《天中记》卷五十四《武陵记》。
[2]《天中记》卷五十四《辰阳风土记》。
[3] 杨宽. 中国上古史导论[M]// 顾颉刚. 古史辨：第7册. 上海：上海古籍出版社，1982：164—166、169.

古源自盘瓠[1]。但开天辟地、身化万物的中华创世大神盘古,与南方少数族群的动物始祖神盘瓠,从神性到神迹,都大不相同。吕思勉曾指出,"凡神话传说,虽今古不同,必有沿袭转移之迹,未有如盘古盘瓠之说,绝不相蒙者"。而且盘瓠神话在武陵一带长期流传,却有其地域、族群的局限,与后世南方各地的盘古庙祀不可混为一谈[2]。

3."盘古即伏羲"说

闻一多认为伏羲与盘瓠亦一音之转,伏(风)、盘(盘)一姓,羲、瓠同义(葫芦瓢)[3]。如果认可盘古即盘瓠,则"盘古即伏羲"。胡小石也认为:"'庖羲'即'盘古'的变称。"[4]音转或声转的训诂方法,清代至20世纪前半期学界采用较多,因声求义,对先秦文献作出许多具有新意的解读。但过度仗恃"双声叠韵"的方法,或失之

---

[1] 张开焱. 外来说与本土说:理由与问题——盘古创世神话研究述评[J]. 长江大学学报(社会科学版), 2014 (3).

[2] 吕思勉. 盘古考[M]// 顾颉刚. 古史辨:第7册. 上海:上海古籍出版社, 1982:17—18.

[3] 闻一多. 神话与诗[M]. 上海:上海人民出版社, 2006:48—49.

[4] 韩湖初. 闻一多"盘古即伏羲"说难以动摇——兼评盘古神话由印度传入"已作结论"说[J]. 华南师范大学学报, 2001 (1).

于滥,"无所不通,无所不转",难免刘备即吕布、庄周即杨朱之讥。在运用音转理论打通不同文本脉络中"音近"字词的意义时,也必须兼顾时间和地域差异下语音语义的变迁和复杂性,以及音训之外,有无文献、考古、历史和文化语境等证据的支持。"盘古即伏羲"说,就目前所掌握的各种证据而言,难以成立。

4."盘古即亳(土地神)"说

王晖在《盘古探源》一文中认为,关于盘古的"秦汉间俗说""古说"应是有根据的,盘古神话虽见录于东汉末年,但其传说由来已久。王文综合运用出土文献、历史地理学和传世文献,较清晰、系统地考察了商周时期土地神亳社的崇拜,认为殷商及东夷方国部族在所封国都建立"亳土"或"亳社",战国秦汉时亳字音转为番吾、鄱吾、潘吾、蕃吾等词语,再转而为薄姑、蒲姑、専古等,再转而为盘古、盘瓠,所以开天辟地的盘古大神,其本源应是土地之神。

王说虽具启发性和参考价值,恐怕只能作为一种假说,有待更进一步的论证。

5. 盘古神话外来说

日本学者高木敏雄1904年在《比较神话学》一书中比较盘古神话和印度《魔奴法论》中的梵天金蛋创世神话、《梨俱吠陀》中原人（Purusa）尸化宇宙万物的创世神话，认为盘古创世神话实来源于印度文化，随着印度佛经传入中国而产生。

吕思勉先生在《盘古考》中引汉译佛教典籍《厄泰梨雅优婆尼沙昙》：

> 太古有阿德摩，先造世界。世界既成，后造人。此人有口，始有言；有言，乃有火。此人有鼻，始有息；有息，乃有风。此人有目，始有视；有视，乃有日。此人有耳，始有听；有听，乃有空。此人有肤，始有毛发，有毛发，乃有植物。此人有心，始有念；有念，乃有月。此人有脐，始有气；有气，乃有死。此人有阴阳，始有精；有精，乃有水。

又引《外道小乘涅槃论》《摩登伽经》中的尸体化生

神话为证,认为盘古神话并非传自中国远古,而是在佛教东传之后,"杂彼外道之说而成"[1]。

饶宗颐、何新和叶舒宪也都持类似看法。何新更将盘古神话的原型追踪到古代巴比伦关于天地开辟的一部创世史诗,该史诗描述最原始浑沌之神产生了大地和天空诸神,它死后尸体被分尸化作天穹和陆地[2]。

但正如杨宽在19世纪40年代所质疑的:"然此等'巨人尸体化生说',在世界大陆国民天地开辟神话几无不有之,不特印度为然也。""此开天辟地之神话,疑非出于传播,乃由各民族社会意识之相类。"[3]三国时期文献所记载的盘古开天辟地、身化万物的神话,当然有可能或多或少地受到当时在中原开始流行的印度文化和佛教论述的影响。但据此认定盘古开辟神话完全属于外来,未免武断、简单化了。

---

[1] 吕思勉. 盘古考 [M]// 顾颉刚. 古史辨:第7册. 上海:上海古籍出版社, 1982:15.
[2] 何新. 盘古之谜的阐释 [J]. 哲学研究, 1986 (5).
[3] 杨宽. 中国上古史导论 [M]// 顾颉刚. 古史辨:第7册. 上海:上海古籍出版社, 1982:159.

后世道教神谱和上古史书写中的盘古神话历史化

无论盘古神话的源头纯属本土,还是纯属外来,或是源自本土而羼杂外来文化的影响,也无论盘古神话的发生年代究竟有多早或多晚,三国以后虽然未获国家祀典吸收,但盘古开天辟地的形象却已深入人心。

道教奉老子为教祖,并不认可盘古是开天辟地的中华第一神祇。如六朝道教典籍《枕中书》引《真记》:

> 玄都玉京七宝山,周回九万里,在大罗之上,城上七宝宫,宫内七宝台,有上、中、下三宫,如一宫。城一面二百四十门,方生八行宝林,绿叶朱实,五色芝英,上有万二千种芝,沼中莲花径度十丈。上宫是盘古真人、元始天王、太元圣母所治,中宫太上真人、金阙老君所治,下宫九天真皇、三天真王所治[1]。

---

[1]《道藏》第 3 册《元始上真众仙记》。

前引《枕中书》，说元始天王就是盘古真人，但此处以盘古真人为仙人领袖之一，与元始天王、太元圣母共领玄都玉京上宫诸仙。北宋初的《云笈七签》引《天尊老君名号历劫经略》，说盘古真人从元始道君受《灵宝内经》，又从太上道君受《三皇内经》，于是成天立地，化造万物。然后有三皇氏、五帝、三皇君、五龙氏之迭相兴起。之后有神人氏兴。

其状神异，若盘古真人，而亦号盘古，即是无劫苍生万物之所承也。以己形状类象，分别天地、日月、星辰、阴阳、四时、五行、九宫、八卦、六甲、山川河海，不能决定，故以天中元景元年七月一日，上登太极天王，上启元始太上天尊，更授《神宝三皇内经》并《灵宝五符经》。老君下降，授神人氏，得斯经下世，则按经图分画天地，名前劫。高上真人更新开乎造化时事，故昧前皇圣人功用，所以于此而为更始。但世人相聚，只知有此盘古，岂明今天前始之初复有盘古者哉？所以自斯盘古，以道治世万九千九百九十九载，白日升仙，上昆仑，登太清天中，授号曰元始天王。则王母学道，降人鸟之山人。而盘古真人氏仙后，伏羲氏兴[1]。

此说杂糅开辟天地之盘古与号元始天王的真人盘古，故有前、后两盘古，都是太上老君、元始天尊的弟子。又有以盘古为太上老君化身之一的说法[2]。

中国历史编纂"正史"传统中的上古史书写，始于《史记》的《五帝本纪》。但这不等于古代的史学家们认为中华历史就始于黄帝、颛顼、帝喾、尧、舜。只是司马迁因"《尚书》独载尧以来，而百家言黄帝，其文不雅驯，荐绅先生难言之"[3]，所以选择排除更古老却无可靠文献依据的传说。至蜀汉西晋，有谯周撰《古史考》。该书已佚，据知也不过提到三皇（伏羲、神农、黄帝，一说燧

---

[1]《云笈七签》卷三《道教本始部》。
[2] 谢守灏《混元圣纪》。
[3]《史记》卷一《五帝本纪》。

人、伏羲、神农）。西晋皇甫谧撰《帝王世纪》，叙上古史用纬书说，历叙天皇、地皇、人皇，之后是有巢氏、燧人氏、太昊庖牺氏、女娲氏、黄帝有熊氏等。唐司马贞作《史记索隐》，补《三皇本纪》，始叙伏羲、女娲，及天皇、地皇、人皇，皆不及盘古。

刘恕，字道原，北宋筠州（治今江西高安）人。《宋史》本传称其"笃好史学，自太史公所记，下至周显德末，纪传之外至私记杂说，无所不览，上下数千载间，巨微之事，如指诸掌"。宋英宗令司马光专修《资治通鉴》，许其自择馆阁英才为助手，司马光说："馆阁文学之士诚多，至于专精史学，臣得而知者，唯刘恕耳。"[1]《资治通鉴》所记史事，自周威烈王二十三年三家分晋至五代后周世宗显德六年。刘恕曾问司马光："曷不起上古或尧、舜？"司马光称战国以前史事，已见孔子所作《春秋》经，"经不可续，不敢始于获麟"[2]。而刘恕"意谓缺漏"，于是自撰《通鉴外纪》一书，起三皇五帝至周威烈

---

[1]《宋史》卷四百四十四《文苑六·刘恕传》。
[2]《郡斋读书志校证》卷五。

王二十二年，载其世次。其书取材广博，稽考精审。刘恕撰史，虽然起自三皇五帝，却对这一传说上古史体系颇表怀疑，认为是后起之伪说，只是作为一种上古史传说予以保存[1]。其体例是：认为基本可信的史料，以大字书写，作为正文；对于疑事异端，则"备列于注，以示传闻异辞"。其卷一《包牺以来纪》以"包牺氏"即伏羲为中华帝王之首位，盘古开辟神话则备列于注。

> 天地混沌如鸡子，盘古生其中。万八千岁，天地开辟，清阳为天，浊阴为地。盘古在其中，一日九变，神于天，圣于地。天日高一丈，地日厚一丈，盘古日长一丈。如此万八千岁，天数极高，地数极深，盘古极长。然则生物始于盘古，万物之祖也。
>
> 其死也，头为五岳，目为日月，脂膏为江海，毛发为草木。先儒说，盘古泣为江河，气为风，声为雷，目瞳为电，喜为晴，怒为阴。秦汉间俗说，盘古头

---

[1] 邬国义. 刘恕与古史研究[J]. 社会科学，2005（7）.

为东岳，腹为中岳，左臂为南岳，右臂为北岳，足为西岳。吴楚间说，盘古，夫妻阴阳之始也。后乃有三皇[1]。

以上文字，刘恕未注出处，但显然本自《三五历记》和《述异记》。于是盘古开辟神话第一次被纳入中华上古史书写，虽然只是作为补注存疑。

胡宏，字仁仲，号五峰，人称五峰先生，南宋崇安（今福建武夷山）人。南宋著名理学家，湖湘学派创立者和奠基者。其父胡安国是北宋末期的著名经学家，所撰《春秋传》受到宋高宗的赞誉和朱熹的推崇[2]。应该是受到家学的影响，胡宏有意识地通过"史经并叙"的义理史学，阐述发挥他的哲学思想。他的晚年著述编年体《皇王大纪》，以易理来探究社会历史的变迁。上启盘古，下至周赧王，博引经史子集。出于其理学理念，他的历史叙事策略严格遵循"理"的原则。例如他认同刘恕《通鉴外

---

[1]《四部丛刊·史部》第198册，影印上海涵芬楼藏明刊本，1929.
[2] 曹宇峰. 胡宏史学思想初探[J]. 重庆社会科学，2006（10）.

纪》"以为古无三皇五帝"的辨析,但"愚以为如是称逆理害义,虽人谓之圣贤之经,犹当改也。苟于理义无伤害,虽庸愚之说,犹可从也"[1]。胡宏的意思是,只要不伤理学的"义理",即使缺乏史实依据的神话俗说,也不妨碍纳入上古史书写。例如"世传天地之初如鸡子,盘古氏以身变化天地日月山川草木于其中,所谓讹矣,失其真"。但"盘姓为万姓之先,则不可没者也"。所以《皇王大纪》卷一叙天地开辟、万物生成,以儒家的话语体系,描述盘古开辟宇宙:"盘古氏生于大荒,莫知其始,仰观天倪,俯察地轴,明天地之道,达阴阳之变,为三才首君。于是宇宙光辉,而混茫开矣。"[2]意即盘古虽然未必以身变化万物,却曾剖判混沌,开创天地人之格局。

罗泌《路史》是宋代又一部上古史著述。罗泌,字长源,号归愚,南宋庐陵(今江西吉安)人。"学博才宏,侈游坟典,乃搜集百家,成《路史》四十七卷,西蜀费

---

[1] 吴仁华. 胡宏集[M]. 北京:中华书局,1987:221.
[2]《影印文渊阁四库全书》第313册。

辉为之序。"[1]其子罗苹则承父命作注。罗泌融会先秦经、传、诸子及谶纬家言、搜神志异之书，走访许多传说中远古帝王的遗迹[2]。《路史》还有意识地采纳大量神话传说，辑而成史。其《后纪》始于太昊、炎帝，而《前纪》所记始于"初天皇、初地皇、初人皇"，中间史皇氏、柏皇氏、中皇氏、大庭氏、栗陆氏、昆连氏、轩辕氏、赫苏氏、葛天氏、尊卢氏、祝诵氏、昊英氏、有巢氏、朱襄氏、无怀氏，与《庄子·胠箧》所记古十二君"容成氏、大庭氏、伯皇氏、中央氏、栗陆氏、骊畜氏、轩辕氏、赫胥氏、尊庐氏、祝融氏、伏羲氏、神农氏"最为接近，亦符管仲所说"古者封泰山禅梁父者七十二家"之数，可谓上古神话集大成之作。而其征引之浩博，体系之周密，学者多称引之[3]。较之《通鉴外纪》《皇王大纪》，《路史》更受后世上古史、文化史、神话学研究者的重视。

---

[1]《宋史翼》卷二十九《文苑四》。
[2] 朱仙林. 罗泌家世及其《路史》考[J]. 古代文明. 2011（4）.
[3] 张京华. 文明的起源：宋代学者的历史哲学[J]. 南华大学学报，2015（1）.

《路史·前纪》卷一《初三皇纪》卷首，论天地生成、万物化生之源头，称"事有不可尽究，物有不可臆言。众人疑之，圣人之所以稽也"。于引述道家宇宙生成理论外，又"谓天地之初，有浑敦氏者出为之治，继之以天皇氏、地皇氏、人皇氏"。罗苹注文释"浑敦氏"："即代所谓盘古氏者，神灵一日九变，盖元混之初、陶融造化之主也。"并引《六韬·大明》《三五历记》《丹壶记》《真源赋》《述异记》等文献以明之[1]。

《路史·前纪》卷三《循蜚纪·巨灵氏》中，罗泌根据搜集到的《丹壶记》《名山记》等前代佚书和《吕梁碑》，梳理出上古帝王八十八世之次序，再次表述三皇之前"乃有盘古氏，基之混沌之说"[2]。发展至此，盘古开辟故事似已超越记异、存疑的备注地位，成为上古史书写的开卷标配。

例如元代梅屋禅师念常，"得临济之旨于晦机之室，禅悦之外博及群书。乃取佛祖住世之本末、说法之因缘、

[1]《影印文渊阁四库全书》第383册。
[2]《影印文渊阁四库全书》第383册。

译经弘教之师、衣法嫡传之裔、正流旁出散圣异僧、时君世主之所尊尚、王臣将相之所护持，论驳异同，参考讹正，二十余年始克成编"[1]，撰成编年体佛教通史《佛祖历代通载》，"从中国历史传说时代的盘古、三皇五帝叙起，汉至五代的内容主要因袭《隆兴佛教编年通论》，详略大致相同，最后五卷记载宋、元二代甚详，一直为后世所重"[2]。比丘觉岸作序，称"其文博、其理明，叙事且实，出入经典，考正宗传，殊有补于名教"。第一卷叙"吾佛世尊未生以前时代，本不与书，欲便初学，卷自太古始"。第二卷叙中华太古诸君，依次为盘古王、天皇、地皇、人皇、五纪（五龙纪）、有巢氏、燧人氏、伏羲氏、社神、神农氏、黄帝、少昊、颛顼、帝喾、唐尧、虞舜、夏后氏等。关于盘古的描述见下：

> 盘古首君，治一万八千岁［注：《列子》曰"运（浑）"，即盘古也。《北山》曰：天日高一丈，地日

---

[1]《大正藏》49册。
[2]郭琳. 论中国古代编年体佛教通史的撰述[J]. 史学史研究. 2018（1）.

厚一丈，盘古日长一丈。头极东，足极西，左手极南，右手极北，开目为曙，闭目为夜，呼为暑，吸为寒，吹气成风云，吐气成雷霆。四时行焉，万物生焉。八纮九围之大，其孰与多？三皇五纪之尊，其孰与先？古今记盘古死后形分物象也]。

陈桱，字子经，元末明初奉化人，流寓长洲，出身浙东四明望族，祖、父皆是史学名家。桱内承家学，外私淑黄震，故"学问早成，流辈莫敢与并者"[1]。有史著多种，包括《通鉴续编》《续编宋史辨》《通鉴前编举要新书》《治平类要》《资治通鉴纲目前编外记》等。《通鉴续编》是一部纲目体中国通史[2]，其卷一开宗明义，首列盘古氏。注文云：

太极生两仪，两仪生四象，四象变化而庶类繁矣。相传首出御世者，曰盘古氏，又曰浑敦氏。盘

---

[1] 张伟. 陈桱史学再探[J]. 史学史研究. 2000（3）.
[2] 钱茂伟. 元末浙东学人陈桱史学述略[J]. 宁波大学学报，1992（2）.

古,犹盘固也;浑敦,未昭晰之谓也。《皇王大纪》曰:盘古生于大荒,莫知其始,明天地之道,达阴阳之变,为三才首君。于是混茫开矣[1]。

钱茂伟说,盘古以迄高辛这段古史,一般人觉得不可信,所以"述作之家"是不敢写的。陈樫认为,百家所记虽有荒唐不可信的一面,但在总体上是可信的,"盘古至高辛,传疑之言、近理有征者,不可不知也"。所以他必须补写盘古至高辛这段历史。其实,在宋元的义理史学书写中,追溯三皇之前,视盘古为天地万物之祖,已成常情常态。

至清初,上古史的重要著述有马骕的《绎史》。马骕,字宛斯,号聪御,山东邹平人。精于上古史,时人号曰"马三代",颇受顾炎武推重,也与阎若璩交往甚密。所撰《绎史》卷帙浩繁,材料丰富,在编撰思想上和史书体制上有创新,融合了多种史书体裁,创造了新的综合的史书

---

[1]《影印文渊阁四库全书》第332册。

体制[1]。当时人们将它与李清《南北史合注》、顾祖禹《读史方舆纪要》并称三大奇书。

《绎史》所记历史上起太古,下至秦末。卷一《开辟原始》阐述洪荒剖判之由,首先引述《列子·天瑞》和《淮南子·天文训》中道家的宇宙生成论,称宇宙肇始,一片浑沦(混沌),然后"清轻者上为天,浊重者下为地",天地分离,阴阳四时、日月星辰等万物化生。

《绎史》接着在正文和小字附录中引述《五运历年记》《述异记》和《三五历记》中有关盘古开天辟地、身化万物的描述(均见前引)。马氏评论说:"盘古氏名起自杂书,恍惚之论,荒唐之说耳!作史者目为三才首君,何异说梦!"

马氏治史,将古代的经、史、子书皆视作史料,重史实的考证辨析,所以并不认同"起自杂书"的盘古开辟就是洪荒剖判的源头。尽管如此,当他书写《开辟原始》篇时,却不能无视盘古。可知宋元以来,盘古在一些具有

---

[1] 陈其泰. 略论马骕的史学成就[J]. 史学月刊, 1985(2).

影响力的私家上古史书写中，已确立其开天辟地第一君的地位。影响所及，周边邻国国史如《朝鲜王朝实录·宣祖实录》，明确以盘古为中华历史的开端。

［二十一年（1588）卷二十二，5月7日］传曰："人之所以为人者，以其有伦纪也。子而不得父其父，臣而不得君其君，自开辟以来盘古帝王，以至九夷八蛮，未知有此变乎？"

［三十一年（1598）卷九十八，3月22日］传曰："自古岂有射杀之军功乎？中国自盘古以来，曾无此例，东国自檀君以来，亦无此例，唯今此贼变时，有司做出此例。射杀之时，谁人证见，谁人计数乎？不过循私市恩。我国之事如此而已，参酌施行。"

明清时代的欧洲传教士向西方世界介绍中国古代历史和帝王世系，也往往始自盘古，如1658年卫匡国的

《中国上古史》[1]。

20世纪以来的中国通史和上古史，一般不再将盘古开辟神话纳入书写序列，除非是如杨宽和吕思勉等对盘古神话历史化的质疑和辨伪[2]。有趣的是，日本讲谈社《中国的历史》第一卷，宫本一夫著《从神话到历史——神话时代　夏王朝》第一章第二节"三皇神话与盘古传说"，指出："在中国，最有名的开天辟地者当属盘古，即所谓的盘古神话……盘古神话从内容上看，要早于伏羲、女娲神话，但是这些内容的记述整理是在《三五历记》写成的三国时代。就算是自古流传下来的神话，也必须考虑到它的成书处于较晚的年代。""可以想见这些神话是在汉代以后人们开始关注宇宙及世界诞生的问题，或者说是出于对汉族祖先赋予正统性的必要而产生的。"这种说法并非对盘古神话历史化的认同，却是对盘古神话之产生原因及

---

[1] 吴莉苇. 明清传教士中国上古编年史研究探源[J]. 中国史研究, 2004（3）.
[2] 杨宽. 中国上古史导论[M]//顾颉刚. 古史辨：第7册. 上海：上海古籍出版社, 1982：164—166、169；吕思勉. 吕著中国通史[M]. 上海：华东师范大学出版社, 1992：316.

形态的一种历史性的解释。

同样有趣的是,"自从盘古开天地,三皇五帝到如今",已成为中国文学作品和通俗历史的标准表述。例如元杂剧《楚昭王疏者下船》第三折:"是你送了正直臣,是你昏俺明圣主。自从盘古到如今,数,数。不曾见篡君王江山,弑君王性命,揭君王坟墓。"[1]

明代中期小说《西游记》第一回《灵根育孕源流出　心性修持大道生》:

> 混沌未分天地乱,茫茫渺渺无人见。
> 自从盘古破鸿蒙,开辟从兹清浊辨。
> 覆载群生仰至仁,发明万物皆成善。
> 欲知造化会元功,须看《西游释厄传》。
> 感盘古开辟,三皇治世,五帝定伦,世界之间,遂分为四大部洲。

---

[1] 宁希元. 元刊杂剧三十种[M]. 兰州:兰州大学出版社,1988:89.

同时代的《封神演义》第一回《纣王女娲宫进香》卷首诗：

混沌初分盘古先，太极两仪四象悬。子天丑地人寅出，避除兽患有巢贤。燧人取火免鲜食，伏羲画卦阴阳前。神农治世尝百草，轩辕礼乐婚姻联。少昊五帝民物阜，禹王治水洪波躅。

第六十一回《太极图殷洪绝命》：

混沌初开盘古世，太极传下两仪来；四象无穷变化异，殷洪此际丧飞灰。

第八十四《回子牙兵取潼关》，鸿钧道人作偈曰：

高卧九重云，蒲团了道真；天地玄黄外，吾当掌教尊。盘古生太极，两仪四象循；一道传三友，二教阐截分。玄门都领秀，一气化鸿钧。

清人李汝珍的小说《镜花缘》第五十三回《论前朝数语分南北　书旧史挥毫贯古今》：

> 话说唐闺臣知亭亭学问非凡，若谈经书，未免徒费唇舌，因他远居外邦，或于中原史鉴未必留神，意欲以此同他谈谈，看他怎样；因说道："请教姊姊，贵邦历朝史鉴，自然也与敝处相仿。可惜尊处简策流传不广，我们竟难一见。姊姊博览广读，敝乡历朝史书，该都看过；即如盘古至今，年岁多少，前人议论不一，想高明自有卓见了。"亭亭道："妹子记得天朝开辟之初，自盘古氏以及天皇、地皇、人皇，至伏羲氏，其中年岁，前人虽有二百余万年之说，但无可考。"

20世纪20年代，上海市委宣传部和文化影视广播管理局启动和推进"开天辟地——中华创世神话文艺创作与文化传播工程"。作为史诗版《中华创世神话》的一部分，诗人徐芳创作了《混沌开辟》，其中描写：

> 那一股浩浩荡荡的元气啊／名曰盘古——曾无声无息／那元气只是微微一个跃动／混沌似乎来自本能的知觉／突然吃了一惊却悄然、缓慢裂开一条缝／你们知道吗？盘古那样的腿／也有尺度和动作的迟钝感／……
>
> 也许，开始在不知什么时候／但当一丝丝微颤传来／开裂时，所谓诞生／渐渐，由轻转为重／接下来是几个转眼之间呢／混沌已一分为二／轻而清的部分冉冉上升为天／重而浊的部分缓缓下降为地

胡中行《混沌开辟》（节选）：

> 宇宙洪荒本无明，混沌不见日月星。
> 悬空不动如鸡子，唯有真气内中行。
> 真气蒸腾年复年，化作甘露聚作精。
> 蓬松毛发嶙峋骨，万古修得一人形。

目光如炬望四壁,不见光明见漆黑。
怒伸双臂如开弓,霎时英雄破壁出。
清者为天浊者地,英雄双手高举起。
尔来一万八千岁,天地相去九万里。
一柱擎天意气豪,欲与天公试比高。
融汇三才第一神,亘古云霄一羽毛。
英雄名讳曰盘古,中华儿女为始祖。
开天辟地创世纪,龙首人身最英武。
待到阴阳有序时,轰然倒地烈士死。
毛发骨血化万物,鞠躬尽瘁死不已。
声为雷霆气成风,双眼日月挂苍穹。
须发为星汗为雨,血液为河流西东。
肢体四极连五岳,筋脉肌肉沃土中。
毛为青草皮为木,齿骨铮铮化金石。
脂为长江膏为海,精为珍珠髓为玉。
身上诸虫因风感,化为黎民遍中国。
伏羲女娲随其后,三皇五帝承衣钵。
立庙南方为共祖,苗瑶壮侗多民族。

盘古神迹何处寻？千百年来说纷纭。

这样的史诗，也可以算是盘古神话的另类历史化吧？其中的意象，显然受到传世文献所记载的盘古形象和神迹的启发。

后世民间信仰中的盘古

创世神祇，在各种神话体系中，都应该是最古老的祖神、主神级大神。但中国的盘古大神，见诸文献的时代较晚，历朝国家祀典也没有将他纳入主流的祭祀序列。道教自有一套宇宙生成、天地剖分的想象和一群执掌宇宙秩序的主神，所以盘古在道教神谱中也没能获得相应的认可。在一些上古史书写中，盘古被历史化，尊为中华君王之首，但这些书写都出自私家著述，尚未获得官方的、主流的历史编纂学的认可。那么，盘古在民间信仰中，又拥有什么样的影响呢？

盘古神话始见于三国时期的文字记载，但关于盘古的传说和信仰很可能在汉代甚至更早已在某些地域的民间流传，只是缺乏历史文献和考古资料的证据。毋庸置疑的是，三国之后，关于盘古的文献记载明显增多，从中透露出一些当时流行于民间的盘古崇拜的信息。

《述异记》卷上：

> 今南海有盘古氏墓，亘三百余里，俗云后人追葬盘古之魂也。桂林有盘古氏庙，今人祝祀。南海中盘古国，今人皆以盘古为姓。昉按：盘古氏，天地万物之祖也，然则生物始于盘古。

《述异记》的成书年代尚无定论，不晚于唐是没有问题的。所记内容，很可能涵盖唐及唐以前的历史文化现象。南海当指西汉灭南越国后复置的南海郡，辖境相当于今广东南部。桂林当指三国吴开始设置的桂林郡，辖境相当于今广西东部。按照《述异记》的记载，这一带有盘古墓、盘古庙，还有盘古国。盘古国究竟在哪儿，学界颇多争议，但岭南盘古信仰流行，却是可以肯定的，且其俗至今犹盛。民国学者刘锡蕃《岭表纪蛮》第八章：

盘古为一般瑶族所虔祀,称之为盘王。瑶人以为人之生死寿夭贫贱,皆盘王主之,故家家供其木主。片肉卮酒,必享王而后食。天旱,祷盘王,舁王游田间视禾稼,虽烈日如火,不敢御伞盖,冀王之怜而降雨也。

曾祥委更在田野考察中发现,"岭南存在着庞大的盘古崇拜群。岭南畲族、瑶族都存在盘古崇拜。在岭南的汉族中也普遍存在盘古崇拜。调查的结果表明:粤北和粤东地区至今仍有大量的盘古庙"。瑶族崇拜的盘古,常将创世神盘古与犬首始祖盘瓠合二为一,畲族则将盘古和盘瓠分得很清楚,汉族(客家)崇拜的是创世神盘古。但即使在畲族、瑶族信仰中,盘古和盘瓠亦分属不同系统的祖源神话,只是后人常将之混为一谈。

盘古崇拜盛行于岭南,却非岭南地区的独特文化现象。罗泌《路史》卷一《前纪一》注:

今赣之会昌有盘古山，本盘固名。其湘乡有盘古保，而雩都有盘古祠，盘固之谓也。按《地理坤鉴》云：龙首人身。而今成都、淮安、京兆皆有庙祀。事具徐整《三五历记》及《丹壶记》……荆湖南北今以十月十六日为盘古氏生日，以候月之阴暗，云其显化之所宜，有以也。《元丰九域志》"广陵有盘古冢、庙"，殆亦神假者。

《元史·世祖本纪七》：至元十五年四月乙卯，"修会川县盘古王祠，祀之"。《明史·外国七》：锡兰山，"王所居侧有大山，高出云汉。其巅有巨人足迹，入石深二尺，长八尺余，云是盘古遗迹"。从历史文献的记载看，唐宋以来，今江西、四川、湖南、湖北、河南、河北、江苏等地区，甚至域外，都有盘古庙祀和崇拜遗迹。近年来，不少学者在岭南、河南等地进行广泛的田野考察，收集大量民族学、民俗学材料，研究盘古开辟神话的起源和传播。一些学者主张盘古神话起源于中原地区。这些素材和研究对我们理解盘古这一文化现象在不同区域、不同时期的流变和传播极有价值。但仅凭现当代田野调查获取的民族学、人类学素材，推断上古神话的起源及其在古代社会中的形态，存在着很大的不确定性。

例如，据曾祥委的调查，粤北过山瑶家中悬挂的神像画，自左至右为中堂、狱王、老君、元始天尊、通天教主、盘王、地府；祷请神灵时要念"请上福江盘王圣帝，盘古圣人，左边金童、右边玉女，擎凉打伞，黄赵二姓夫人，禾花姊妹、五谷仙人"。在客家地区，《盘古经》与《龙王经》《虫蝗经》配合使用，在干旱年份，民间打醮时，用来祈丰保苗。惠阳约场龙坪咀盘古宫，主殿正中为盘古王神像，戴金箍，肩腰披木叶，赤身端坐，右手举日，左手托月。盘古左首为药师，右首为太白仙师。左首偏殿神坛顺次为车公爷、观音、天后。右首偏殿依次为盘古仙婆、冯仙姊（两边分列何仙姑、张仙姑）。

在北方，豫南盘古山盘古庙，1949年前所祀主神为盘古，附祀祖师（真武大帝）、龙王，偏殿杂神有周文王、大奶奶、二奶奶、三奶奶、瞌睡奶奶、火神、青苗、马王、天师、王灵官、赵公明等。1997年新建后主神盘古,附祀三皇五帝(伏羲、女娲、神农、黄帝、炎帝、尧、舜、禹),祖师退为偏殿杂神。杂神于原来的大奶奶、二奶奶、三奶奶、火神、天师、财神等外,新加民间更广泛流行的送子观音、关羽、四大天王、佛祖[1]。盘古庙供奉诸神如此与时俱进,与盘古的"创世神格"恐怕不尽相符。但在中国民间信仰中,这样的演变是屡见不鲜的。

唐末五代道士杜光庭《录异记》卷四:

> 广都县(今四川成都双流区)有盘古三郎庙,颇有灵应,民之过门稍不致敬,多为殴击,或道途颠蹶。县民杨知遇者,尝受正一盟威箓。一夕醉甚,将还其家,路远月黑,因庙门过,大呼曰:"余正一弟子也,酒醉月黑,无伴还家,愿得神力示以归路。"俄有一炬火自庙门出,前引之。比至其家,二十余里,虽狭桥细路,略无蹉跌,火炬亦无见矣。乡里

---

[1] 刘俊起. 从民间杂神到三皇五帝——论盘古庙重建过程中附祀神的变化[J]. 民俗研究. 2005 (1).

之人尤惊异之[1]。

"三郎"者,多神界纨绔恶少,如泰山三郎、华岳三郎之类。盘古三郎,"民之过门稍不致敬,多为殴击,或道途颠蹶",亦颇为恶作剧。但正一道弟子醉酒求助,大声喝呼,三郎神却好说话地伸出援手。这则故事或许是宗奉道教人士的自娱想象,但也从一个侧面反映出盘古三郎在神性、神阶和德性上与泰山三郎、华岳三郎处于同一个层面。换句话说,在当时的民间信仰中,盘古大神和东岳、西岳的山神以及其他诸路神仙一样,是否也处在相同的层面,充当各地区信众的守护神呢?

(原载《文化杂志》105期,2019年)

---

[1]《道藏》第10册。

玉皇大帝信仰源流考略

一般说来，大一统的人间社会，才会造就大一统的神的世界；至尊无上的天帝不过是人间专制帝王投射到天上的影子。自殷一统华夏，建立普世王权，其王室尊为最高神的祖先神帝（上帝），就成为普世神权的中心。但随着社会政治的变迁，例如王权的更迭易手，天帝不得不逐步抽象化、符号化，与原始性质相脱离，例如历代信仰之天（天帝、皇天上帝、昊天上帝），脱胎于星象崇拜的太一、天皇大帝、五方感生帝等。及至东汉以后，土生土长的道教与自西方传入的佛教影响逐渐扩大，尽管较原始的天帝仍然被列入历代皇朝的祭祀大典，但民间信仰却越来越广泛地吸纳着道、佛两教的神祇体系，对传统的天帝偶像表示了明显的淡漠。甚至另辟蹊径，发展出天公、天翁等草莽味十足的天帝信仰。至宋代，由于朝廷和道教群体的共同推动，道教诸神中的玉皇上帝（俗称玉皇大帝）闪亮登场。由于玉皇上帝这一神学形象不仅继承了传统信仰的内容，而且与人间现实的帝王形象相吻合，道教徒们便以他为核心，设计了一个与中国封建王朝结构相仿的神的世界体系。这样的形象和体系，恰好符合一般民众对天帝的想象和期待。从此以后，玉皇上帝成为中国民间影响最大的至尊天帝。

殷、周、春秋战国信仰中的帝和上帝

在信仰万物有灵的远古时代，不同部族的初民中已出现最高神崇拜的雏形。许多上古部族所信仰的最高神，就是他们自己的祖先神或人文始祖。随着部族之间的融合，最高神就变换着角色，以新的民族共同祖先来充任。盘古以来的三皇以及黄帝等上古传说中的皇和帝很可能都是传说时代不同时期、不同地域所信仰的最高神。

从甲骨文的记录来看，殷商时期华夏地区人们信仰的最高神是殷王族的祖先神，称谓是帝或上帝[1]。殷商

---

[1] 常玉芝. 由商代的"帝"看所谓"黄帝"[J]. 文史哲. 2008（6）.

卜辞中的帝，可以支配自然现象以影响人间祸福［令风、令雨、令雷、降艰降祸、降堇（馑）等］，也具有支配社会现象和社会统治者的神性（授佑、帝咎王、帝佐王、帝与邑、终兹邑、若王等）。这表明，商代的上帝崇拜，本质上是原始初民所崇拜的自然神和社会神的综合、抽象和升华，是统辖自然与人间的最高神[1]。

但随着社会和政治的变动、王权的更迭，帝或上帝也逐渐脱离特定统治宗族祖先神的身份。周人灭商后，虽然继承了商的上帝信仰，却将其抽象化、符号化，视之为高踞人间之上的苍茫天穹的主宰，具有意志的超自然神祇，而非某一特定氏族的祖先神。金文记载如西周中期的《史墙盘》："曰古文王，初□龢于政，上帝降懿德大甹，匍有上下，迨受万邦。"[2] 西周晚期的《𪉈钟（宗周钟）》："隹皇上帝、百神保余小子。"[3] 文献记载如

---

[1] 宋镇豪. 夏商社会生活史[M]. 北京：中国社会科学出版社，1994：452—454.
[2] 中国社会科学院考古所. 殷周金文集成释文：第6卷[M]. 香港：香港中文大学中国文化研究所，2001：133.
[3] 同上，第1卷，2001：227.

《诗经·大雅·大明》:"维此文王,小心翼翼。昭事上帝,聿怀多福。厥德不回,以受方国。"《诗经·鲁颂·閟宫》:"赫赫姜嫄,其德不回。上帝是依,无灾无害。"

西汉戴圣编辑的《礼记》,辑录了许多春秋战国时期儒家学者有关礼仪制度的论述。其中的《礼运》篇叙述古代祭神之礼:"以炮以燔,以亨以炙,以为醴酪,治其麻丝,以为布帛。以养生送死,以事鬼神上帝,皆从其朔。"

因上帝之超越神性,又或冠之以昊天、天皇等尊号。如《诗经·大雅·云汉》:

旱既大甚,则不可推。兢兢业业,如霆如雷。周余黎民,靡有孑遗。昊天上帝,则不我遗。胡不相畏,先祖于摧?

旱既大甚,则不可沮。赫赫炎炎,云我无所。大命近止,靡瞻靡顾。群公先正,则不我助。父母先祖,胡宁忍予?

旱既大甚,涤涤山川。旱魃为虐,如惔如焚。我心惮暑,忧心如熏。群公先正,则不我闻。昊天上帝,宁俾我遁?

旱既大甚,黾勉畏去。胡宁瘨我以旱,憯不知其故?祈年孔夙,方社不莫。昊天上帝,则不我虞。敬恭明神,宜无悔怒。

周人以为大旱出自上天的雷霆之怒,无数生命系于上天之一念,所以恭恭敬敬、战战兢兢地祈求昊天上帝和列祖列宗的哀悯庇荫。

《史记·周本纪》记周武王灭商后,自承受命于天。

尹佚策祝曰:"殷之末孙季纣,殄废先王明德,侮蔑神祇不祀,昏暴商邑百姓,其章显闻于天皇上帝。"于是武王再拜稽首,曰:"膺更大命,革殷,受天明命。"

春秋鲁成公十三年(前578),晋厉公谋划伐秦,先派大夫吕相(魏相)出使秦国,与秦绝交。吕相词锋犀利,历数秦恶,并援引楚国使臣谋求与晋结盟为证,称楚人憎恶秦君之反复无常,故而"昭告昊天上帝、秦三公、楚三王",求盟于晋[1]。

战国时,秦国发展出畤祭五方五色上帝的信仰和祭典。《史记·封禅书》:

> 秦襄公攻戎救周,始列为诸侯。秦襄公既侯,居西垂,自以为主少暤之神,作西畤,祠白帝……
>
> 其后十六年,秦文公东猎汧渭之间,卜居之而吉。文公梦黄蛇自天下属地,其口止于鄜衍。文公问史敦,敦曰:"此上帝之征,君其祠之。"于是作鄜畤,用三牲郊祭白帝焉……
>
> 德公立二年卒。其后四年,秦宣公作密畤于渭南,祭青帝。
>
> 其后十四年,秦缪公立,病卧五日不寤;寤,乃言梦见上帝,上帝命缪公平晋乱。史书而记藏之府(事又见《赵世家》)。而后世皆曰秦缪公上天。
>
> 其后百余年,秦灵公作吴阳上畤,祭黄帝;作

---

[1] 杨伯峻. 春秋左传注(修订本)[M]. 北京:中华书局,1995:865.

下畤，祭炎帝。

栎阳雨金，秦献公自以为得金瑞，故作畦畤栎阳而祀白帝。

（汉高祖）二年，东击项籍而还入关，问："故秦时上帝祠何帝也？"对曰："四帝，有白、青、黄、赤帝之祠。"高祖曰："吾闻天有五帝，而有四，何也？"莫知其说。于是高祖曰："吾知之矣，乃待我而具五也。"乃立黑帝祠，命曰北畤。

"畤，止也，言神灵之所依止也。亦音市，谓为坛以祭天也。""盖天好阴，祠之必于高山之下，小山之上，命曰'畤'；地贵阳，祭之必于泽中圜丘云。"徐中舒认为，秦国诸畤，"其初均为民间祠祀"；汪受宽进一步推论早期的畤祭应为农民祈祷上天佑护的祭典[1]。秦国设鄜畤祭西方白帝，设密畤祭东方青帝，设上畤祭中央黄帝，又设下畤祭南方炎帝（亦称赤帝），显然受到五行观念的影响。

---

[1] 汪受宽. 畤祭原始说[J]. 兰州大学学报，2002（5）.

至于北方的黑帝，即颛顼，或说秦人视颛顼为始祖，祭于始祖之庙，所以不为颛顼立郊祠[1]。秦、汉建立大一统帝国，汉高祖刘邦又设北畤祭北方黑帝，五方上帝祭祀成为国家盛典。

五方上帝本从民间信仰发展而来，社会化、人格化的色彩较浓。《史记·赵世家》中的上帝及其天庭形象，就颇具人间趣味：

> 赵简子疾，五日不知人，大夫皆惧。医扁鹊视之，出，董安于问。扁鹊曰："血脉治也，而何怪！在昔秦缪公尝如此，七日而寤。寤之日，告公孙支与子舆曰：'我之帝所甚乐。吾所以久者，适有学也。帝告我："晋国将大乱，五世不安；其后将霸，未老而死；霸者之子且令而国男女无别。"'公孙支书而藏之，秦谶于是出矣。献公之乱，文公之霸，而襄

---

[1] 王晖. 秦人崇尚水德之源与不立黑帝畤之谜[M]// 秦始皇兵马俑博物馆《论丛》编委会. 秦文化论丛：第3辑. 西安：西北大学出版社，1994.

公败秦师于殽而归纵淫，此子之所闻。今主君之疾与之同，不出三日疾必间，间必有言也。"

居二日半，简子寤。语大夫曰："我之帝所甚乐，与百神游于钧天，广乐九奏万舞，不类三代之乐，其声动人心。有一熊欲来援我，帝命我射之，中熊，熊死。又有一罴来，我又射之，中罴，罴死。帝甚喜，赐我二笥，皆有副。吾见儿在帝侧，帝属我一翟犬，曰：'及而子之壮也，以赐之。'帝告我：'晋国且世衰，七世而亡，嬴姓将大败周人于范魁之西，而亦不能有也。今余思虞舜之勋，适余将以其胄女孟姚配而七世之孙。'"董安于受言而书藏之。

据《史记》记载，上帝的预言后来在秦国、晋国一一应验了。

以北极星为最高神

太一、太乙

西汉初承秦制，国家祀典以五方上帝为最高神。武帝即位后,"尤敬鬼神之祀"。《史记·封禅书》:亳人谬忌奏祠太一方,曰:"天神贵者太一,太一佐曰五帝。古者天子以春秋祭太一东南郊,用太牢,七日,为坛开八通之鬼道。"

太一,或名太乙,其实是战国至西汉初楚地信仰的星神,也称东皇太一。楚辞《九歌·东皇太一》:"吉日兮辰良,日谓甲乙,辰谓寅卯。穆将愉兮上皇。"东汉王逸注:"太一,星名,天之尊神,祠在楚东,以配东帝,故曰东皇。""上皇,谓东皇太一也。言己将修祭祀,必择吉良之日,斋戒恭敬,以宴乐天神也。"[1]

太一是指哪一颗星?《淮南子·天文训》:"太微者,太一之庭也。紫宫者,太一之居也。"东汉高诱注:"太微,星名也。太一,天神也。"[2]其时有误,前辈学者多已指出。中国古代天文学,为便于观测星象,将星空划分为三垣二十八宿诸星区。三垣包括上垣之太微垣、中垣之紫微垣及下垣之天市垣。太一所居之紫宫,即紫微

---

[1]《楚辞补注》卷二。
[2]何宁. 淮南子集释:下[M]. 北京:中华书局,1998:200.

垣。太一即北辰星（北极星、勾陈一）神，居紫微垣中枢，是星空北部亮度极高的星辰。太微则指太微垣，乃"天子之庭，五（方上）帝之座也"。谬忌本来就是楚人，刘汉皇室也是楚人，他们都熟悉楚地俗信，对楚地信仰的诸神有感情。汉武帝采纳谬忌建议，尊太一为最高神，并不奇怪。

但到了西汉后期，儒者官僚活跃在政治舞台上，积极参与帝国的治理。他们以恢复古制为名，倡导礼制和意识形态的改革。在他们看来，浩瀚无垠宇宙的主宰、至尊至上的昊天上帝，岂能由区区一星辰神取代？成帝即位后，丞相匡衡、御史大夫张谭奏言：

> 帝王之事莫大乎承天之序，承天之序莫重郊祀。祭天南郊，就阳之义也。孝武皇帝居甘泉宫，于云阳立泰畤，祭于宫南。今当幸长安，郊见皇天，反北之太阴，与古制殊矣。又路险川谷，非圣主所宜，难奉神明，未合天意。甘泉泰畤宜徙置长安，合于

古礼[1]。

成帝从之。结果是"雍、鄜、密、上下畤、九天、太一、三一、八神之属,并余淫祀陈宝等祀,所不应礼者四百七十所,皆罢"[2]。在郊祀天神的国家祀典中,恢复符号化、抽象化的天(皇天上帝、昊天上帝)的最高神地位。此后历代直至明清,国家祀典都以昊天上帝为最高神。太一则被打回星神的原形。

天皇大帝、五方感生帝

有趣的是,被排挤出国家祀典的"天神贵者太一,太一佐曰五帝"信仰,不久又在谶纬论述中找到了它的位置。谶纬是西汉后期逐渐成型、东汉极盛,三国两晋南北朝时期仍然流行的一股神秘思潮,体现在一批杂糅儒学、道学、阴阳五行、星相数术、神话民俗的纬书文本中,属于汉代经学的一个分支。其中关于

---

[1] 杜佑. 通典[M]. 北京:中华书局,1988:1170—1171.
[2] 同上。

太一的论述如《春秋元命苞》:"太微为天庭,五帝以合时,紫微宫为大帝。"《春秋文耀钩》:"中宫大帝,其精北极星。含元出气,流精生一也。"《春秋佐助期》:"紫宫,天皇耀魄宝之所理也。"《乐汁征图》:"天宫,紫微。北极,天一、太一(宋均云:天一、太一,北极神之别名)。"[1]

很显然,谶纬揉合了战国以来的民间信仰与汉武帝以来的国家祀典,所创神谱以星象崇拜为框架,最高神为北辰(极)星神,号天皇大帝,名耀魄宝,居紫微宫,总领天地群神。这一论述,影响到当时的历史和文学叙述。如陆机《列仙赋》:"观百化于神区,觐天皇于紫微。"[2]《晋书·天文志上》:"钩陈宫中一星,曰天皇大帝。其神曰耀魄宝,主御群灵,执万神图。"[3] 唐代以后的道教则将天皇大帝纳入其神谱,号勾陈上宫天皇大

---

[1] 安居香山,中村璋八. 纬书集成:中[M]. 石家庄:河北人民出版社,1994.
[2] 金声涛. 陆机集(卷3)[M]. 北京:中华书局,1982:22.
[3]《晋书》卷十一。

帝,斗姆元君长子,紫微大帝胞兄,与太微帝君、太上大道君、金阙圣君并列"四御尊神"。唐末五代道士杜光庭《墉城集仙录》:

> 大茅君盈,南至句曲之山。汉元寿二年八月己酉,南岳真人赤君、西城王君及诸青童并从王母降于盈之室。顷之,天皇大帝遣绣衣使者冷广子期赐盈神玺玉章,太微帝君遣三天左宫御史管修条赐盈八龙锦与紫羽华衣,太上大道君遣协晨大夫叔门赐盈金虎真符流金之铃,金阙圣君命太极真人正一止玄、王郎、王忠、鲍丘等赐盈以四节咽胎流明神芝。

在谶纬论述中,天皇大帝有名号,曰耀魄宝,还有臣属和后宫。其神人形,戴五彩冠:

> 北辰,其星五,在紫微中。
> 紫微,大帝室,太一之精也。
> 中宫天极星,其一明者,太一常居。旁三星,

三公，或曰子属。后勾四星，末大星正妃，余三星后宫之属也。

天皇大帝，北辰星也。含元秉阳，舒精吐光，居紫宫中，制御四方，冠有五彩。

大帝冠五彩，衣青衣，黑下裳。抱日月，日在上，月在下。黄色正方居日间，名曰五光。（注曰：正黄而名之曰"五光"者，盖以黄为质，而众彩就饰之，故曰五色。此大帝人象旁文也。）

大帝之精，起三河之州，中土之腴[1]。

天皇大帝的辅佐五方上帝，居太微宫，东、南、西、北、中各主一方，木、火、金、水、土各占一德，青、赤、白、黑、黄各尚一色，东、南、西、北四方还分别佐以四灵神兽：

太微宫有五帝座星，苍帝其名曰灵威仰，赤帝其名曰赤熛怒，黄帝其名曰含枢纽，白帝其名曰白

---

[1]《春秋合诚图》。

招拒,黑帝其名曰汁光纪。

东宫苍帝,其精为青龙;南宫赤帝,其精为朱鸟;西宫白帝,其精为白虎;北宫黑帝,其精为玄武。

黄帝含枢纽之精,其体璇玑,中宿之分也[1]。

五方上帝,亦称感生帝,依五德相生之序,轮番降精感生天子,在规定的年限内(运)主持人间的兴衰祸福:

故五帝居之,以试天地四方之邪正而起灭之。其势强者强之,弱者弱之,强之强之而弱之,弱之弱之而强之。是故危者能安,兴者能亡,皆五帝降精而使之反复其世道焉。世道之强而亡者,黑帝降之;弱而存者,赤帝降之;安而危者,白帝降之;灭而兴者,青帝降之。

五行相生不相克,十二次顺行不相逆,于是乎五德所重,五行所降,五帝御世,惑动列宿。是以

---

[1]《春秋文耀钩》。

> 赤帝行德，天牢为之空；黄帝行德，天矢为之起；黑帝行德，天关为之动。五帝之运，各象其类[1]。

因感生降临人世的天子，即世间的开国皇帝们，"天子皆五帝精宝，各有题序，次运相据起，必有神灵符纪，诸神扶助"[2]。

人格化的感生帝们不仅拥有奇特的名号，如灵威仰、赤熛怒、含枢纽、白招拒、汁光纪，更示人以怪异的相貌体貌，如：

> 苍帝望之广，视之博。赤帝望之火，煌煌然，视之炎上。黄帝望之小，视之大，广厚正方。白帝望之明，视之茂。黑帝望之巨，视之稚[3]。
>
> 苍帝之为人，望之广，视之专，而长九尺一寸。
> 赤帝之为人，视之丰，长八尺七寸[4]。

---

[1]《春秋文耀钩》。
[2]《春秋演孔图》。
[3]《春秋感精符》。
[4]《春秋合诚图》。

> 赤帝锐头，黑帝大头[1]。（宋均注曰：锐头，像朱鸟也。）

谶纬的五方感生帝信仰对汉以后道教的诸神谱影响很大。六朝灵宝派经典《元始五老赤书玉篇真文天书经》卷上所记五方神君：东方君姓焰讳开明，字灵威仰；南方君姓洞浮讳极炎，字赤熛怒；中央君姓通班讳元氏，字含枢纽；西方君姓上金讳昌开，字耀魄宝；北方君姓黑节讳灵会，字隐侯局[2]。很明显是从谶纬五方感生帝衍生出来的，只不过西方君的字不叫白招拒，而是借用天皇大帝的称号耀魄宝。元、明人注的《高上玉皇本行集经》又有"五老"，称"天地始祖五老上帝"，其实也是谶纬五方感生帝的衍生物：东方安宝华林青灵始老苍帝、南方梵宝昌阳丹灵真老赤帝、中央宝劫洞清玉宝元灵元老黄帝、西方七宝金门皓灵皇老白帝、北方洞阴朔单郁绝五灵玄老黑帝。位在玉帝下。

---

[1]《乐叶图征》。
[2]《道藏》第1册。

汉至唐民间信仰的至尊天帝——天公、天翁

不同于西汉以来国家祀典符号化、抽象化的趋势，汉唐间的民间信仰，越来越广泛地吸纳着道、佛两教的神祇体系，对传统的天帝偶像表示了明显的淡漠。甚至另辟蹊径，发展出天公、天翁等人间味浓厚、草莽味十足的天帝名号。

天公之称见于《汉书·王莽传上》：

（初始元年，王莽上奏太后曰）宗室广饶侯刘京上书言："七月中，齐郡临淄县昌兴亭长辛当一暮数梦，曰：'吾，天公使也。天公使我告亭长曰："摄皇帝当为真。即不信我，此亭中当有新井。"'亭长晨起视亭中，诚有新井，入地且百尺。"

又《晋书·五行志中》："王恭镇京口，举兵诛王国宝。百姓谣云：'昔年食白饭，今年食麦麸。天公诛谪汝，教汝捻咙喉。咙喉喝复喝，京口败复败。'"《宋书·竟陵

王诞传》:

> （竟陵王刘）诞循行，有人干舆扬声大骂曰："大兵寻至，何以辛苦百姓！"诞执之，问其本末，答曰："姓夷名孙，家在海陵。天公去年与道佛共议，欲除此间民人，道佛苦谏得止。大祸将至，何不立六慎门。"

可知在汉晋南朝的政治生活中，号称天公的天帝被人们认为能够主宰人间的祸福生杀、皇朝的兴盛存亡，神威超越道门、佛门的大神。东汉末黄巾起事，其首领张角号天公将军，角弟宝号地公将军，宝弟梁号人公将军[1]，显然是为了拉天公大旗作自己的虎皮。

汉唐间的天公形象相当亲民，不仅在政治生活中发生影响，也活跃于民间的日常信仰中。1980年4月在江苏省扬州邗江胡场发掘的五号汉墓，出土了十三件木

---

[1]《后汉书》卷七十一《皇甫嵩传》。

牍。其中有一件《神灵名位牍》，共 7 列 99 字，全部为神灵名称。按右读方式，大约可分为四组：

第一组：江君、上蒲神君、高邮君大王、满君、卢相泛君、中外王父母、神魂、仓天、天公。

第二组：大翁、赵长夫所□、淮河、瑜君、石里神社、城阳君□。

第三组：石里里主、宫春姬所□君□、大王、吴王、□王、泛□神王、大后垂、宫中□池、□□神社。

第四组：当路君、荆王、奚丘君、水上、□君王、□社、宫司空社、邑（？）、塞[1]。

邗江胡场五号汉墓的年代约为西汉中期。《神灵名位牍》所记仓天、天公，应该是指天神。木牍中罗列的神灵，可能是当时当地人以为具有神性与神力的崇拜对象，

---

[1] 王勤金，吴炜等．江苏邗江胡场五号汉墓[J]．文物，1981（11）：17.

自天神、山川神、地方神、君王神至社神、鬼神等，无论神位高低，一一列记，可知"汉代民间的神灵崇拜体系是何等的纷乱庞杂"[1]。民间生活中的天公（天帝），与山川、君王、乡社等诸路鬼神齐肩。在汉人的信仰中，天帝及其使者也常为死者镇墓驱邪。《汉初平四年王氏朱书陶瓶》：

> （东汉献帝）初平四年十二月己卯朔十八日丙申，直危。天帝使者，谨为王氏之冢，后死黄母，当归旧阅。兹告丘丞莫伯、地下二千石、蒿里君、莫。黄、莫墓主、莫故夫人、决曹、尚书令、王氏家中先人：无惊无恐，安隐如故。今后曾财益口，千秋万岁，无有央咎。谨奉黄金千斤两，用填冢门。地下死籍削除，文他央咎，转要道中人。和以五石之精，安冢莫，利子孙。故以神瓶震郭门。如律令[2]。

---

[1] 王子今. 汉代民间的"苍天"崇拜[J]. 学术月刊, 1998 (6): 77.
[2] 陈直. 汉初平四年王氏朱书陶瓶考释[J]. 考古与文物, 1981 (4).

东汉末《刘伯平镇墓铅券》：

> （缺）月乙亥朔廿二日丙申，□天帝下令移前雒东乡东郡里，刘伯平薄命蚤□，医药不能治，岁月重复，逋与同时，魅鬼尸注，皆归墓丘，大山君召□……

在敦煌写卷《诸杂略得要抄子一本》中，天公有字号，信众诵念之可获庇佑长生，颇似谶纬所记种种小神："天公字太华……识之不兵死，女人识之不产亡。""识此六神名，长呼之，即长生不死，上为天官。"[1]存世敦煌变文有句道兴《搜神记》，则记叙了一则颇有趣味的故事：

> 昔有田昆仑者，其家甚贫，未娶妻室。当家地内，有一水池，极深清妙。至禾熟之时，昆仑向田

---

[1] 上海古籍出版社，法国国家图书馆. 法国国家图书馆藏敦煌西域文献[M]. 上海：上海古籍出版社，2001.

行，乃见有三个美女洗浴。其昆仑欲就看之，遥见去百步，即变为三个白鹤，两个飞向池边树头而坐，一个在池洗垢中间。遂入谷菱底，匍匐而前，往来看之。其美女者乃是天女，其两个大者抱得天衣乘空而去，小女遂于池内不敢出池。其天女遂吐实情，向昆仑道："天女当共三个姊妹，出来暂于池中游戏，被池主见之，两个阿姊当时收得天衣而去，小女一身邂逅中间，天衣乃被池主收将，不得露形出池，幸愿池主宽恩，还其天衣，用盖形体出池，共池主为夫妻。"昆仑进退思量，若与此天衣，恐即飞去，昆仑报天女曰："娘子若索天衣者，终不可得矣。若非吾脱衫，与且盖形，得不？"其天女初时不肯出池，口称至暗而去。其女延引，索天衣不得，形势不似，始语昆仑："亦听君脱衫，将来盖我着出池，共君为夫妻。"其昆仑心中喜悦，急卷天衣，即深藏之。遂脱衫与天女，被之出池。语昆仑曰："君畏去时，你急捉我，着还我天衣，共君相随。"昆仑生死不肯与天女，即共天女相将归家见母。母实喜欢，即造设席，聚诸亲情眷，属之言曰呼新妇。虽则是天女，在于世情，色欲交合，一种同居。日往月来，遂产一子，形容端正，名曰田章。

其昆仑点着西行，一去不还。其天女曰（自）夫之去后，养子三岁，遂启阿婆曰："新妇身是天女，当来之时，身缘幼小，阿耶与女造天衣，乘空而来。今见天衣，不知大小，暂借看之，死将甘美。"其昆仑当行去之日，殷勤属告母言："此是天女之衣，为深举（弃），勿令新妇见之，必是乘空而去，不可更见。"其母告昆仑曰："天衣向何处藏之，时得安稳？"昆仑共母作计，其房自外，更无牢处，惟只阿娘床脚下作孔，盛着中央，恒在头上卧之，岂更取得？遂藏弃讫，昆仑遂即西行。

去后天女忆念天衣，肝肠寸断，胡至意日无欢喜，语阿婆曰："暂借天衣着看。"频被新妇咬齿，不违其意，即遣新妇且出门外小时，安庠入来。新妇应声即出。其阿婆乃于床脚下取天衣，遂乃视之。其新妇见此天衣，心怀怆切，泪落如雨，拂摸形容，即欲乘空而去。为未得方便,却还分付与阿婆藏着。于后不经旬日,复语阿婆曰:"更借天衣暂看。"阿婆语新妇曰:"你若着天衣,弃我飞去。"新妇曰:"先是天衣,今与阿婆儿为夫妻,又产一子,岂容离背而去?必无此事。"阿婆恐畏新妇飞去,但令牢守堂门。其天女着衣讫,即腾空从屋窗而出。其老母搥胸懊恼,急走出门看之,乃见腾空而去。姑忆念新妇,声彻黄天,泪下如雨,不自舍死,痛切心肠,终朝不食。其天女在阎浮提经五年已上,天上始经两日。其天女得脱到家,被两个阿姊皆骂老妪,你共他阎浮众生为夫妻,乃此悲啼泣泪其公母。乃两个阿姊语小女曰:"你不须干啼湿哭,我明日共姊妹三人,更去游戏,定见你儿。"

其田章年始五岁,乃于家啼哭,唤歌歌娘娘,乃于野田悲哭不休。其时乃有董仲先生来贤(闲)行,知是天女之男,又知天女欲来下界,即语小儿曰:"恰日中时,你即向池边看,有妇人着白练裙,三个来,两个举头看你,一个低头伴不看你者,即是(你)母也。"田章即用董仲之言,恰日中时,遂见池内相有三个天女,并白练裙衫,于池边割菜。田章向前看之。其天女等遥见,知是儿来,两个阿姊语小妹曰:"你儿来也。"即啼哭唤言"阿娘",其妹虽然惭耻不看,不那肠中而出,遂即悲啼泣泪。三个姊妹遂将天衣,共乘此小儿上天而去。

天公见来,知是外甥(孙),遂即心肠怜愍,乃教习学方术伎艺能。至四五日间,小儿到天上,状如下界人间,经十五年已上学问。公语小儿曰:"汝将我文书八卷去,汝得一世荣华富贵。傥若入朝,惟须慎语。"小儿选(旋)即下来,天下所有问者,皆得知之,三才俱晓。天子知闻,即召为宰相[1]。

据项楚考证,田昆仑娶天女故事的蓝本应该就是干宝《搜神记》中豫章男子娶飞鸟的故事,亦参照汉以来民间

---

[1] 潘重规. 敦煌变文集新书: 卷8[M]. 台北: 文津出版社, 1994: 1230—1232.

的董永传说的情节[1]。但田昆仑故事中天女对儿子的思念，天公对外孙的关照，处处流露出浓浓的人情味、世俗味。这样的天公（天帝），在人们心目中不再拥有超越、绝对的神性。东晋康帝建元二年，岁星犯天关。安西将军庾翼写信给其兄庾冰："岁星犯天关，占云'关梁当分'。比来江东无他故，江道亦不艰难，而石季龙频年再闭关，不通信使，此复是天公愦愦，无皂白之征也。"直斥天公昏聩，分不清青红皂白。南朝人假托陶潜所编《搜神后记》：

> 吴兴人章苟者，五月中，于田中耕，以饭置菰里，每晚取食，饭亦已尽。如此非一。后伺之，见一大蛇偷食。苟遂以鈠斫之，蛇便走去。苟逐之，至一坂，便入穴，但闻啼声云："斫伤我某甲。"或言："当何如？"或云："付雷公，令霹雳杀奴。"须臾，云雨冥合，霹雳覆苟上。苟乃跳梁大骂曰："天公！我贫穷，展力耕恳！蛇来偷食，罪当在蛇，反更霹雳我耶？乃

---

[1] 项楚. 敦煌本句道兴《搜神记》本事考[J]. 敦煌学辑刊, 1990（2）.

无知雷公也!雷公若来,吾当以锻斫汝腹。"须臾,云雨渐散,转霹雳向蛇穴中,蛇死者数十。

章苟怒斥天公之不公,直欲斫天公下属雷公之腹。天公既然有可能昏聩不公,不足以令下民敬重,民间遂有天帝换人做的传说。南朝梁《殷芸小说》:"晋咸康中,有士人周谓者,死而复生。言天帝召见,引升殿,仰视帝,面方一尺,问左右曰:'是古张天帝邪?'答云:'上古天帝,久已圣去,此近曹明帝也。'"张政烺先生认为,古天帝姓张之说,当与东汉末天师道、五斗米道有关,其源可能出于张角[1]。

天帝姓张之说,在唐人段成式《酉阳杂俎》中有更详细的描述。

> 天翁姓张名坚,字刺渴,渔阳人。少不羁,无所拘忌。尝张罗,得一白雀,爱而养之。梦天刘翁

---

[1] 张政烺.玉皇姓张考[M]//张政烺.张政烺文史论集,北京:中华书局,2004.

责怒，每欲杀之，白雀辄以报坚，坚设诸方待之，终莫能害。天翁遂下观之。坚盛设宾主，乃窃骑天翁车，乘白龙，振策登天。天翁乘余龙追之，不及。坚既到玄宫，易百官，杜塞北门，封白雀为上卿侯，改白雀之胤不产于下土。刘翁失治，徘徊五岳作灾。坚患之，以刘翁为泰山太守，主生死之籍。

张政烺先生"所闻故事情节较此为剧"。

　　初，刘翁数命天吏捕张，张每设酒筵以享，必尽醉始罢。于是天吏为张所弄，有堕入厕溷中者，有闭入酒瓮内者，有失其冠服者，有亡其符牒者，皆不得复命。及知刘翁将自至，乃先置一巨豕，去其毛鬣，洗涤洁白，施以五彩文饰，故衒于刘翁之前。自乘其上，暗以针刺豕股，则狂叫奔驰势不可当。刘翁已醉，顾而乐之，请以所乘白龙相易，再三始许。而刘翁未得其针，试之不验。则又归咎于服饰非其所习，必易服始可。刘翁从之。于是张翁御玉皇服,乘玉皇车,捷足先登。命司天阁人后有至者不得纳。刘翁乘猪迟三年始至,不得入矣。

这则故事出处不详,张先生以为是唐代民间流传之说。天庭改朝换代,张天翁(公)逐刘天翁而代之,反映的或是东汉末年黄巾军势盛时期道教信徒的一种信仰。而《殷芸小说》说张天帝已"圣去,此近曹明帝也",显然是魏晋民间对天帝信仰的改造,曹明帝应指魏明帝曹叡。张天翁的故事其实是一种世界性的民间故事模式的翻版,类似的故事成百上千,但大都是把贵族、地主、魔鬼或帝王当成愚弄的对象,像张天翁这样对付天帝的尚属少见。《酉阳杂俎》中的刘天帝具有人的性格与弱点,并很容易为他人取代,这也从侧面反映了谶纬思潮影响下当时朝野流行的"隆替无常期,禅代非一族"政治史观。

唐人心目中的玉皇、玉帝

玉皇、玉帝名号首见于《真灵位业图》。这是南朝上清派道士陶弘景编写的道教神仙谱系,对各种道经中所记载的近七百名神灵分七个等级作了排位。第一神阶为玉清境，以元始天尊为主神，从此确立了元始天尊作为道教最高神的地位。玉清境元始天尊以下有二十八位神灵，玉皇道君位列第二十，高上玉帝位列第二十八。为什么道教神灵往往冠以"玉"之美称？盖如张政烺先生所说，古人信服食玉，可以长生，又以为纯洁清静之征，故道教凡称神仙，其侍曰玉女玉郎，其域曰玉京玉清，其居曰玉阙玉楼，其书曰玉简玉册，其动植曰玉兔玉蟾玉树玉芝，皆美称也。大体上，在六朝道经中所出现的各种玉皇或玉帝名号，朱越利认为，"不过同虚皇、道君或天尊等称号一样，是编制神名的一种泛称，有时只是小神的名字。大约唐朝时，玉皇之称才渐渐具有独立神格的意味，但在道教神系中的地位仍较低"[1]。所谓地位较低，应该是指道教神谱以三清（玉清元始天尊、上清灵宝天尊、太清道德天尊）为最高神，玉皇、玉帝为玉清境元始天尊的属神。但唐代文人骚客其实已常以玉皇、玉帝作为天帝的代称。

---

[1] 朱越利. 读《茅山志》札记五则[J]. 世界宗教研究, 1998 (4).

如诗人韦应物《学仙》:

> 昔有道士求神仙,灵真下试心确然。
> 千钧巨石一发悬,卧之石下十三年。
> 存道亡身一试过,奏之玉皇乃升天。
> 云气冉冉渐不见,留与弟子但精坚[1]。

白居易《梦仙》:

> 人有梦仙者,梦身升上清。
> 坐乘一白鹤,前引双红旌。
> 羽衣忽飘飘,玉佩俄铮铮。
> 半空直下视,人世尘冥冥。
> 渐失乡国处,才分山水形。
> 东海一片白,列岳五点青。
> 须臾群仙来,相引朝玉京。

---

[1] 孙望. 韦应物诗集系年校笺:卷十[M]. 北京:中华书局,2002:525.

安期羡门辈,列侍如公卿。

仰谒玉皇帝,稽首前致诚。

帝言汝仙才,努力勿自轻。

却后十五年,期汝不死庭。

再拜受斯言,既窹喜且惊。

秘之不敢泄,誓志居岩扃。

李咸用《升天行》:

盘金束紫身属官,强仁小德终无端。

不如服取长流丹,潜神却入黄庭闲。

志定功成飞九关,逍遥长揖辞人寰。

空中龙驾时回旋,左云右鹤翔翩联。

双童树节当风翻,嫦娥倚桂开朱颜。

河边牛子星郎牵,三清宫殿浮清烟。

玉皇据案方凝然,仙官立仗森幢幡。

引余再拜归仙班,清声妙色视听安。

餐和饮顺中肠宽,虚无之乐不可言。

他如王维的"翠凤翱文螭,羽带朝玉帝";李白的"不向金阙游,思为玉皇客""黄鹤上天诉玉帝,却放黄鹤江南归",元稹的"我是玉皇香案吏",也皆脍炙人口。唐代诗人常吟咏玉皇,描绘其壮丽天宫、随侍群神。于是天长日久,约定俗成,民间信仰中的天帝和道教诸神中的玉皇逐渐合而为一。所以张政烺先生又说,唐人心目之中玉皇已与后代无殊,其宫殿仪仗权势作用皆俨然人世皇帝,且诸家所述玉皇之服饰、侍御一若皆有定式,盖当时已宫观祠祀,造像写图者众矣。

玉皇大帝在宋代之闪亮登场

《云笈七签》是北宋初张君房采集前代典籍传说编撰的道教丛书,卷三《道教本始部》称太上老君为玉皇;又谓天尊有十号,第九号曰玉帝。

> 三代天尊者,过去元始天尊,见在太上玉皇天尊,未来金阙玉晨天尊。然太上即是元始天尊弟子。

从上皇半劫以来，元始天尊禅位。三代天尊亦有十号：第一曰自然，二曰无极，三曰大道，四曰至真，五曰太上，六曰道君，七曰高皇，八曰天尊，九曰玉帝，十曰陛下。

卷六《三洞经教部·三洞》又谓凡行太上之道者，皆得为大上之真神仙之品位，位为上真玉皇君。则晚唐五代道教以"玉皇"为道行高深者之泛称。卷二十四《日月星辰部·北斗九星职位总主》引《河图宝录》，即其例：

兆若诉彼之非，明此之是，过他之恶，申己之善，自责而不怨人，通理而各祈佑，除罪延福，告请天之太尉第一玉皇君。

兆若阴阳学官，干禄求位，告请天之上宰第二玉皇君。

兆若学道期仙，通神达圣，告请天之司空第三玉皇君。

兆若制服鬼神，恶逆诛伐，幽显凶邪，告请天之游击第四玉皇君。

兆若立功建德，益算延年，告请天之斗君第五玉皇君。

兆若屈滞疾厄，乞申希免，告请天之太常第六玉皇君。

兆若天地否激，炁候不调，告请天之上帝第七玉皇君。

兆若禳却众灾，飞上履下，告请天之尊玉帝第八玉皇君。

兆若变化无方，应救一切，告请天之太帝第九玉皇君。

玉皇大帝之极享人间尊荣，由道教高阶神灵之一演化为官民并尊之最高神，始于北宋。宋初诸帝，太祖因"陈桥兵变"得以"黄袍加身"，太宗"兄终弟及"而遭"烛影斧声"之疑，真宗非嫡长子又背负"澶渊"之耻，他们君临天下的正当性极易受到挑战和质疑[1]。求助于神灵的加持成为焦虑心虚的君主们再自然不过的政治和心理选择。

玉帝辅臣——黑杀将军

后周显德七年（960），禁军统领殿前都点检赵匡胤在诸重要将领的支持下，在陈桥驿发动兵变，黄袍加身，逼后周幼帝柴宗训退位，建立宋朝，是为太祖。在位十七年，开宝九年（976）十月二十日夕暴毙于万岁殿，时年五十岁。由其胞弟赵光义继承帝位，即所谓"兄终弟及"，是为宋太宗，并于同年改元太平兴国。《宋史·太祖纪三》：

> 受命杜太后，传位太宗。太宗尝病亟，帝往视之，亲为灼艾，太宗觉痛，帝亦取艾自灸。每对近臣言：太宗龙行虎步，生时有异，他日必为太平天

---

[1] 赵宗诚. 北宋诸帝与道教[J]. 宗教学研究，1992（1）：2.

子,福德吾所不及云。

意思是宋太祖传位于弟乃遵其母杜太后之意旨。然而李焘《续资治通鉴长编》开宝九年十月所记颇异。

初,有神降于盩厔县民张守真家,自言:"我天之尊神,号黑杀将军,玉帝之辅也。"守真每斋戒祈请,神必降室中,风肃然,声若婴儿,独守真能晓之,所言祸福多验。守真遂为道士。上不豫,驿召守真至阙下。壬子,命内侍王继恩就建隆观设黄箓醮,令守真降神,神言:"天上宫阙已成,玉锁开。晋王有仁心。"言讫不复降。

李焘注:"此据国史《符瑞志》,稍增以杨亿《谈苑》。《谈苑》:'太祖闻守真言以为妖,将加诛,会宴驾。'恐不然也,今不取。"张守真是北宋初的野道士,声称附体的黑杀将军迹近巫鬼,是一位野神,而居然自称玉帝辅臣,"所言祸福多验"。黑杀神初降,或说在太祖初年[1],或说在太祖末年[2],或说在真宗朝[3],笔者以为邵博《邵氏闻见后录》所记"国初"庶几近之:

> 国初,有神降于凤翔府盩厔县民张守真家,自言"天之尊神,号黑杀将军"。守真遂为道士。每神欲至,室中风萧然,声如婴儿,守真独能辨之。凡百之人有祷,言其祸福多验。开宝九年,太祖召守真,见于滋福殿,疑其妄。十月十九日,命内侍王继恩就建隆观降神,神有"晋王有仁心"等语。明日,太祖晏驾,晋王即位,是为太宗。太宗诏筑上清太平宫于终南山下,封神为翊圣将军[4]。

黑杀神于宋太祖初年降临张守真家,其乩语颇多应

---

[1]《翊圣保德真君传》卷上;《全宋笔记》第十编第六册。
[2]《括异志》卷一。
[3]《朱子语类》卷一百二十五。
[4]《太宗实录》,《国史·道释志》。

验，逐渐受到当权者注意。至开宝九年，宋太祖闻其名而召见张守真，但"疑其妄"。何为"妄"？据张师正《括异志》：

> （十月十九日）太祖召至京师，设醮于宫廷，降语曰："天上宫阙成，玉锁开，十月二十日陛下当归天。"艺祖恳祈曰："死固不惮，所恨者幽并未并。乞延三数年，俟克复二州，去亦未晚。"神曰："晋王有仁心，历数攸属，陛下在天亦自有位。"太祖命系于左军，将无验而罪焉。既而事符神告。太宗践祚，度守真为道士，仍赐紫袍。遂营庙于盩厔之太平镇。

当面预言皇帝次日驾崩，声称天意属意晋王赵光义。如此大逆不道之语，孰可忍之？然而"神谕"竟验。次日宋太祖暴毙，赵光义嗣位。《续资治通鉴长编》：

> 上闻其言，即夜召晋王，属以后事。左右皆不得闻，但遥见烛影下晋王时或离席，若有所逊避之

状。既而上引柱斧戳地,大声谓晋王曰:"好为之。"

癸丑,上崩于万岁殿。时夜已四鼓,宋皇后使王继恩出,召贵州防御使德芳。继恩以太祖传国晋王之志素定,乃不诣德芳,径趋开封府召晋王……王大惊,犹豫不行,曰:"吾当与家人议之。"入久不出,继恩促之曰:"事久,将为它人有矣。"时大雪,遂与王于雪中步至宫……乃与王俱进至寝殿。后闻继恩至,问曰:"德芳来耶?"继恩曰:"晋王至矣。"后见王,愕然,遽呼官家,曰:"吾母子之命,皆托于官家。"王泣曰:"共保富贵,勿忧也。"

这就是中国历史上的千古之谜"烛影斧声",也是宋太宗嗣位后的一大心病。

"烛影斧声"情节,正史、实录并无记录,李焘引《湘山野录》为据:

祖、宗潜耀日,尝与一道士游于关河,无定姓名,自曰混沌,或又曰真无。每有乏则探囊金,愈探愈出。三人者每剧饮烂醉。生善歌《步虚》为戏，能引其喉于杳冥间作清徵之声。时或一二句，随天风飘下，惟祖、宗闻之，曰："金猴虎头四，真龙得真位。"至醒诘之，则曰："醉梦语，岂足凭耶？"至黁图受禅之日，乃庚申正月初四也。

自御极不再见，下诏草泽遍访之。人或见于辕辕道中，或嵩、洛间。后十六载，乃开宝乙亥岁也。上巳祓禊，驾幸西沼，生醉坐于岸木阴下，笑揖太祖曰："别来喜安。"上大喜，亟遣中人密引至后掖，恐其遁，急回跸与见之，一如平时，抵掌浩饮。上谓生曰："我久欲见汝，决克一事，无他，我寿还得几多在？"生曰："但今年十月廿日夜晴，则可延一纪，不尔，则当速措置。"上酷留之，俾泊后苑。苑吏或见宿于木末鸟巢中，止数日不见。

帝切切记其语，至所期之夕，御太清阁四望气。是夕果晴，星斗明灿，上心方喜。俄而阴霾四起，天地陡变，雪雹骤降，移仗下阁。急传宫钥开门，召开封王，即太宗也。延入大寝，酌酒对饮。宦官宫妾悉屏之，但遥见烛影下，太宗时或避席，有不可胜之状。饮讫，禁漏三鼓，殿雪已数寸。太祖引柱斧雪，顾太宗曰："好做，好做。"遂解带就寝，鼻息如雷霆。是夕，太宗留宿禁内，将五鼓，周庐者寂无所闻，太祖已崩矣。太宗受遗诏，于柩前即位。逮晓登明堂，宣遗诏罢，声恸，引近臣环玉衣以瞻圣体，玉色莹然如出汤沐。太祖英武，其达生知命，盖有如此者！

《续资治通鉴》：

文莹宜不妄，故特着于此。然文莹所言道士，不得姓名，岂即张守真耶？或复一道士也。恐文莹得之传闻，故不审。如云"于西沼木阴下笑揖太祖"，"止宿后苑乌巢中"，言"十月二十日夜晴，则圣寿可延一纪"，疑皆好事者饰说，未必然也。又云"太宗留宿禁内"，此亦谬误。太祖既不豫，宁复自登阁，且至殿庭戳雪乎？今略加删润，更俟考详。顾命，大事也，而实录、正史皆不能记，可不惜哉！

蔡惇《直笔》云：太祖召陈抟入朝，宣问寿数，对以丙子岁十月二十日夜或见雪，当办行计，若晴霁须展一纪。至期前夕，上不寝。初，夜遣宫人出视，回奏星象明灿。交更，再令出视，乃奏天阴，继言雪下，遂出禁钥，遣中使召太宗入对，命置酒，付宸翰属以继位，夜分乃退。上就寝，侍寝者闻鼻息声异，急视之，已崩。太宗于是入继。按惇所载，与文莹略同，但即以道士者为陈抟耳。抟本传及《谈苑》并称抟终太祖朝未尝入见，恐惇亦误矣，当是张守真也。

宋太祖暴毙与之后"兄终弟及"的帝位传承，皆国之大事，而国史、实录语焉不详，北宋官民中流传多种叙事版本，包括暴毙过程，传位赵光义的原因及过程，也在情理之中。唯多种版本均涉及道士关于太祖准确死期的谶言，这应该是在当时社会与政治语境中人们期待的帝王更迭正当性的合理论述。无论宣示该谶言的是真无、张守真、陈抟中的哪位道士，这一类论述对宋太宗安定人心、稳定政治局势、巩固统治秩序而言无比重要。历仕太宗、真宗两朝的枢密使王钦若所撰《翊圣保德真君传》,生动描述了宋太宗利用张守真和黑杀神,神道设教、构建继承帝位正当性的过程。

  建隆之初,凤翔府盩厔县民张守真,因游终南山,忽闻空中有召之者,声甚清彻。守真惊惧四顾,无所见,默行悚听,约数里,又闻语云:"汝若先行,吾即在后。"如是者数日,守真莫能测。既还其家,又闻室中曰:"吾受命降灵,汝何为顽梗如此,不听吾言?吾若不为宋朝大事,当已粉碎汝矣。"守真方异之,而且惧,因曰:"未审是何星辰如此临降?守真性本愚戆且昧,神祇愿勿凭陵,必无事奉。"乃曰:"吾是高天大圣玉帝辅臣,授命卫时,乘龙降世。但以非正真之士,无以奉吾教。汝有异骨,不类常流,汝可虔心奉吾道训也。"

  乾德中,太宗皇帝方在晋邸,颇闻灵应,乃遣近侍赍信币、香烛,就宫致醮。使者斋戒焚香,告曰:"晋王久钦灵异,欲备俸缗,增修殿宇。仍表乞敕赐宫名。"真君曰:"吾将来运值太平君,宋朝第二主修上清太平宫,建十二座堂殿,俨三界中星辰,自有时日,不可容易而言。但为吾启大王,言此宫观上天已定增建年月也,今犹未可。"

使者归以闻,太宗惊异而止。太祖皇帝素闻之,未甚信异,遣使赍香烛青词就宫致祷,召守真诣阙,备询其事。守真具言之,且曰:非精诚恳至,不能降其神。仍以上圣降灵事迹闻奏。太祖召小黄门长啸于侧,谓守真曰:"神人之言若此乎?"守真曰:"陛下傥谓臣妖妄,乞赐按验,戮臣于市,勿以斯言亵黩上圣。"诏守真止于建隆观。翌日,遣内臣王继恩就观醮,移时未有所闻,继恩再拜虔告,须臾,真君降言曰:"吾乃高天大圣玉帝辅臣,盖遵符命降卫宋朝社稷,来定遐长基业,固非山林魑魅之类也。今乃使小儿呼啸,以比吾言,斯为不可。汝但说与官家,言天上宫阙已成,玉锁开,晋王有仁心,晋王有仁心。"凡百余言。继恩惶惧不敢隐,具录以奏,因复面言,神音历历,闻者兢悚。太祖默然异之,时开宝九年十月十九日之夕也。

翌日,太祖升遐,太宗嗣位。寻召守真于琼林苑,为周天大醮,作延祚保生坛。醮罢,真君降言于内臣王继恩曰:"吾有言,汝当为吾奏之。曰:建隆元年奉帝言,乘龙下降卫人君。扫除妖孽犹闲事,纵横整顿立乾坤。国祚已兴长安泰,兆民乐业保天真。八方效贡来稽首,万灵振伏自称臣。亲王祝寿须焚祷,递相虔洁向君亲。吾有捷疾一百万,诸位灵官万垓人。若行忠孝吾加福,若行悖逆必诛身。赏罚行之既平等,天无氛秽地无尘。爱民治国胜前代,万年基业永长新。"

继恩录之于简,翌日以闻,太宗览之惊异,稽首谢曰:"国家之幸,宗庙之庆,虔荷上圣,赐以格言。"命缄藏于内殿。

可知赵光义先于宋太祖,于乾德年间(963—968)已开始笼络张守真和黑杀神,黑杀神则明确表态奉玉帝符命降临人间，卫护宋朝。黑杀神所宣示的宋太祖准确死期，以及预言晋王赵光义受命于天，将扶助他成为宋朝第二位太平君主的"神谕"，成为宋太宗正当继位的有力证词。宋太宗也投桃报李，抬举黑杀神为道教大神北极紫微大帝的护卫神将，封翊圣将军。在终南山下建筑宏伟的上清天平宫，崇奉皇室的本命神紫微大帝，而以玄武、天蓬及新封的翊圣为侍卫神将。然而玄武、天蓬之神位，皆分列东西庑之外，翊圣以护卫身份却与玉皇、紫微、北斗并列，占据中央四神殿之一，是上清天平宫实为翊圣而建，以玄武等大神作为陪衬。"每岁三元及诞节、上本命日，并遣中使致醮。祀神之夕，上望拜焉。岁或水旱，或国家将举事，卒致祷焉。"[1]

翊圣又通过张守真之口，反复强调他所翊卫的玉皇上帝，"为诸天之尊，万象群仙，无不臣者"。佛陀虽是西方得道圣人，"在三清之中，别有梵天居之，于上帝则如世之九卿奉天子也"[2]。抬举玉皇为佛道诸神共同尊奉

---

[1]《翊圣保德真君传》。
[2] 同上。

的至尊上帝。

玉皇特使——九天司命保生天尊

至道三年（997）三月，宋太宗箭伤复发而驾崩。宋太宗嫡长子赵元佐，封楚王，因同情受太宗迫害的四叔秦王赵廷美，精神失常，且因病伤人及在宫内纵火，废为平民。次子赵元僖，因病早逝。三子赵元侃立为太子，赐名恒。《续资治通鉴长编》：

> 初，太宗不豫，宣政使王继恩忌上（赵恒）英明，与参知政事李昌龄、知制诰胡旦谋立楚王元佐，颇间上。宰相吕端问疾禁中，见上不在旁，疑有变，乃以笏书"大渐"字，令亲密吏趣上入侍。及太宗崩，继恩白后至中书召端议所立。端前知其谋，即绐继恩，使入书合检太宗先赐墨诏，遂锁之，亟入宫。后谓曰："宫车宴驾，立嗣以长，顺也，今将奈何？"端曰："先帝立太子政为今日，岂容更有异议！"后默然。上既即位，端平立殿下不拜，请卷帘，升殿

审视,然后降阶,率群臣拜呼万岁。(李焘注:王继恩等谋废立,实录、国史绝不见其事迹,盖若有所隐讳。今据《吕诲集》《正惠公补传》及司马光《记闻》增修,《补传》所载,比之《记闻》尤详也。)

长兄在世的情势下,真宗以皇三子嗣位,曾遭生母李太后质疑,内心不能没有焦虑感。至咸平六年(1003),辽萧太后与辽圣宗耶律隆绪亲率大军,深入宋境。景德元年(1004)十一月,宋军由宰相寇准主持,真宗亲征,与辽军在澶州(今河南濮阳)一带对峙。至十二月初,双方达成和平协议,协议宋每年输辽岁币银十万两、绢二十万匹,宋、辽互约为兄弟之国,史称澶渊之盟。尽管澶渊之盟被不少史家看作是维系宋辽百年和平的成功范例,但朝野议论纷杂,人心浮动。宋真宗焦虑感加剧,遂师太宗故伎,乞助于神灵的加持。不久寇准失势被贬,宋真宗在大臣王旦、王钦若等人的支持下,声称梦中见神人代传玉皇圣命,颁赐天书《大中祥符》三篇。《续资治通鉴长编》:

大中祥符元年

春正月乙丑，上召宰臣王旦、知枢密院事王钦若等对于崇政殿之西序，上曰："朕寝殿中帝幕，皆青绌综为之，旦暮间，非张烛莫能辨色。去年十一月二十七日，夜将半，朕方就寝，忽一室明朗，惊视之次，俄见神人，星冠绛袍，告朕曰：'宜于正殿建黄箓道场一月，当降天书《大中祥符》三篇，勿泄天机。'朕悚然起对，忽已不见，遽命笔志之。自十二月朔，即蔬食斋戒。于朝元殿建道场，结彩坛九级。又雕木为舆，饰以金宝，恭伫神贶。虽越月，未敢罢去。适睹皇城司奏，左承天门屋之南角，有黄帛曳于鸱吻之上。朕潜令中使往视之，回奏云：'其帛长二丈许，缄一物如书卷，缠以青缕三周，封处隐隐有字。'朕细思之，盖神人所谓天降之书也。"旦等曰："陛下以至诚事天地，仁孝奉祖宗，恭己爱人，夙夜求治，以至殊邻修睦，犷俗请吏，干戈偃戢，年谷屡丰，皆陛下兢兢业业，日谨一日之所致也。臣等尝谓天道不远，必有昭报。今者，神告先期，灵文果降，实彰上穹佑德之应。"皆再拜称万岁。又言："启封之际，宜屏左右。"上曰："天若谪示阙政，固宜与卿等祗畏改悔；若诫告朕躬，朕亦当侧身自修，岂宜隐之而使众不知也。"

上即步至承天门，焚香望拜，命内侍周怀政、皇甫继明升屋对捧以降。王旦跪进，上再拜受，置书舆上，复与旦等步导，却伞盖，彻警跸，至道场，授知枢密院陈尧叟启封，帛上有文，曰："赵受命，兴于宋，付于恒。居其器，守于正。世七百，九九定。"既去帛启缄，命尧叟读之。其书黄字三幅，辞类《尚书·洪范》、老子《道德经》，始言上能以至孝至道绍世，次谕以清净简俭，终述世祚延永之意。读讫，藏于金匮。旦等称贺于殿之北庑。是夕，命旦宿斋中书，晚诣道场，旦趋往而上已先至矣。怀政，并州人；继明，开封人也。

丙寅，群臣入贺于崇政殿，赐宴，上与辅臣皆蔬食。遣吏部尚书张齐贤等奏告天地、宗庙、社稷及京城祠庙。

> 丁卯，设黄麾仗于殿前，陈宫悬、登歌，文武官、契丹使陪列，酌献三清天书。礼毕，上步导入内，行避黄道。
>
> 司天监奏三日、五日有瑞云覆宫殿，乞付史馆，从之。
>
> 戊辰，大赦，改元，文武官并加恩。改左承天门为左承天祥符门，擢护门亲从官徐荣为十将，赐衣服银带、缗钱，荣先睹天书故也[1]。

天书所宣示的谶言"赵受命，兴于宋，付于恒"，显然是玉皇为真宗统治正当性作出的背书。是年改元大中祥符。同年四月，天书再降。《宋史》：

> 四月辛卯朔，天书再降内中功德阁。六月八日，封祀制置使王钦若言："泰山西南垂刀山上，有红紫云气，渐成华盖，至地而散。其日，木工董祚于灵

---

[1]《续资治通鉴长编》卷六十八。

液亭北，见黄素书曳林木之上，有字不能识，言于皇城使王居正，居正睹上有御名，驰告钦若，遂迎至官舍，授中使捧诣阙。"帝御崇正殿，趣召辅臣曰："朕五月丙子夜，复梦乡者神人言：'来月上旬，当赐天书于泰山，宜斋戒祗受。'朕虽荷降告，未敢宣露，惟密谕王钦若等，凡有祥异即上闻。朕今得其奏，果与梦协。上天眷佑，惟惧不称。"王旦等曰："陛下至德动天，感应昭著，臣等不胜大庆。"再拜称贺。己亥，迎导天书，安于含芳园之正殿。辛丑，帝致斋。翌日，备法驾诣殿再拜受，授陈尧叟启封。其文曰："汝崇孝奉吾，育民广福。锡尔嘉瑞，黎庶咸知。秘守斯言，善解吾意。国祚延永，寿历遐岁。"

九月甲子，告太庙，奉安天书朝元殿，建道场。每岁元日，召宰臣、宗室至禁中朝拜……

天禧元年正月，诏以十五日行宣读天书之礼。前二日，斋于长春殿，以王钦若为宣读天书礼仪使。有司设次天安殿，中位玉皇像，置录本天书于东，圣祖板位于西，建金箓道场三昼夜[1]。

屡奉玉皇之命、降授天书的神人，究竟是哪路神仙？五年之后，真宗揭晓神使的身份，即赵氏始祖赵玄朗：

> 帝于大中祥符五年十月语辅臣曰："朕梦先降神人传玉皇之命云：'先令汝祖赵某授汝天书，令再见汝，如唐朝恭奉玄元皇帝。'翌日，复梦神人传天尊言：'吾坐西，斜设六位以候。'是日，即于延恩殿设道场。五鼓一筹，先闻异香，顷之，黄光满殿，蔽灯烛，睹灵仙仪卫天尊至，朕再拜殿下。俄黄雾起，须臾雾散，由西陛升，见侍从在东陛。天尊就坐，有六人揖天尊而后坐。朕欲拜六人，天尊止令揖，命朕前，曰：'吾人皇九人中一人也，是赵之始祖，再降，乃轩辕皇帝，凡世所知少典之子，非也。母感电梦天人，生于寿丘。后唐时，奉玉帝命，七月一日下降，总治下方，主赵氏之族，今已百年。皇

---

[1]《宋史》卷一百四。

帝善为抚育苍生，无怠前志。'即离坐，乘云而去。"王旦等皆再拜称贺。即召旦等至延恩殿，历观临降之所，并布告天下，命参知政事丁谓、翰林学士李宗谔、龙图阁待制陈彭年与礼官修崇奉仪注。闰十月，制九天司命保生天尊号曰圣祖上灵高道九天司命保生天尊大帝，圣祖母号曰元天大圣后，遣官就南郊设昊天及四位告之。

据真宗转述梦中见闻，该神自称赵玄朗，本远古人皇九人之一，赵氏始祖，曾转世为轩辕黄帝，后唐时奉玉皇之命，降生人世，护佑赵氏一族。真宗随即上赵氏始祖尊号"圣祖上灵高道九天司命保生天尊"。

对于宋真宗三获天书之说，后世识者多有质疑。清人黄斐默《集说诠真》引朱熹《通鉴纲目》、邵经邦《弘简录》之说，辨析其伪，指天书实真宗与王钦若合谋，而由王钦若伪造而成。

史载宋真宗好奉道教，信惑邪说，迭以梦见神入传命，宣告群臣[1]。时有宰辅王钦若，为人奸邪，与丁谓、林特、陈彭年、刘承珪朋比行诈，时号五鬼[2]。而钦若奸邪为最[3]，能委曲迁就，以中帝意，加之倾巧，敢为妄诞[4]。真宗大中祥符元年，钦若奏称："自古以来，希世绝伦之事，必得天瑞，然后可为。"帝曰："天瑞安可必得？"钦若曰："前代盖有以人力为之者，唯人主深信而崇奉之，以明示天下，则与自天者无异也。"[5]钦若乃矫造天书，以帛二丈许，缮就黄字，缄如书卷，密令曳于左承天门。皇城司见之，奏闻。帝遣二内侍奉之下，令陈尧叟启封宣读。其文曰"赵受命，兴于宋，世七百，九九定"等词。陈彭年、丁谓等咸以天降瑞书，再拜称贺[6]。独龙图阁待制孙奭奏曰："臣愚所闻，天何言哉？岂有书也！"[7]

---

[1]《通鉴纲目》。
[2]《弘简录·王钦若传》。
[3]《弘简录·宋真宗纪》。
[4]《弘简录·王钦若传》。
[5]《弘简录·王旦传》；《通鉴纲目》。
[6]《弘简录·宋真宗纪》；《通鉴纲目》。
[7]《弘简录·孙奭传》。

又奏曰:"将以欺上天,则上天不可欺;将以愚下民,则下民不可愚;将以惑后世,则后世不可惑。夫国将兴,听于民,国将亡,听于神。陛下何为而不思也?"帝嘉其忠,而不能从[1]。

昊天玉皇上帝闪亮登场

黑杀神和赵玄朗,都声称奉玉皇之命,先后降临人间扶助宋代诸帝。玉皇既然屡屡向赵宋皇室示好,真宗等自然饮水思源,屡上尊号以示尊崇。《宋史》记载:

> 天禧元年正月,诏以十五日行宣读天书之礼礼毕,奉天书还内。帝自作《钦承宝训述》以示中外。是月之朔,又奉天书升太初殿,恭上玉皇大天帝圣号宝册、衮服焉。
>
> 七年九月,即滋福殿设玉皇像,奉圣号匦,安于朝元殿后天书刻玉幄次。诏以来年正月上玉帝圣号,

---

[1]《通鉴纲目》。

帝亲撰文,及天书下,亦以此日奏告,仍定仪式班之。

八年正月朔,驾诣玉清昭应宫奉表奏告,上玉皇大帝圣号曰太上开天执符御历含真体道玉皇大天帝,奉刻玉天书安于宝符阁,以帝御容侍立于侧,升阁酌献。

九年,诏以来年正月朔诣玉清昭应宫上玉皇圣号宝册,二日诣景灵宫上圣祖天尊大帝徽号。十二月己亥,奉宝册、仙衣安于文德殿,乃斋于天安殿后室。四鼓,帝诣天安殿酌献天书毕,大驾赴玉清昭应宫,衮冕升太初殿,奉册讫,奠玉币,荐馔三献,饮福,登歌,二舞,望燎,如祀昊天上帝仪。

徽宗政和六年九月朔,复奉玉册、玉宝,上玉帝尊号曰太上开天执符御历含真体道昊天玉皇上帝,盖以论者析玉皇大天帝、昊天上帝言之,不能致一故也。

宋真宗上玉皇圣号为"太上开天执符御历含真体道玉皇大天帝",祭祀规格向国家祀典的最高神昊天上帝看齐。宋徽宗干脆上玉皇大天帝尊号为"太上开天执符御历含真体道昊天玉皇上帝",将对玉皇的崇拜与国家祀典中的最高神昊天上帝的崇拜合为一体,实际上是以玉皇上帝取代了昊天上帝。宋真宗还修筑了宏大辉煌的宫观,供奉玉皇、诸星辰、先帝,而"设真宗御容立侍"。

(真宗大中祥符五年)十一月,诏玉皇殿宜以太初为名,圣祖殿以明庆为名。凡建正殿三。前殿奉玉皇,次殿奉圣祖,又次奉紫微、二十八宿。东位又建二圣殿,奉太祖、太宗,凡二室,配享功臣皆塑像冠服侍立。次又建殿阁,奉司命。西位又建二星殿,奉周伯、寿星。次又建殿阁,奉翊圣。太初殿前,对设八殿,以奉天蓬、真武、九曜、十二元辰,东西斗、天曹官。前三门楼,奉太微、五帝、南斗。后、中三门楼,奉天市、垣帝。司命殿东有本命殿、翊圣殿,西有龙堂。玉皇夹殿,奉三十二天帝。紫微夹殿奉天一、太一。翊圣夹殿奉辰、岁星。太初、明庆殿、天书阁,约唐开元制,设真宗御容立侍,并朝服绛纱袍。太初、明庆殿以玉石,阁殿上以塑像。太祖殿前置日月楼,置太阳、太阴像,及环殿图八十一太一,东西廊图五百灵官[1]。

不过,以玉皇取代昊天上帝的祭祀规格未能保持多久。自徽宗至清,历代朝廷在国家祭天大典中,仍奉祀昊天上帝为最高神。明代尊崇道教,有个别皇帝在宫中别祠玉皇。如《古今图书集成·神异典》卷二一五引《明大政纪》:

> 成化十二年八月,大学士商辂等言:"祖宗创为郊祀,岁一举行,极为甚重。迩者皇上又于宫北建祠,奉祀玉皇,取郊祀所有服器乐舞之具,依式制造……欲于道家所言神降之日举行祀礼……但稽之古礼未协……今乃别立玉皇之祠祀,并用南郊之礼乐,则是一月之间,连行三祭,未免人心懈惰,诚心不专……伏望将内庭一应斋醮,悉宜停止,勿致亵渎,庶几天心昭鉴,可变灾为祥矣!"疏入,上

---

[1]《宋会要辑稿补编》卷二百四十四。

命拆其祠，祭器等项送库交贮。

《钦定续文献通考·群祀考》：

> （明嘉靖）二十一年四月，建大高元（玄）殿于西苑，奉祀上帝。先是，二十二年四月，太监崔文等于钦安殿修设醮供，请帝拜奏青词，大内建醮自此始。其后改钦安殿为元（玄）极宝殿，奉祀上帝。祈谷大享，皆于此行礼，而亲郊遂废。时帝居西苑，罕入大内，即元（玄）极宝殿亦不时至，故又即西苑建大高元（玄）殿，以奉玉皇及三清像。

"宋真宗上玉皇大帝尊号后，玉皇大帝在道教神系中的地位仍不如皇帝和百姓尊崇得那么高。玉皇殿在崇禧观中偏居东隅，排在北极殿和本命殿之后，就是证明。这种违背皇帝旨意和白姓习俗的状况是不可能持久的，故整修后的崇禧观将玉皇殿调整到北极殿和本命殿之前。"[1]

---

[1] 朱越利. 读《茅山志》札记五则[J]. 世界宗教研究，1998（04）。

至徽宗朝，与儒释道关系皆深厚的大臣张商英作《三才定位图》，重新调整道教神谱，虽然称玉皇为昊天玉皇上帝，但只是"三天"中最低阶的玉京天的主神，其上尚有三清天（天宝、灵宝、神宝三位主神）和虚皇天（虚皇元尊、虚皇元老、天真九皇、虚皇元帝、虚皇元君五位主神）[1]。

宋元以降道教与民间信仰中的玉皇大帝

宋代皇帝们对玉皇的尊崇，毕竟抬升了道教大神玉皇的地位，玉皇与上帝、大帝名号的配搭，逐渐固化。著名的光严妙乐国太子修道功成、位证玉帝的故事，大约起于元、明，完全是释迦牟尼成佛故事的翻版。

《高上玉皇本行集经》卷上《清微天宫神通品第一》：

> 尔时元始天尊在清微天中，玉京金阙，七宝玄苑，玉皇宫殿，升光明座，与无鞅数众宣说灵宝清净真一

---

[1] 吴羽.《三才定位图》考论[M]//中山大学艺术史研究中心. 艺术史研究（第十辑），广州：中山大学出版社，2008：191—201；张鲁君，韩吉绍.《三才定位图》研究[J]. 世界宗教研究，2011（5）.

不二法门。是时玉皇尊帝与诸真圣、飞天大圣、无极神王、灵童玉女九千万人,清斋建节,侍在侧焉。

天尊言曰:往昔去世,有国名号光严妙乐,其国王者,名曰净德。时王有后,名宝月光。其王无嗣,尝因一日作是思:"惟我今将老而无太子,身或崩殂,社稷九庙委付何人?"作是念已,即便敕下,诏诸道众,于诸宫殿,依诸科教,悬诸幡盖,清净严洁,广陈供养,六时行道,遍祷真圣,已经半载,不退初心。忽夜,宝月光皇后梦太上道君与诸至真,金姿玉质,清净之俦驾五色龙舆,拥耀景旌,荫明霞盖。是时太上道君安坐龙舆,抱一婴儿,身诸毛孔放百亿光,照诸宫殿,作百宝色,幢节前道,浮空而来。是时皇后心生欢喜,恭敬接礼,长跪道前,白道君言:"今王无嗣,愿乞此子为社稷主。伏愿慈悲,哀悯听许。"尔时道君答皇后言:"愿特赐汝。"是时皇后礼谢道君,而乃收之。皇后收已,便从梦归,觉而有娠。怀胎一年,于丙午岁正月九日午时诞于王宫。当生之时,身宝光焰,充满王国,色相妙好，观者无厌。幼而敏慧，长而慈仁，于其国中所有库藏，一切财宝，尽将散施穷乏困苦、鳏寡孤独、无所依怙、饥馑癃残，一切众生。仁爱和逊，歌谣有道，化及遐方，天下仰从，归仁太子，父王加庆。当尔之后，王忽告崩。太子治政，俯念浮生，告敕大臣，嗣位有道，遂舍其国，于普明香严山中修道。功成超度，过是劫已历八百劫。身常舍其国，为群生故割爱。学道于此，后经八百劫，行药治病，拯救众生，令其安乐。此劫尽已，又历八百劫，广行方便，启诸道藏，演说灵章，恢宣正化，敷扬神功，助国救人，自幽及显。过此已后，再历八百劫，亡身殒命，行忍辱，故舍己血肉。如是修行三千二百劫，始证金仙，号曰：清净自然觉王如来教诸菩萨。顿悟大乘正宗，渐入虚无妙道。如是修行，又经亿劫，始证玉帝[1]。（《重增搜神记》《三教源流搜神大全》与此略同，惟《重增搜神记》于太上道君作老君。）

---

[1]《道藏》第1册。

《历代神仙通鉴》卷一、二:

（黄老与元始）至昊天界，有国名光严妙乐，其国主曰净德。时王与宝月光王后，惟以仁慈恻隐，加之国人，躬行五十岁，未尝少懈，直使民安物阜，灾害不兴。但以年老无子为不足。二真一入其疆，即知其诚心向道，勇猛修持。黄老曰："因缘在是矣。"元始曰："若以清虚至真之气，投诸圣德仁厚之身，托孕成胎，必生神明之子，定为三才之主。上真以为如何？"黄老点头，随意指挥，即得五采乘舆，九龙驾驭，拥不景旌，荫明霞盖。招元始同登翠座，自然宝椅，环为凭轼。有清静之侍三三十对，皆具金姿玉质，或持幢节前导，或捧香花傍车，仪仗庄严，制作毕备——皆天然先有，后人因以为法也。黄老复将碧玉瑶光如意吹口真气，原是天外灵宝，遂变一婴孩身，诸毛孔中，放大毫光，照满十方世界。尔时净德时王在寝室中，忽见祥光照耀宫殿，作百宝色，有许多仪仗，护一九龙辇，浮空而来，中坐

二异人,皆施法象。上首高真,抱一小儿,面圆耳大,目秀眉清,遍体毫光罩定。国王、王后心生欢喜,恭敬接礼,长跪道前。真是:

德修恒河沙,位证天人帝。

上白二真曰:"下愚无嗣,愿乞此孩为子,伏惟哀愍听许。"黄老曰:"愿送与汝为嗣,但此子根器不凡,必证无极高上之品。汝善为我育之。"国王上前拜领,二真从宝椅中托出递与,国王双手来接,重如山岳,挣一身大汗,恍然而觉。乃急召王后言之,所见相同。是后国王精神倍长。三岁后与王后诞生一位圣明王子,后为乾坤真主。

八百余年后飞升天界,证位金仙,初号自然觉王,次曰昊天上帝,为三才主宰,掌一切钧轴。

在元、明道教的神谱中,仍然坚持三清为最高神,玉皇只是三清的辅佐,所以在《高上玉皇本行集经》中,有太上道君(或作老君)送子的描写。在《历代神仙通鉴》中,则说是元始天尊和黄老中黄子以真气吹入碧玉如意，化为婴孩，送至光严妙乐国，诞为王子，但毕竟已认可其飞升天界后，成为昊天上帝，天地人之主宰。明人依据道经，认可"玉皇大帝为众仙天子，紫微大帝为众星天子"[1]。

三清、昊天上帝这样的抽象化、符号化最高神，虽然得到道教经典或国家祀典的认可，但对一般民众来说过于虚无缥缈。魏晋隋唐间流传于民间的天翁或天公，都贴近地气，具有普通人的性情和弱点。在民众心目中，这才是他们所信仰的最高神。宋人王巩的笔记《甲申杂记》《随手杂录》描述宋代士人想象中的天帝（玉皇），随时降临人间，与士人交际、展示神迹，人味十足，与魏晋时期的天翁传说，异曲同工。《甲申杂记》：

> 张元素字君饰，从事荆南府。其同事杨久中，一日忽遇天帝降其室前，有鸾、鹤、凤凰、祥云先至，帝有随身宫殿，光彩焕耀，一室之间，望之不

---

[1] 徐应秋. 玉芝堂谈荟：卷十六[M]. 影印文渊阁四库全书：第883册，台北：台湾商务印书馆，1986：372.

穷。遂锡久中曰"廉正君"，其妻及子皆有名号。论物外事，皆非世人所知，语世间事，大小无不验。杨置花枝数盆于室前，即生根株于盆中，随四时开落、结实，皆不盈尺，而根株盘结，与常木无异。病者取花盆中水饮之，即愈。荆南守孙颀龙图病目，点之，随手而愈。久中后为朝奉郎，七十余岁，卒于睦州。其妻、子奉事，今如故。

《随手杂录》：

杜常少年时，梦泛河至桥间，有自岸而呼者。其岸高峻，常凡再跃，始及岸。一人引至大木间，见伟丈夫衮服而坐。人指之曰："天帝也。"拜之。常起，帝召常，与钱二百文，曰："此尔及第人数。"再请之，则曰："过此，天机不可泄也。"常后应举累不第。嘉祐末间，岁科举放登第者二百人，常遂中甲科。时英宗在谅阴中，木者，庙讳也。

北宋真宗、徽宗将玉皇大帝抬升至最高神的尝试，并未得到道教和后世帝王的认可。但在宋以后的民间俗信中，玉皇却逐渐血肉丰满，成为民众心目中至高无上的天神，号称昊天金阙至尊玉皇上帝，总管三界十方，是神鬼世界真正的皇帝。在《西游记》中，三清、西方佛老皆居玉皇之下，尊之为大天尊。正月初九，各地民众为玉皇过生日蔚然成风。南宋吴自牧《梦粱录》："如正月初九日为玉皇上帝诞，杭城行香诸富室，就承天观阁上建会。"清人顾禄《清嘉录》：

> （正月）九日为玉皇诞辰。玄妙观道侣设道场于弥罗宝阁，名曰"斋天"，酬愿者骈集。（案：《昆新合志》："初九日为天诞，清真观道侣架阁于庭，设醮祀玉帝，俗名斋天，观者如堵。"《昭文县志》："九日为天日，兴福寺僧斋天，邑人多早起往观。"又《道经》："正月九日为玉皇诞。"然《广月令》以十月朔为天诞节。未知孰是。）

又有"接玉皇"下界巡视之俗。《清嘉录》:

> (十二月二十五日)是日,又相传为玉皇下降之辰,察人善恶,各设香案迎之,谓之"接玉皇"。(案:《景霄琅书》:"十二月二十五日,玉皇、三清巡视诸天,定来年祸福。"又《道经》:"是日为三清、玉帝司会之日。"《昆新合志》:"二十五日,俗谓诸佛下降。"《常昭合志》:"二十五日,家户多持清斋,云为玉皇下降日。"江、震《志》:"是日,夙兴持斋,诵经、燃烛、拈香。相传天帝降世,察人善恶,故以此日迎之,谓之'接玉皇'。")

可知玉皇与各地民众的日常生活和信仰已密切相关。1941年,法国利用中法庚子赔款余额,在北平(今北京)设立中法汉学研究所,聘请汉学家铎尔孟任所长,法国驻华使馆秘书杜伯秋主管行政。珍珠港事变后,燕京大学停办,该所扩大编制,除原有研究员杨堃、曾觉之、傅惜华及法国青年汉学家施来麦、甘茂德外,增聘燕大教授高名凯、聂崇歧等。该所收藏有中国民俗、方志、笔记、小说、汉代壁画拓片等珍贵文献,1942年曾举办"民间新年神像图画展览会",展示与春节信仰习俗相关的一些年画、神像。展览中的每一幅图像皆有简要然而精彩的说明,目录中每一脚注也都是精心研究后的概括。所有解说文字结集为《民间新年神像图画展览会》一书。其《附录三·玉皇上帝》指出,"玉皇上帝,名称即显出民间宗教混淆之意味:盖玉皇为道教之名称,上帝与老天爷则借自儒教。"然民间所谓玉皇上帝并非道教之玉皇上帝,已由宇宙之教导者一变而为宇宙之统治者,且承袭上帝之称号与其职司。

其实,民间信仰的玉皇上帝兼辖整合佛、道两教以及中国民间信仰中所有的神鬼,而且其影响不局限于汉族民众,在瑶族、白族、土家族、纳西族、蒙古族、仡佬族、傈僳族等的民间传说中,也都有玉皇上帝作为最高主神的故事[1]。从玉皇上帝的发展源流中,我们可以看到中国民间信仰独特的兼收并蓄的吸收能力,及其巧妙地影

---

[1]陈建宪.论玉皇文化的起源、结构与功能[J].湖北民族学院学报,2001(2).

射、折射现实社会和现实生活的表述能力。现在世界上几乎所有华人居住地,都有对玉皇上帝的崇拜。例如在台湾一万多个寺庙中,专祀玉皇上帝的有84间,其他庙宇中虽非专祀,但大都供奉玉皇上帝。在福建的四千多个寺庙中,大多也以玉皇大帝为主神。

更有趣的是,玉皇其实并不是像太上老君、关圣帝君一样的具体神明,本来仅仅是天界的一种位号,如人间帝王和冥界阎王以及城隍、土地一般,其充当者是不固定的。所以,从古至今,天帝是没有固定主名的。"天上有玉帝,地下有皇帝"[1],人间帝王名位走马灯似的僭窃和篡夺,也令民间信仰的天帝身份和位号不断转换。直至近代,一些民间宗教的"经典"中甚至罗列着十几代玉皇大帝的名号:第一代玉皇大天尊玄玄高上帝——黄老;第二代玉皇大天尊玄元高上帝——紫微帝君;第三代玉皇大天尊玄明高上帝——大寰教化圣主;第四代玉皇大天尊玄微高上帝——鸿钧老祖;第五代玉皇大天尊玄寰高上

---

[1]《聊斋志异·鸦鸟》。

帝——星化帝君;第六代玉皇大天尊玄中高上帝——气原天尊;第七代玉皇大天尊玄理高上帝——光华圣主;第八代玉皇大天尊玄天高上帝——大罗祖师;第九代玉皇大天尊玄运高上帝——精一天师;第十代玉皇大天尊玄化高上帝——延衍祖师;第十一代玉皇大天尊玄阴高上帝——北华帝君;第十二代玉皇大天尊玄阳高上帝——广度尊王;第十三代玉皇大天尊玄正高上帝——度化天尊;第十四代玉皇大天尊玄气高上帝——伏魔祖师;第十五代玉皇大天尊玄震高上帝——兴儒天尊;第十六代玉皇大天尊玄苍高上帝——救世天王;第十七代玉皇大天尊玄穹高上帝——妙乐国王;第十八代玉皇大天尊玄灵高上帝——关圣帝君[1]。

世界各地的华人,今天信仰的玉皇大帝,又是哪位神祇呢?

(原载《文化杂志》107期,2019年)

---

[1] 台湾地区"三立新闻网"(https://www.setn.com/News.aspx? News ID=535075).

玄天上帝信仰源流略述

岭南（包括中国港澳地区）各地均建有北帝庙（佛山称祖庙），奉祀的是北方真武玄天上帝。南方人为什么崇拜北方的大神？玄天上帝在中国民间信仰中来历复杂，神号繁多，先后被奉为佑圣、真武、北帝、玄帝、黑帝、真武大帝、荡魔天尊、玄天上帝等。这一系列神号，透露出玄天上帝信仰发展演变的轨迹。

星空神兽　驱邪四灵

人类在文明肇端的早年，夜晚仰望星空，鲜有不敬畏满天星斗的神秘灿烂。人们开始观察星辰以确定方位，渐渐又发现星体的运行规律在天文历数方面有重要作用，而天文历数对古代人类社会生活的影响是极其直接而重要的，于是星辰崇拜逐渐兴盛，以至于把其他一些自然现象以及社会现象也与星体的运行联系起来，创造了人格化、社会化的星辰神。星空的神秘含义，星辰的命名，星辰神祇的分工，不是它们自带的，而是源自人类仰望星空时的想象，所以带有强烈的地域、族群、文化的印记。例如同是北斗七星，中国人说它是天帝的马车，古希腊人说是美女卡利斯托变的大熊，北美印第安人称之为七兄弟。中国古代主要是一个农耕社会，"观象授时"，即观测天象、研究天体运行，观察气候与物候的对应关系，拟定历法，确定耕作、养殖与收获的时节。中国古代把全天连续通过南中天的恒星分为二十八群，称为二十八宿。根据它们的出没和中天时刻以定四时。战国以后，为便于观测天象，又将二十八宿分为四组，将星空划分成为东、西、南、北四个星区，分别以青龙、白虎、朱雀、玄武四种神兽命名，号四象或四灵。玄武就是浩渺星空中代表北方星区的神兽。

为什么四方星区以四神兽命名？或说青龙、朱雀、白虎、玄武，本诸东夷、南蛮、西戎、夏越族的图腾崇拜，以之命名星群，反映出地域分野与星空分区的相关对应[1]。其实综合传世文献和考古资料，战国之前，北方族群崇拜的神兽为鹿。所谓四灵，在西周、春秋时期原指龙、虎、凤（雀）、麟（鹿）[2]。战国时期，随着祭祀仪式、天地观念的形成，四灵被配以四色，并与四方、四时、五行等观念融合。北方属水，黑色。水兽龟才取代陆地之兽麟，号玄武，成为北方的象征。

或说古人观测星象，以各星区诸星组成的图像仿佛类似某种神圣生物，便以该神圣生物为名。如汉代纬书《尚书考灵曜》：

> 二十八宿，天元气，万物之精也。故东方角、亢、氐、房、心、尾、箕七宿，其形如龙，曰左青龙。南方井、鬼、柳、星、张、翼、轸七宿，其形如鹑鸟，曰前朱雀。西方奎、娄、胃、昴、毕、

---

[1] 陈久金. 星象解码——引领进入神秘的星座世界[M]. 北京：群言出版社，2004.
[2] 陈久金. 从北方神鹿到北方龟蛇观念的演变——关于图腾崇拜与四象观念形成的补充研究[J]. 自然科学史研究，1999（2）.

觜、参七宿,其形如虎,曰右白虎。北方斗、牛、女、虚、危、室、壁七宿,其形如龟蛇,曰后玄武。二十八宿,皆有龙虎鸟龟之形,随天左旋[1]。

《朱子语类》卷一百二十五:

玄,龟也;武,蛇也;此本虚、危星形以之;故因而名。北方为玄、武七星;至东方则角、亢、心、尾像龙,故曰苍龙;西方奎、娄状似虎,故曰白虎;南方张、翼状似鸟,故曰朱鸟[2]。

《尚书考灵曜》及《朱子语类》皆以为四象命名的意义在于星辰排列与四灵形肖,恐不确。实际上,以兽形灵物来命名星辰,乃是改造原始的自然崇拜形式,把

---

[1] 安居香山,中村璋八. 纬书集成:上[M]. 石家庄:河北人民出版社,1994:366.
[2] 朱熹. 朱子语类[M]// 朱熹. 朱子全书:第18册. 上海:上海古籍出版社,合肥:安徽教育出版社,2002年.

抽象的天体神动物化。也有学者指出，任何星宿相连而形成的星象都是一种十分抽象的点线组合图案，这种图案与何种具象的生物是否相似，首先取决于人们大脑中已固有的某种概念。也就是说，四象是在四灵（神兽）崇拜和方位观念的基础上，经过阴阳五行思想的改造和规范，最终和二十八宿天文体系相融合而出现的后设意象[1]。

在汉代的星相学中，水神玄武被认定为北方七宿之总称。如《史记·天官书》："北宫玄武，虚、危。"《正义》："南斗六星，牵牛六星，并北宫玄武之宿。"[2]《淮南子·天文训》："北方曰玄天，其星须女、虚、危、营室……北方水也，其帝颛顼，其佐玄冥，其神为辰星，其兽玄武。"[3]汉代纬书，或以为玄武由太微五帝之北方黑帝星神降精而生。《诗·含神雾》："其北黑帝座，神名曰协光纪，其精为玄武之类。"玄武水兽，其形似龟。所以

---

[1] 牛天伟. 汉代"四神"画像论析[J]. 南阳理工学院学报, 2013（2）.
[2]《史记》卷二十七。
[3] 何宁. 淮南子集释[M]. 北京：中华书局, 1998.

《河图》以为北方黑帝"体为玄武,其人夹面兑头,深目厚耳""修颈",即龟形。张衡《灵宪》描绘星空天庭:"紫宫为皇极之居,太微为五帝之廷。明堂之房,大角有席,天市有坐。苍龙连卷于左,白虎猛踞于右,朱雀奋翼于前,灵龟卷首于后,黄神轩辕于中。"[1]以灵龟为天庭北方的守卫。

汉代的四象既是星空四方之神兽,也是流行信仰中镇恶驱邪、安宅护卫的瑞兽。龟形玄武等四象图案常在汉代的铜镜、瓦当和墓葬壁画中出现,成为汉代人想象之中仙境的组成部分。玄武虽被尊为北方水神、星神,纳入北朝至宋历代皇朝的祀典,享受朝廷定期奉祀,但"汉唐以来无专祀",在上古诸神中地位不算显赫[2]。

玄武乃龟蛇合体

玄武本以灵龟为象。从西汉早期至宣帝时期,考古发现之帛画、壁画、瓦当、器物中的玄武图像,多作灵龟

---

[1]《后汉书》志第十《天文志上》。
[2] 曾召南. 宋元明皇室崇信真武缘由刍议[J]. 宗教学研究,1996(2).

或鱼形、海马形水兽。这样的认知，在战国至汉代文献中也可以见到。如《楚辞补注》卷五屈原《远游》："时暧曃其曭莽兮，召玄武而奔属。"（王逸注：玄武，北方神名。）又卷十五王褒《九怀·思忠》：

> 驾玄螭兮北征，向吾路兮葱岭。连五宿兮建旄，扬氛气兮为旌。历广漠兮驰骛，览中国兮冥冥。玄武步兮水母，与吾期兮南荣。

也有学者认为西汉初期如景帝阳陵、武帝茂陵等处出土的空心砖和铜炉等文物上已出现龟蛇合体的玄武形象[1]。西汉末至东汉，碑版、铜镜、画像石等文物中，常见龟蛇相交的图像。传世文献叙玄武时，也有以龟蛇并举者。如《周礼注疏》卷四十《冬官考工记·辀人》："龙旗九斿，以象大火也。鸟旟七斿，以象鹑火也。熊旗六斿，

---

[1] 黄佩贤. 汉代流行的四灵图像始见于新石器时代？——河南濮阳西水坡及河北随县曾侯乙墓出土龙虎图像再议[M]. 中国汉画学会第九届年会论文集. 北京：中国社会出版社，2004.

以象伐也。龟蛇四踞，以象营室也。"[1]张衡《思玄赋》："玄武缩于壳中兮，腾蛇蜿而自纠。"（李善注：龟与蛇交曰玄武。）

自东汉至北宋初，龟蛇相交缠（共生或合体）成为玄武神的标配形象。如唐人窦维鋆《广古今五行记》："诸葛侃，晋孝武大和中于内寝，妇高平张氏窗外闻有如鸡雏声，甚畏。惊而视之，见有龟蛇之象，似今画玄武之形。侃位登九棘，而竟被诛。"[2]可知唐人常见的玄武画像正是"龟蛇之象"[3]。

玄武形象为何呈现为龟蛇交缠之象？汉末至宋道教和民间俗信称玄武之龟蛇为雌雄二物，龟雌蛇雄，代表阴阳交合、生殖繁衍的神力。汉末魏伯阳《五相类》："关关雎鸠，在河之洲，窈窕淑女，君子好逑。雄不独处，雌不孤居。玄武龟蛇，蟠虬相扶，以明牝牡，意当相须。"西晋张华《博物志》卷四："大腰无雄，龟鼋类也。无雄，

---

[1] 阮元. 十三经注疏[M]. 北京：中华书局，1980.
[2] 《太平广记会校》卷一百四十一。
[3] 周晓薇. 释"玄武"[J]. 中国典籍与文化，2004第4辑.

与蛇通气则孕。"古人或以为，龟无雄性，必须依赖蛇和龟交合才能孕育繁衍后代。《后汉书》卷二十二《王梁传》李贤注："玄武，北方之神，龟蛇合体。"张衡《思玄赋》李善注："龟与蛇交曰玄武。"

他如唐段成式《酉阳杂俎·续集》卷三《支诺皋下》："朱道士者，太和八年（834），尝游庐山，憩于涧石，忽见蟠蛇如堆缯锦，俄变为巨龟。访之山叟，云是玄武。"宋彭乘《墨客挥犀》卷三"龟与蛇交"：

> 旧说见龟蛇集者，有印绶之喜。《博物志》云：龟纯雌无雄，与蛇交通而生子。《列子》亦谓纯雌，其名大腰。今有遇龟蛇集者，皆以为真武降，必焚香馨诚恳祷，而未尝获福，盖蔽于流俗，而不究此说也。

据孙作云的研究，在敦煌第429窟西魏窟中，有一张玄武图，所绘即龟蛇交尾图[1]。这些叙事和图像都反映

---

[1] 孙作云. 敦煌画中的神怪画[J]. 考古，1960（6）.

了唐宋人想象中的玄武神，常与龟蛇意象纠缠不清。这说明在古人观念中，蛇与龟交配是大自然的奇象，因为雄龟无法完成交配的任务，才会出现雌龟与蛇交合的事情，也正是因为古人这种错误认识，才产生了玄武这一龟蛇合体的奇特意象。明李时珍《本草纲目》："雌雄尾交，亦与蛇匹。或云大腰无雄者，谬也。""按孙光宪《北梦琐言》云：龟性妒而与蛇交，惟取龟至瓦盆中，以鉴照之，龟见其形，则淫发失尿，急以物收取之。"李时珍已认识到龟有雌雄，可自行交配，但仍以为"亦与蛇匹"。

至于道教，借"玄武龟蛇，蟠虬相扶"[1]之意象，其实讲的是炼丹的道理。如宋夏元鼎《水调歌头》："真一北方气，玄武产先天。自然感合，蛇儿却把黑龟缠……赤黑达表里，练就水银铅。"[2]元俞琰《席上腐谈》卷上"丹家借此以喻身中水火之交，遂绘为龟蛇蟠蚪之状"[3]，可谓得其真味。唐宋间，玄武（真武）神逐渐人格化，摆脱龟蛇

---

[1] 魏伯阳《五相类》。
[2] 唐圭璋. 全宋词：第4册[M]. 北京：中华书局，1988.
[3]《影印文渊阁四库全书》第1061册。

兽形。庙观中的真武神像呈人形而道服，足蹈龟蛇。龟、蛇成为真武辖下神兽或使者，俗称龟蛇二将，亦称天关、地轴。那是另一个故事了。

或说龟蛇合体，其实是蛙蛇合体，蛙象征女性子宫，蛇象征男性牡器，故玄武神兽源出原始生殖崇拜，亦可备一说。

道教中的北极四圣、玄武将军

汉末魏晋道教兴起，道经中大量收编官方和民间信仰诸神以建构道教的神祇体系。葛洪《抱朴子·内篇》卷十五《杂应》：

> 老君真形者，思之，姓李名聃，字伯阳，身长九尺，黄色，鸟喙，隆鼻，秀眉长五寸，耳长七寸，额有三理上下彻，足有八卦，以神龟为床，金楼玉堂，白银为阶，五色云为衣，重迭之冠，锋铤之剑，从黄童百二十人，左有十二青龙，右有二十六白虎，前有二十四朱雀，后有七十二玄武，前道十二穷奇，

后从三十六辟邪，雷电在上，晃晃昱昱，此事出于仙经中也。

老子被尊奉为仙界祖师，青龙、白虎、朱雀、玄武四灵则成为老子的护卫神兽。

六朝道教上清派尊北极星神为北帝，号北极紫微大帝。初唐道士邓紫阳开创北帝派，崇奉北帝，以擅长治制六天鬼神、辟邪攘祸著称。在唐代帝王如武则天、玄宗、德宗、宪宗、武宗、宣宗、懿宗等的支持下，北帝崇拜迅速在帝国范围内传播[1]。北帝派崇拜的紫微大帝，不但是众星之主，更掌五雷神力，治丰都阴界，下辖以天蓬元帅为首的四圣等神将，领北阴丰都六洞鬼兵、神灵魔王，降鬼伏魔。玄武被吸纳为北帝护法四圣之一的北方大将，从此变身为人格化的道教神祇，巡察诸天及下界，剪灭邪魔，驱除瘟疟。

撰于唐末五代的道经《太上说玄天大圣真武本传神

---

[1] 李远国. 道教神霄派渊源略考[J]. 宗教学研究，2001（1）.

咒妙经》，显然模仿《太上元始天尊说北帝伏魔神咒妙经》，但北帝（北极紫微大帝）降妖伏魔的传说，已被转移到玄武身上。该经称玄武为太上老君之化身："玄元圣祖八十一次显为老君，八十二次变为玄武，故知玄武者，老君变化之身，武曲显灵之验。"而其诞生神话"昔大罗境上无欲天宫，净乐国王、善胜皇后，梦而吞日，觉乃怀孕"，脱胎于佛经中净饭国王子释迦牟尼的本生故事，与玉皇大帝、紫微大帝的诞生故事雷同。《太上说玄天大圣真武本传神咒妙经》：

> 玄武本虚、危之二宿，交水、火之两精。或挂甲而衣袍，或穿靴而跣足。常披绀发，每仗神锋，声震九天，威分四部。拥之者早藏玄雾，蹑之者苍龟巨蛇。神兵神将，从之者皆五千万众。玉童玉女，侍之者各二十四行。授北帝之灵符，佩乾元之宝印。驱之有雷公电母，御之有风伯雨师。卫前后则八煞将军，随左右则六甲神将。天罡太一，率于驱使之前。社令城隍，悉处指挥之下。有妖皆剪，无善不

扶。朝金阙而赴昆仑，开天门而闭地户。杳冥恍惚，审察穷通。居其壬癸之方，助有甲庚之将。或乘玄骏，或跨苍虬。目闪电光，眉横云阵。身长千丈，顶戴三台。其动也，山水蒙。其静也，地天泰。以兹显化，故乃神通[1]。

人格化的玄武已由道教从护卫神兽擢升为降魔伏妖的北方大将玄武将军。

从佑圣真君到真武灵应真君

玄武神获得专祀地位，始于北宋，但其道教的显赫神格，在宋初并未得到皇家的认可。宋太祖、太宗开国，即有"黄袍加身"之讥、"烛影斧声"之谜，加上北疆面临契丹的严重威胁，皇室急切寻求超自然力量的加持。宋太宗赵光义借民间道士张守真所造黑煞神下终南山佐命神话，封黑煞神为翊圣真君，玄武为佑圣真君，

---

[1]《道藏》第17册。

加上天蓬元帅，合称三大将（后又增天猷副元帅，合为四圣），作为其帝位守护神北极紫微大帝的护卫，于终南山筑上清太平宫祀之。但这次事件的主角是黑煞神（翊圣），玄武、天蓬等仅为配角。所以上清太平宫四殿，顺序为玉皇、紫微、北斗、翊圣，而东庑外为天蓬等四殿，西庑外为玄武等四殿。宋真宗仿效唐玄宗尊奉圣祖老子的做法，奉玉帝特使、赵宋"圣祖"赵玄朗为九天司命保生天尊。因避圣祖讳，改玄武为真武，此后玄武之名不显[1]。

宋真宗天禧元年（1017），东京东南禁军拱圣营营地，"营卒有见龟蛇者，军士因建真武堂。二年闰四月，泉涌堂侧，汲不竭，民疾疫者，饮之多愈。乃诏就其地建观，十月观成，名祥源"[2]。后改名醴泉观。天禧二年（1018）六月，"加号真武将军曰真武灵应真君"[3]。这是真武神专祀之始。

---

[1]《集说诠真》，光绪三十二年上海慈母堂排印本。
[2]《事物纪原》卷七。
[3]《续资治通鉴长编》卷九十二。

北宋官民仍有视龟蛇为真武化身者。如宋仁宗天圣元年(1023)八月,"有蛇出天庆观真武殿中,一郡以为神,州将帅官属往奠拜之,欲上其事,(孔)延鲁径前以笏击蛇,碎其首,观者初大惊,已而莫不叹服"。宋徽宗宣和四年(1122),"北方用兵,雄州大震。玄武见于州之正寝,有龟大如钱,蛇若朱漆筋,逐而行。宣抚使焚香再拜,以银奁贮二物"[1]。南宋宗室赵彦卫《云麓漫钞》卷九:

> 朱雀、玄武、青龙、白虎,为四方之神。祥符间避圣祖讳,始改玄武为真武,玄冥为真冥,玄柲为真柲,玄戈为真戈。后兴醴泉观得龟蛇,道士以为真武现,绘其像为北方之神,被发黑衣,仗剑蹈龟蛇,从者执黑旗。自后奉祀益严,加号镇天佑圣,或以为金虏之谶[2]。

《云麓漫钞》称醴泉观"绘其像为北方之神,被发黑

---

[1]《宋史》卷六十七。
[2]《云麓漫钞》卷九。

衣，仗剑蹈龟蛇，从者执黑旗"，其道服羽流、仗剑披发、足踏龟蛇的威猛形象，正是宋元明清真武人格化神像之滥觞。

有趣的是，宋代各地佑圣观所塑真武像，或说"像如道君皇帝"[1]，或说"肖上（孝宗）御容"[2]。有学者指出，两宋外患不绝，尤以北方威胁为甚，统治者亟须捍卫北疆的神灵护佑。真武源自古代北方星辰崇拜，又名列历代国家祀典，不似黑煞、赵玄朗之来历可疑。北宋中期，宣扬真武来历、生平、职司、特征、灵验的道经《元始天尊说北方真武妙经》广泛流传[3]。该经叙事与较早的《太上说玄天大圣真武本传神咒妙经》大致相同，只是真武神格再次提升，不再隶属紫微大帝，而是直属玉皇大帝。历代宋帝相继加封，钦宗靖康元年（1126），"诏佑圣真武灵应真君加号佑圣助顺真武灵应真君"[4]。宋皇室

---

[1]《须溪集》卷四《玉真观记》。
[2]《建炎以来朝野杂记》甲集卷二"佑圣观"。
[3] 陈垣. 道家金石略[M]. 北京：文物出版社，1988.
[4]《文献通考》卷九十《郊社考》二十三"杂祠淫祠"；《武当福地总真集》卷下"宋封圣号"。

南渡后，北方金人和蒙古人的威胁愈来愈大，统治者和民众希求真武神护佑的心情也愈加迫切。南宋宣称高宗赵构从金国逃脱南归时，曾获四金甲神人护佑，即紫微大帝之护法四圣。高宗母显仁韦太后在临安修建延祥观供奉四圣。然四圣中，真武愈益显赫，其他三圣望尘莫及。高宗子孝宗即位后，就将自己旧邸改为佑圣观，专祀真武。宋理宗御书《真武像赞》，祈望真武"佑我宋社，万亿无疆"。民间出现以名将狄青等为真武化身的传说[1]。道教信众中还流传真武化毒蜂起雺云佑助宋军战胜西夏的故事[2]。关于真武入武当修行的传说,在楚地也渐渐流行起来，"均州武当山，真武上升之地，其灵应如响"[3]。一位兽形星辰之神，渐渐演化成一位修行得道的大仙。然而天命难测，真武身为"北方之神，被发黑衣"，时人"或以为金虏之谶"[4]。而当蒙古铁骑大举南侵

---

[1]《全宋笔记》第五编九。
[2]《玄天上帝启圣录》卷之三《毒蜂雺云》。
[3]《贵耳集》卷下；《全宋笔记》第六编十。
[4] 赵彦卫《云麓漫钞》。

时，武当山的真武神向信众宣示，"北方黑煞来，吾当避之"，至"鞑犯武当，（真武）宫殿皆为一空"[1]。

宋代民间信仰流行，巫风颇甚。统治者对士庶祠神也持较开放的态度。真武信仰因而也极盛[2]。北宋张师正于神宗熙宁年间（1068—1077）所作《倦游杂录》，称"近世士人，洇间巷小民、军营卒伍，事真武者十有七八，无不倾信"[3]。据《夷坚志》等宋人笔记，宋代民间信仰中的真武真君，职能繁重。士庶向其祷求福禄寿财、子嗣绵延、风调雨顺、出海平安，已超越星辰神、北境护卫神的神格，成为全能大神。如洪迈《夷坚甲志》卷十五"毛氏父祖"：

> 衢州江山县士人毛璿，当舍法时，在学校，以不能治生，家事堙替，议鬻居屋，未及售。晨起，见亡祖父母、父母四人，列坐厅上，衣冠容貌，不

---

[1] 张端义《贵耳集》。
[2] 唐代剑. 论真武神在宋代的塑造与流传[J]. 中国文化研究, 2009 (3).
[3]《宋元笔记小说大观》第一册。

殊生人。璪惊拜问曰："去世已久，安得至此？"皆不答。惟父曰："见汝无好情况。"因仰视屋太息曰："汝前程尚远，可宽心。"璪问地狱如何，父曰："有罪始入耳。吾无罪，当受生，但资次未到。"曰："既未有所归，还只在坟墓否？"曰："不然。日间东来西去闲游，惟夜间不可说。近日汝预叶氏墙间祭，我亦在彼。"指门外五通神曰："神力甚大，闲野之鬼不可入。"又指所事真武曰："谨事之，死后不入狱，便诣北斗下为弟子。"璪曰："大人且在是，当呼大兄来。"父止之曰："我脚头紧，便去矣。"令璪入门，数人皆下庭中，向空飞去，如鸟鹊然，直上不见。璪方怅望，而一仆自外至。盖不欲与生人接，所以亟去也。

《夷坚乙志》卷八"秀州司录厅"：

秀州司录厅多怪，常有着青巾布袍，形短而广，行步迟重者。又有妇人，每夜辄出，惑打更吏卒者。

先公居官时,伯兄丞相方九岁,白昼如有所见,张目瞪视,连称"水水"(明钞本作水三),移时方苏。后两日,公晚自郡归,侍妾执公服在后,忽大呼仆地。公素闻鬼畏革带,即取以缚妾,扶置床。久之,乃言曰:"此人素侮鬼神,适右手持一物,甚可畏(原注:谓带也),我不敢近。却不知我从左边来,方幸擒执,又为官人打钟馗阵留我。我即去,愿勿相苦。"问:"汝何人?"不肯言。至于再三,乃曰:"我嘉兴县农人支九也。与乡人水三者,两家九口,皆以前年水灾漂饿,方官赈济活人时,独已先死。今居于宅后大树上,前日小官人所见,乃水三也。"公曰:"吾事真武甚灵,又有佛像及土地灶神之属,汝安得辄至?"曰:"佛是善神,不管闲事。真圣每夜被发杖剑,飞行屋上,我谨避之耳。宅后土地,不甚振职。唯宅前小庙,每见辄戒责。适入厨中,司命问何处去,答曰:'闲行。'叱曰:'不得作过。'曰:'不敢。'遂得至此。"

《夷坚三志壬》卷第九"杨母事真武":

> 闽人杨翼之元礼,登隆兴癸未科,调清流主簿。未赴官而感寒热之疾,弥日转甚。母郭氏绝忧之。平生敬事真武,愁坐其床,积诵咒数百卷。元礼迷困中见一人,身躯长大,被发仗剑,猛从高而下,以剑斫其脑,不暇遮避,便觉头痛渐减,以水沃其身,则汗出如浆,俄顷不见。明日,还复如前,乃具以告母。母曰:"是佑圣真君救汝也!"经数日,果愈。母自此益加肃敬,至尽日礼拜,几忘寝食。八十四而终。弟元礼不肯深信,灵报亦从而泯歇焉。

在宋人心目中,真武神驱魔逐鬼,不辞辛劳,奉之可保家宅世代平安。

真武神像也极灵验,持之可治祟疗病。《夷坚支志丁》卷三"卞山佑圣宫":

> 绍兴初,湖州卞山之西,有沈崇真道人者,得

真武灵应圣像，因结庵于彼奉事之。仍持符水治祟疗病，效验殊异，而民俗皆呼为真人。后增建一堂，买度牒为道士，其徒从之者数十辈。忽有红光四道，起于堂后，近视则无所睹。沈旬日试于光处掘地，获有青石。长三丈，阔尺许。上刻天关地轴相交纠，两日光彩浮动。遂砌一龛。自是士女敬信，益倍昔时，共为移远乡废元峰观额以标其宇。沈守约丞相当国，奏赐额曰"佑圣宫"。崇真既没，今厥孙住持云。

神像入水不湿，可保航海平安。《夷坚支志景》卷三"海中真武"：

婺士叶昉，登乾道己丑进士第。因往明州访亲故，为航海之役。方升舟，见一物漂漂随流赴舟所。试勾取视之，乃故纸一幅，画真武仗剑坐石上，一神将甚雄猛，持斧拱立于傍，后书"道子"两字，疑为吴生笔也。纸略不沾湿，若初未尝着水者。叶徒居嘉禾，此像为其侄宜之所得，供事于神堂，极有灵验。叶再调舒州怀宁令,终于官。

俗传三月三日是北极佑圣真君诞辰。《梦粱录》:

> 佑圣观侍奉香火,其观系属御前去处,内侍提举观中事务,当日降赐御香,修崇醮录,午时朝贺,排列威仪,奏天乐于墀下,羽流整肃,谨朝谒于陛前,吟咏洞章陈礼。士庶烧香,纷集殿庭。诸宫道宇,俱设醮事,上祈国泰,下保民安。诸军寨及殿司衙奉侍香火者,皆安排社会,结缚台阁,迎列于道,观睹者纷纷。贵家士庶,亦设醮祈恩。贫者酌水献花。杭城事圣之虔,他郡所无也。
>
> ……
>
> 士庶与羽流建会于宫观或于舍庭。诞辰日,佑圣观奉上旨建醮,士庶炷香纷然,诸寨建立圣殿者,俱有社会,诸行亦有献供之社[1]。

---

[1]《梦粱录》卷二、卷十九。

世传真武祠能庇护战乱中的难民,家中悬挂真武绘像可以辟邪驱魅、治病行醮,所以两宋士庶颇有世代虔信祀奉者。亦因当时"事真武者十有七八,无不倾信",或有道士得售其奸:"天圣、景祐间,京师建龙观有道士仇某者,教化修真武阁,冬夏跣足,推一小车……所得钱无算。阁竟未毕功,后以奸监败。"[1]

元圣仁威玄天上帝

真武加封玄天上帝,是元朝的事儿。北极佑圣真君,或称真武灵应真君,本是两宋皇室和官民虔诚崇奉的北疆守护神,但当北方的蒙古铁骑大举南侵之际,真武却在均州武当山向信众预警:"北方黑煞来,吾当避之。"[2]所谓"黑煞",据马晓林的考证,当指蒙古人信仰的大黑天神,即元代文献中一再出现的摩诃葛剌神。南宋文人张端义所记真武神谕,反映的或许是均州一带官民和道教信众对北

---

[1]《宋元笔记小说大观》第一册。
[2] 张端义《贵耳集》。

方武力威胁的恐惧，或说是蒙古军拉拢、收买扶乩者，制造传言，瓦解南宋军民意志[1]。在这则故事中，真武神是作为蒙元政权的对立面而存在的。

据《新元史》卷一百四十三《耿福传》，蒙古建国初年，金将武仙以火炮攻束鹿，蒙元守将耿福"祷于真武庙，反风灭火，大雨如注"[2]。耿福是降蒙的宋人，求祷真武不难理解，但宋朝保护神真武也可以为蒙古军效力的传说，无疑激发了蒙元帝国收编华夏诸神信仰以建构统治正当性的想象力。

至元年间（1264—1294），世祖忽必烈建元大都，金水河（高梁河）出现龟蛇灵应。《玄天上帝启圣灵异录》：

> 皇帝践祚之十年，奠新大邑于燕，落成有日矣。是岁冬十二月庚寅，有神蛇见于城西高梁河水中。其色青，首耀金彩，观者惊异。盘香延召，蜿蜒就

---

[1] 马晓林. 蒙元时代真武——大黑天故事文本流传考[J]. 藏学学刊, 2014年第10辑.
[2] 柯劭忞. 新元史[M]. 上海：开明书店, 1935：301.

享而去。翌日辛卯，复有灵龟出游，背纹金错，祥光绚烂，回旋者久之。夫隆冬，闭藏之候也，龟蛇，潜蛰之类也。出以是时，其为神物也，昭昭矣！

"皇后遣中使询于众，咸以为玄武神应"，蒙元帝国"肇基朔方，盛德在水"，真武则是华夏诸神信仰体系中的北方大神，"而神适降，所以延洪休，昌景命，开万世太平之业者,此其兆欤?"[1]甚至有归顺的儒臣如翰林学士承旨王盘等声称"国家受命朔方，朔方上直虚危，其神玄武，其应龟蛇，其德惟水。夫水胜火，国家其尽有宋乎？此承德之征应也"[2]。据西汉末期以来流行的五德终始（相生）历史观，宋自承火德。蒙元以武力崛起于北疆，所以儒臣依五德相胜次序，颂扬蒙元承水德而当"尽有宋"，为蒙元征服南宋提供了正当性论述。

元朝皇帝们自此视龟蛇为天降祥瑞，玄武为蒙元开

---

[1]《玄天上帝启圣灵异录》。
[2]《天寿节大五龙灵应万寿宫瑞应碑》。

基立业的肇基神[1]。成宗大德七年（1303）更加封真武灵应真君为玄天元圣仁威上帝。仁宗则以玄天上帝生辰三月初三，恰与自己生辰同日，加封真武的"圣父"净乐天君明真大帝为启元隆庆天君明真大帝，"圣母"善胜天后琼真上仙为慈宁玉德天后琼真上仙善胜皇后。所以元朝对真武的"崇信超过宋代，真武神的庙祀也更加普遍"，以致"今在在有庙，凡民得以通祀焉"[2]。

但元朝的真武信仰还有另外一面。

> （元世祖）至元十三年（1276），江南初内附。民间盛传武当山真武降笔书长短句曰《西江月》者。锓刻于梓，黄纸模印，贴壁间。其词云："九九乾坤已定，清明节候开花。米田天下乱如麻。直待龙蛇继马（继一作暨）。依旧中华福地，古月一阵还家。当初指望作生涯，死在西江月下。"[3]

---

[1]《启圣嘉庆图序》。
[2]《涿州新修真武庙碑》。
[3]《南村辍耕录》卷二十六。

江南地区抗元最烈,坚持最久。至天下初定,民间又盛传真武所作谶词,预言胡人当败,中华依旧。看来,元皇室崇祀的玄天上帝,与华夏民间信奉的真武神,未必同理共情呢!

北极真武之神、玄天上帝、荡魔天尊

明太祖朱元璋洪武三年(1370),"定诸神封号,凡后世溢美之称皆革去。天下神祠不应祀典者,即淫祠也,有司毋得致祭"[1]。神号中的帝、王、公、侯悉被革除。真武名列国家祀典,享受官方定时致祭。在明代,祀的正式神号是"北极真武之神",有时亦称"北极佑圣真君"。成祖永乐以后,官方文书有时也采用玄天上帝的神号。

洪武三十一年(1398),明太祖驾崩。因皇太子朱标早逝,皇太孙朱允炆继位,建元建文,谋划削藩。太祖第四子燕王朱棣当即举兵,发动"靖难之役",于建文四

---

[1]《明史》卷五十。

年（1402）攻克京都应天（今江苏南京）。建文帝自此下落不明，朱棣登基，即明成祖。

成祖以一藩王而伐天子，统治合法性、正当性脆弱，亟欲借助神威，拉大旗作虎皮。于是在靖难之役前后，一则玄武信仰史上最具传奇色彩的故事，开始流传：

> 方太祖初崩，大王入临，至淮安，有诏不许。太宗怒，以道衍言还国。太宗召道衍入便殿密议，或叹息泣下。道衍曰："天之所兴，谁能废之？"忽檐瓦飘堕而碎，太宗不悦。道衍曰："此祥也。天意欲陛下易黄瓦耳。"因问期，曰："未也，俟吾助者至。"曰："助者何人？"曰："吾师。"又数日，入曰："可矣。"遂谋召张昺、谢贵等宴，设伏斩之。遣张玉、朱能勒卫士攻克九门出，祭纛，见披发而旌旗蔽天。太宗顾之曰："何神？"曰："向所言吾师，玄武神也。"于是太宗仿其像，披发仗剑相应。兵初起，暴风雨，太宗不悦。对曰："飞龙在天，从以风雨，元吉。"兵行，道衍曰："每日师行必克，但费两

日耳。"燕兵战东昌败还。太宗询之,曰:"前已言之。两日,昌也。自此全胜矣。"[1]

这则故事不见于《明史·成祖纪》。但明成祖永乐十三年(1415)《御制真武庙碑》,明言:

> 北极玄天上帝真武之神,其有功德于我国家者大矣。昔朕皇考太祖高皇帝,乘运龙飞,平定天下,虽文武之臣克协谋佐,实神有以相之。肆朕肃靖内难,虽亦文武不二心之臣疏附左右,奔走御侮,而神之阴翊默赞,掌握枢机,斡运洪化,击电鞭霆,风驱云驶,陟降左右,流动挥霍,濯濯洋洋,缤缤纷纷,翕歘恍惚,迹犹显著[2]。

声称太祖之平定天下、成祖之"肃靖内难",都曾获得"北极玄天上帝真武之神"的佑助。靖难之役中真武

---

[1]《明书》卷一百六十。
[2]《大明玄天上帝瑞应图录》。

显灵佑助,在《明实录》、谈迁《国榷》等官修和私修史书中都有明确记载。而傅维鳞《明书》、高岱《鸿猷录》、祝允明《野记》等私史和笔记中的相关记载,极富传奇色彩,称真武亲率天兵助阵,"旌甲蔽天",而朱棣"忽摇首,发皆散解被面","披发仗剑",活脱脱一副真武神的形象,以致后世民间有"真武神,永乐像"的传言。

靖难之役成功,定都北京后,由于明成祖的大力推动,真武神格和神职不断获得提升和扩展,早已超越北方星辰神的神格所限。庙祀迅速遍及全国,香火极盛,几乎成为仅次于三清、玉皇的大神。北京、武当山和各地大举营建宫观,许道龄指出:"明代御用的监、局、司、厂、库等衙门中,百分之百都建真武庙,设玄帝像。"[1]明代皇城内寺庙众多,也以真武庙多而密集[2]。全国的军事要地,如镇城、卫城、所城、堡城、驿站,乃至一些较大的村镇,都建有真武庙。真武庙祀几遍天下,香火极盛,早已超越

---

[1] 许道龄. 玄武之起源及其蜕变考[M]. 北京:国立北平研究院史学研究所,1947.
[2] 陶金. 明朝内府廿四衙门与皇城内的真武庙[J]. 中国道教,2007 (2).

北方的地域限制,成为明皇朝的全能型护国大神。王世贞所谓"今天下所最崇重者,太岳、太和(武当)山,真武及岱岳碧霞元君。当永乐中建真武庙于太和,几竭天子之府库,设大珰及藩司守之。而二庙岁入香银,亦以万计。每至春时,中国焚香者倾动郡邑"[1],绝非虚言。

真武在明代的地位如此显赫,其"圣号"多达百字:"混元六天传法教主,修真悟道、济度群迷、普为众生、消除灾障、八十二化、三教祖师,大慈大悲、救苦救难、三元都总管,九天游奕使,左天罡北极右垣大将军,镇天助顺、真武灵应、福德衍庆、仁慈正烈、协运真君,治世福神,玉虚师相,玄天上帝,金阙化身,荡魔天尊。"在道教和民间信仰中,最流行的神号是玄天上帝、荡魔天尊、北极玄天上帝。

明代的史籍、道教文献和通俗小说,沿袭唐宋道经之说,称真武为净乐国王太子,由善胜夫人剖左胁而生,但在细节上更显丰富多彩。如《三教源流搜神大全》谓其

---

[1]《弇州山人四部稿》卷一百七十四。

为元始化身,余象斗《北方真武祖师玄天上帝出身志传》谓其为玉皇化身,《历代神仙通鉴》则说是太始化身。

《西游记》第六十六回描述唐僧一众西天取经,路经小雷音寺,遇黄眉大王:

> 话表孙大圣无计可施,纵一朵祥云,驾筋斗,径转南赡部洲去拜武当山,参请荡魔天尊,解释三藏、八戒、沙僧、天兵等众之灾。他在半空里无停止,不一日,早望见祖师仙境,轻轻按落云头,定睛观看,好去处:巨镇东南,中天神岳。芙蓉峰竦杰,紫盖岭巍峨。九江水尽荆扬远,百越山连翼轸多。上有太虚之宝洞,朱陆之灵台。三十六宫金磬响,百千万客进香来。舜巡禹祷,玉简金书。楼阁飞青鸟,幢幡摆赤裾。地设名山雄宇宙,天开仙境透空虚。几树榔梅花正放,满山瑶草色皆舒。龙潜涧底,虎伏崖中。幽含如诉语,驯鹿近人行。白鹤伴云栖老桧,青鸾丹凤向阳鸣。玉虚师相真仙地,金阙仁慈治世门。上帝祖师,乃净乐国王与善胜皇

后梦吞日光，觉而有孕，怀胎一十四个月，于开皇元年甲辰之岁三月初一日午时降诞于王宫。那爷爷；幼而勇猛，长而神灵。不统王位，惟务修行。父母难禁，弃舍皇宫。参玄入定，在此山中。功完行满，白日飞升。玉皇敕号，真武之名。玄虚上应，龟蛇合形。周天六合，皆称万灵。无幽不察，无显不成。劫终劫始，剪伐魔精。

……

祖师道："我当年威镇北方，统摄真武之位，剪伐天下妖邪，乃奉玉帝敕旨。后又披发跣足，踏腾蛇神龟，领五雷神将、巨虺狮子、猛兽毒龙，收降东北方黑气妖氛，乃奉元始天尊符召。今日静享武当山，安逸太和殿，一向海岳平宁，乾坤清泰。奈何我南赡部洲并北俱芦洲之地，妖魔剪伐，邪鬼潜踪。今蒙大圣下降，不得不行；只是上界无有旨意，不敢擅动干戈。假若法遣众神，又恐玉帝见罪；十分却了大圣，又是我逆了人情。我谅着那西路上纵有妖邪，也不为大害。我今着龟、蛇二将并五大神龙与你助力，管教擒妖精，救你师之难。"

余象斗撰神魔小说《北方真武祖师玄天上帝出身志传》（又名《北游记》《北游玄帝出身传》），详述玄天上帝诞生、修炼、驱邪诛魔、收服雷部诸神和龟蛇水火二将等种种故事，皆吸收自道经和民间传说。近代民间流传的玄天上帝之形象，就是这样经历代累积而完成的。

清代继承明代的国家祀典，"每年恭遇万寿圣节，遣官致祭北极佑圣真君于显佑宫"[1]。但或许因玄武神曾具明皇室保护神之神格，在清代官方崇拜体系中较受冷遇，远逊关圣帝君等神界新贵。不过在清代民间，真武的神格仍受到尊崇，供奉真武的宫观祠宇仍遍布全国。

明清民间的北帝（玄天上帝）崇拜

从明代直至近代，从华北、中原，到山西、河北，再到岭南，玄天上帝作为北方镇守神的神职逐渐淡化，成

---

[1]《清朝文献通考》卷一百〇五。

为全功能的保护大神。在清代,不少民间秘密宗教和社会供奉玄天上帝为祖师。描金、算命、屠宰等行业也尊为本业的守护神[1]。明清以来民间的玄天上帝崇拜,江南、岭南(包括中国港澳地区)、闽台等南方地域尤甚。除了明代政治威权的推动,这也是因为当时南方的贸易发展,航海、水运业发达,玄天上帝司水功能日益凸显。玄武本是北方的水神,主水之利,而水又能克火。明万历八年(1580)五月《重修真武庙碑记》:"国朝设立监局司厂衙门,多建北极玄武庙于内,塑像其中而祀之者,何也?缘内府乃造作上用钱粮之所,密迩宫禁之地,真武则神威显赫,祛邪卫正,善除水火之患。"库房重地最忌水火之患,玄天上帝兼具水火双重神格,自然受到内府的尊崇。明清景德镇瓷业以真武为行业保护神,据说也是因为其水神神格可以护佑风波险恶的水上交通运输,而火神神格则能护佑烧窑过程[2]。

北宋以来,岭南的工商业日趋兴盛,岭南往来各地的

---

[1] 梅莉. 清代真武大帝信仰之流变 [J]. 湖北大学学报,2005(5).
[2] 蔡定益. 论明清时期景德镇瓷业与真武信仰[J]. 黑龙江史志,2013(9).

水路运输和贸易,成为当地居民的重要生计。水道多险,能否出入平安,古人以为有赖于神灵是否护佑,遂在佛山涌兴建庙宇,奉祀水神北方真武玄天上帝[1]。无怪乎清代岭南著名学者屈大均在《广东新语》中发出这样的感慨:

> 吾粤多真武宫,以南海佛山镇之祠为大,称曰祖庙。其像被发不冠,服帝服而建玄旗,一金剑竖前,一龟一蛇,蟠结左右。盖《天官书》所称"北宫黑帝,其精玄武"者也。或即汉高之所始祠者也。粤人祀赤帝,并祀黑帝,盖以黑帝位居北极而司命南溟,南溟之水生于北极,北极为源而南溟为委。祀赤帝者以其治水之委,祀黑帝者以其司水之源也。吾粤固水国也,民生于咸潮,长于淡汐,所不与鼋鼍蛟蜃同变化,人知为赤帝之功,不知为黑帝之德,家尸而户祝之。礼虽不合,亦粤人之所以报本者也。或曰真武亦称上帝。昔汉武伐南越,告祷于太乙,

---

[1] 肖海明. 北帝(玄武)崇拜与佛山祖庙[J]. 佛山科学技术学院学报, 2002(3).

为太乙锋旗,太史奉以指所伐国。太乙即上帝也。汉武邀灵于上帝而南越平,故今越人多祀上帝[1]。

佛山真武宫据说始建于北宋元丰年间(1078—1085),自宋至清,虽然宫观神祠或兴或废,官方和民间对真武神奉祀不息。佛山寺庙宫观虽众,元明以来,却只有真武宫(灵应祠)被目为祖庙、祖堂,位列诸庙首。其原因,或说"以历岁久远","建自宋元丰间,为神庙之始"。但清人黄芝质疑:"彼胥江南海神庙,建自隋,亦为神庙之始,何以不呼为祖庙,而独呼北帝庙为祖庙耶?"黄芝以为,"祖者,本始之谓也。故尊之为祖者,犹人之生,始自祖之意云尔。或曰粤为水国,鱼盐蜃蛤之利,水之惠也,民实赖之。故吾粤亲尊之如祖祢云"[2]。他的意思是说,粤人靠水吃水,身为水神的北帝,既是粤人生命之源头,也为粤人提供各种生活资源。而在佛山人的心目

---

[1]《广东新语》卷六《神语》。
[2] 黄芝. 粤小记: 卷三[M]. 清代广东笔记五种. 广州: 广东人民出版社, 2006.

中，北帝不仅是尊贵的天神，更"不啻亲也。乡人目灵应祠为祖堂，是直以神为大父母也"[1]。

自宋至清，三月初三被认定为真武诞辰，各地多举行隆重的社会、庙会。《梦粱录》所叙为南宋临安真武圣诞盛况。明田汝成《西湖游览志余》卷二十《熙朝乐事》记宋明杭州风俗趣事：

> 三月三日，俗传为北极佑圣真君生辰。佑圣观中修崇醮事，士女拈香，亦有就家启醮，酌水献花者。是日观中有雀竿之戏，其法树长竿于庭，高可三丈，一人攀缘而上，舞蹈其颠，盘旋上下，有鹞子翻身、金鸡独立、钟馗抹额、玉兔捣药之类，变态多方，观者目瞪神惊，汗流浃背。而为此技者，如蝶拍鸦翻，蘧蘧然自若也。是日男女皆戴荠花，谚云："三春戴荠花，桃李羞繁华。"[2]

---

[1] 乾隆《佛山忠义乡志》卷六《乡俗志》。
[2] 田汝成．西湖游览志余[M]．上海：上海古籍出版社，1980：358．

《广东新语》卷十六《器语》记三月三清代"佛山大爆"习俗：

佛山有真武庙。岁三月上巳，举镇数十万人，竞为醮会，又多为大爆以享神。其纸爆，大者径三四尺，高八尺，以锦绮多罗洋绒为饰，又以金缕珠珀堆花迭子及人物，使童子年八九岁者百人，倭衣倭帽牵之。药引长二丈余，人立高架，遥以庙中神火掷之，声如丛雷，震惊远迩。其椰爆，大者径二尺，内以磁罂，外以篾以松脂沥青，又以金银作人物龙鸾饰之，载以香车，亦使彩童推挽。药引长六七丈，人立三百步外放之。拾得爆首，则其人生理饶裕，明岁复以一大爆酬神。计一大爆，纸者费百金，椰者半之。大纸爆多至数十枚，椰爆数百。其真武行殿，则以小爆构结龙楼凤阁，一户一窗，皆有宝镫一具。又以小爆层累为武当山及紫霄金阙，四围悉点百子镫，其大小镫、灯裙、灯带、华盖、璎珞、宫扇、御炉诸物，亦皆以小爆贯串而成。又以锦绣为飞桥复道，两旁栏楯，排列珍异花卉，莫可算。观者骈阗塞路，或行或坐，目乱烟花，鼻厌沉水，簪珥碍足，箫鼓喧耳，为淫荡心志之娱，凡三四昼夜而后已。此诚南蛮之陋俗，为有识之所笑者也。丧乱之余，疮伤未复，小民蠢蠢无知，动破中人之产，奇技淫巧，自致其戎。良有司者，苟能出令禁止，教以节俭，率以朴纯，使皆省无益之费，以为有用之资，不惟加惠斯民，亦所以善事鬼神焉耳。

可知佛山信众对真武信仰的虔诚狂热程度。可以想象，这样的集体祭祀仪式能够有效地加强当时当地民众和地区的凝聚力。

宋代以来，佛山又是岭南著名的冶铁中心，不少居民以鼓铸为业，防火意识很强。"抑佛山以鼓铸为业，火之炎烈特甚，而水德之发扬亦特甚耶？"[1]北帝身兼水火

---

[1]《修灵应祠记》，康熙二十三年。

两重神格，收服龟蛇二怪时即放出丙丁火和壬癸水之神通，其部下包括火神谢天君和华光，故而"善除水火之患"，正是佛山人亟愿亲近和崇祀的神灵。"其于佛山之民，不啻如慈母之哺赤子"，所言应不虚。

岭南的民间信仰中，北帝还被视为祛魔守境的武神和万能的司命福神，灵异卓著，有求必应。更有趣的是，据黄芝《粤小记》卷四：

> 新会莫孝廉为贵溪令，与张真人谈及鬼神事。真人言："神之职司，若今之官府然，各有升降调罚，非长守其位也。君本省佛山北帝，明日另有神视事矣。"孝廉讶问其故，真人曰："君试观之。"越日，孝廉至，见真人衣冠正席而坐，令孝廉在廊下窥之，戒勿惊惧。日将午，忽起巨风，木叶飘扬，有老人自天而下，毛发蓬然，被及至踵，向真人稽首者再，怀中出牒献上。真人钤以巨印与之，老人复拱揖升高而去。孝廉问何神，真人曰："此千年老狐，隐身自炼，未尝惑人，故上帝命为佛山北帝，至此领札

也。"既罢任归，出郡城，道经佛山，入灵应祠拜谒，见神下座，旁立以俟。孝廉拜，神答拜。既出，回顾，神仍旁立如送客然。

中国民间信仰的诸神中，玉皇大帝、城隍、土地等神位是可以换神来做的。"神之职司，若今之官府然，各有升降调罚，非长守其位也。"而对佛山乃至粤省民众来说，祖庙所奉祀北帝之身世、来历、神位也似乎不那么重要，只要对当地的民生有相济之功，令大家的信仰之心有所寄托，即使千年老狐，只要"隐身自炼，未尝惑人"，也是有机会登上北帝神座的。

玄天上帝崇拜在闽台地区的盛行，与两宋之际南渡的中原移民和明代开发台湾的闽南移民有密切关系[1]。"据说郑成功来台时，因见台南安平区的七鲲身与鹿耳门

---

[1] 林振礼，何乃川. 泉州南武当玄武信仰在闽台的传播[M]. 闽南文化新探——第六届海峡两岸闽南文化研讨会论文集. 厦门：鹭江出版社，2010；梅莉. 台湾及东南亚地区的玄天上帝信仰——以武当山现存碑石、匾额为中心的考察[J]. 中国道教，2006.

北线尾，排列犹似螣蛇、元龟蟠纠之状，于是建北极殿供奉真武大帝，以镇台岛，俗称小上帝庙。清康熙三十七年（1698）总镇张玉麒在海洋遭受狂风袭击，因梦见真武披发跣足，自檣桅而降，似神佑来台，乃重修上帝庙。"[1]故乡故土与相应的传统文化是移民们心理人格的生存根基，曾为宋、明皇室保护神的玄武神更是宋、明遗民们故国情思和族群记忆的寄托。"台湾是一海岛，妈祖、风神、玄天上帝、水仙尊王是此区的主祀海神，在民间奉祀上，玄天上帝并不下于妈祖的普遍率。"玄武的水神（海神）神格更令其崇拜在临海的闽台地区久盛不衰。

在台湾地区，玄天上帝亦称真武大帝、玄武帝、真武帝、玄天大帝、北极大帝、上公、上帝爷、上帝公、帝爷、开天大帝、开天炎帝、开天真帝、元武帝、真如大师、元帝、元天上帝、小上帝、北极佑圣真君、北极圣神君等。据说上帝公原为一位屠夫，以杀猪为业。及至晚年，悔悟自己杀生太多，难积阴德，毅然放下屠刀，

---

[1] 沈平山. 中国神明概论[M]. 台北：新文丰出版公司，1979.

隐入深山修行。适遇一仙人，告知山中有妇人分娩，请速去帮忙。未几果见妇人，手抱婴儿，请他代洗产后污物。当他在河中洗涤时，突见河中有金光浮现，一时有所顿悟，回首一顾，妇人已去，知其为观音显现。屠夫一日忽得神意，欲除杀生之罪，须刀割自己腹肚，取出脏腑，洗清罪过。屠夫遵意而行，剖腹于河中。至诚感天，遂成仙，为玄天上帝。而其弃于河中的胃脏却变成龟，肠变为蛇，兴妖作怪，玄天上帝又亲自下凡降服此衍生于罪过的胃肠。自此玄天上帝右脚踏蛇，左脚踩龟。由于他开腹取脏，十八罗汉中有一开心尊者，即指他。屠宰业者大多侍奉上帝爷，民间认为玄天上帝对于火灾的消弭殊有专长[1]。

明代福建小说家余象斗《北方真武祖师玄天上帝出身志传》称玄武在武当修行之时，曾脱有肚肠于山中石岩之下，结果肚成龟怪，肠成蛇怪，后被玄武收服，成为属下龟蛇二将。该故事很可能就是取材自当时闽粤一

---

[1] 林文三. 台湾神像艺术[J]. 台北：台湾艺术家杂志社，1992.

带的地方传说[1]。台湾民间今以玄天上帝为屠宰业祖师神,谓玄天上帝原为猪屠,经观音点化,破腹取脏,洗清罪过,升上仙界,正与《北方真武祖师玄天上帝出身志传》遥相呼应。

余 论

杨庆堃先生认为,超自然信仰是中国人宗教定义中的重要因素,对神灵的信仰就源自超自然的观念。"在中国广袤的土地上,几乎每个角落都有寺院、祠堂、神坛和拜神的地方。"[2]这些供人们拜神的场所,正是中国神灵信仰的外化表征。

超自然信仰其实发源于自然崇拜。"自然崇拜的对象是神灵化的自然现象、自然力和自然物,即神灵化的天、地、日、月、星、雷、雨、风、云、虹、山、石、水、火

---

[1] 李文辉. 宝卷与小说:《金阙化身玄天上帝宝卷》故事源流考论[M]. 中国古代小说戏剧研究:第11辑. 兰州:甘肃人民出版社,2015.
[2] 杨庆堃. 中国社会中的宗教[M]. 范丽珠,译. 成都:四川人民出版社,2016.

等。"[1]我们的先民一方面畏惧自然力和自然现象的神秘和威力,一方面又希望能利用和控制这种力量,于是他们赋予自然力和自然现象以人的感情意识,开始了把自然界神化的过程。他们用人格化的方法来同化自然力,创造了许多自然神。

自然神虽然是由人们以自身为根据幻想出来的产物,但开始仍保持着自然物的形象。随着社会的进步,人类意识的不断丰富,自然神人格化的趋势也就愈益加强。不但神的意识愈来愈富有人性,而且其形象也渐由自然物演变为半人半物,再变为基本人化而保留若干自然物之特征,最后则从外形到服饰完全人化。与此同时,神的功用、性质又开始了社会化的发展过程。也就是说,自然神不仅以其本身的自然属性(如土地有生殖力,动物可伤人或养人,风雨雷电等自然现象能直接影响人们的生活)受到崇拜,又从人类那里获得排难解纷、赏善罚恶、消灾降福等社会职能,从而不仅在外表形象上,而且在内涵性质上也

---

[1] 何星亮. 中国自然神与自然崇拜[M]. 上海:三联书店,1992.

不断发生变化。

当人类进入文明社会、阶级社会以后，宗教神学观念更发生根本性的变化，人们按"人世间的习俗给神灵取姓名，找配偶，并像社会那样按职分工，划分神阶等级，规定神界秩序，编造各个神灵的历史"[1]。最后这些自然神面目全非，再也找不到人类初创造它们时的一点儿痕迹了，它们的名称、姓氏、身份、来历、面貌、穿戴、职能、地位，在不同的时代按照人们的需要以不同的形式和内容出现。考察这一系列的变化，对于认识我国先民世界观的形成、变化、发展，对于了解不同的社会历史条件如何影响民间神学观念，而民间神学观念又如何既通过发展变化来适应社会历史条件的改变，同时又对历史施加自己的影响，当然会是很有意义的。

从星空神兽玄武（龟、龟蛇）到北极佑圣、真武真君，再到玄天上帝、荡魔天尊，玄武的神格、神职、身世、形象不断变化的历史过程，既揭示自然神人格化、社

---

[1] 朱天顺. 原始宗教[M]. 上海：上海人民出版社，1978.

会化的演化轨迹，也展示了中国古代至近代自然宗教、人为宗教、国家权力、文化范式、地方社会、社群团体等诸因素互动、博弈下民间诸神信仰的生存和发展。尤其是汉以后道教的介入、宋元明皇室的加持、不同族群的冲突与融合，宋以后商贸、冶铸及物流运输等经济发展，乃至明代通俗文学的繁荣，都对玄武信仰的型塑、改造产生了重要影响。

（原载《文化杂志》110期，2020年）

关公崇祀源流辨

本文原为笔者所编《中国民间诸神》(增补本)下册庚编"关圣帝君"一节。书出版后,陆续拜读不少关于关帝信仰起源与演变历史的精彩论著[1],深受启发,参酌修订增补旧作及案语,就正于方家。

---

[1] 洪淑苓. 关公民间造型之研究——以关公传说为重心的考察[J]. 台大文史丛刊, 1995; 蔡东洲, 文廷海. 关公崇拜研究[M]. 成都: 巴蜀书社, 2001; 刘海燕. 从民间到经典——关羽形象与关羽崇拜的生成演变史论[M]. 上海: 三联书店, 2004; 朱海滨. 祭祀政策与民间信仰变迁: 近世浙江民间信仰研究[M]. 上海: 复旦大学出版社, 2008; 周绍良. 关索考[J]. 学林漫录: 2辑, 1981; 郭松义. 论明清时期的关羽崇拜[J]. 中国史研究, 1990 (3); 胡小伟. 关帝崇拜的起源——一个文学史现象的历史文化考察[J]. 小说戏曲研究: 第5辑, 1995; 王齐洲. 论关羽崇拜[J]. 天津社会科学, 1995 (6); 刘永华. 关羽崇拜的塑成与民间文化传统[J]. 厦门大学学报, 1995 (2); 冻国栋. 略论唐宋间关羽信仰的初步形成及其特点——以董侹所撰《荆南节度使江陵尹裴公重修玉泉关庙记》为例[J]. 唐史论丛, 2008; 朱海滨. 国家武神关羽明初兴起考——从姜子牙到关羽[J]. 中国社会经济史研究, 2011 (1); 万德敬. 唐德宗君臣与关羽崇拜[J]. 西北大学学报, 2011 (6).

郎士元《关羽祠送高员外还荆州》[1]：

> 将军禀天姿，义勇冠今昔。
>
> 走马百战场，一剑万人敌。
>
> 虽（一作谁）为感恩者，竟是思归客。
>
> 流落荆巫间，裴回故乡隔。
>
> 离筵对祠宇，洒酒暮天碧。
>
> 去去勿复言，衔悲向陈（一作尘）迹。

这是传世文献中关于关公祠庙的最早记载。郎士元，《唐才子传》有传。唐代宗（727—779）时任郢州（治今湖北京山）刺史，为友人高员外返回荆州而作此诗，因此该庙极可能是位于郢州的关公祠[2]。东汉三国时期的荆州，涵括南阳、江夏、南郡、长沙、零陵、武陵、桂阳诸郡。关羽受刘备之命镇守荆州南郡、长沙、零陵、武

---

[1]《全唐诗》卷二百四十八。
[2] 朱海滨. 国家武神关羽明初兴起考——从姜子牙到关羽[J]. 中国社会经济史研究, 2011 (1).

陵、桂阳五郡，在曹魏、孙吴大军夹击之下败走南郡当阳县境的麦城。遇难后孙权将关羽身躯以诸侯礼安葬于当阳。"大抵荆州率敬鬼，尤重祠祀之事。[1]"魏晋南北朝时期荆州地区民间所立神祠颇众。关羽的生平既富传奇色彩，又是荆州历史上的重要人物，当地立祠崇祀，在情在理。唐代的郢州，汉代属荆州江夏郡，属于荆州文化圈，立有关公祠，合乎情理。

董侹《荆南节度使江陵尹裴公重修玉泉关庙碑记》[2]：

> 玉泉寺覆船山，东去当阳三十里，叠嶂回拥，飞泉迤逦，信途人之净界，域中之绝景也。寺西北三百步，有蜀将军都督荆州事关公遗庙存焉。将军姓关名羽，河东解梁人，公族功绩，详于国史。先是陈光大中智𫖮禅师者，至自天台，宴坐乔木之下，夜分忽与神遇，云愿舍此地为僧坊，请师出山，以观其用。指期之夕，前壑震动，风号雷虩，前劈巨

---

[1]《隋书·地理志》。
[2]《全唐诗》卷六百八十四。

岭，下湮澄潭，良材丛木，周匝其上，轮奂之用，则无乏焉。惟将军当三国之时，负万人之敌，孟德且避其锋，孔明谓之绝伦。其于殉义感恩，死生一致，斩良擒禁，此其效也。呜呼！生为英贤，殁为神灵，所寄此山之下，邦之兴废，岁之丰荒，于是乎系。昔陆法和假神以虞任约，梁宣帝资神以拒王琳，聆其故实，安可诬也？至今缁黄入寺，若严官在傍，无敢亵渎。荆南节度工部尚书江陵尹裴均曰：政成事举，典从礼顺，以为神道之教，依人而行，禳彼妖昏，祐我蒸庶，而祠庙堕毁，庑悬断绝，岂守宰牧人之意也耶？乃令邑令张愤，经始其事，爰从旧址，式展新规，栾栌博敞，容卫端肃。唯曩时禅坐之树，今则延袤数十围。夫神明扶持，不凋不衰，胡可度思。初营建之日，白龟出其新桥，若有所感。寺僧咸见，亦为异也。尚书以小子曾忝下介，多闻故实，见命纪事。文岂足征，其增创制度，则列于碑石。贞元十八年记。

这是迄今所见关羽祠庙之最早碑记。唐德宗贞元十八年（802，或说撰定于贞元十九年，见冻国栋《略论唐宋间关羽信仰的初步形成及其特点——以董侹所撰〈荆南节度使江陵尹裴公重修玉泉关庙碑记〉为例》），荆南节度使、江陵尹裴均命当阳县令张愤重修玉泉山关庙，荆南节度推官董侹作碑记叙该庙修建始末。碑记称南朝陈废帝光大（567—568）之前，此庙已存。当地故老相传，南朝梁陆法和抗击侯景大将任约，梁主萧詧与梁元帝萧绎旧部王琳对抗，都曾获得关羽神的助力。这两则传说，于史无证，唯《北齐书·陆法和传》云："江陵多神祠，人俗恒所祈祷，自法和军出，无复一验，人以为神皆从行故也。"或许随陆法和军出征的诸神中，就有关羽？碑记说"邦之兴废，岁之丰荒，于是乎系"，证明关羽在唐代的荆州，已成为当地的乡土保护神。

《云溪友议》卷上"玉泉祠"条：

> 蜀前将军关羽守荆州，梦猪啮足，自知不祥，语其子曰："吾衰暮矣，是若征吴，必不还尔。"果为

吴将吕蒙麾下所殪。蜀遂亡。荆州玉泉祠，天下谓四绝之境，或言此祠鬼助土木之功而成。祠曰三郎神。三郎，即关三郎也。允敬者仿佛似睹之。缁俗居者外户不闭，财帛纵横，莫敢盗者。厨中或先尝食者，顷刻大掌痕出其面，历旬愈明。侮慢者则长蛇毒兽随其后。所以惧神之灵，如履冰谷，非斋戒护净，莫得居之。

据唐末范摅《云溪友议》、五代末孙光宪《北梦琐言》，关三郎信仰之流行不迟于唐晚期。俞樾认为《云溪友议》所记玉泉三郎神祠即当阳玉泉关庙，"关帝之神，在唐时,已洋洋乎如在其上,如在其左右矣"[1]。然关三郎是否即关羽，学界仍众说纷纭。或以为即传说之关羽"第三子"、宋元以后"关索"的原型[2]。或以为三郎即是玉泉祠主神，当即关羽[3]。

---

[1]《茶香室丛钞》卷十五。
[2] 周绍良. 关索考[M]// 周绍良. 绍良丛稿，济南：齐鲁书社，1984。
[3] 蔡东洲，文廷海. 关公崇拜研究[M]. 成都：巴蜀书社，2001.

《云溪友议》行文,先叙关羽横死前梦猪啮足之凶兆,次叙玉泉祠之形胜,再叙玉泉祠主神为三郎神,则关羽、玉泉祠、三郎神三者之关联,显而易见。《云溪友议》又称"此祠鬼助土木之功而成",与董侹《重修玉泉关庙碑记》所记关羽神助智𫖮禅师建玉泉寺传说极相似。俞樾"关三郎即关羽"之说,符合唐代文献的记载。至北宋,张商英(1043—1121)于元祐元年(1086)作《建关三郎庙记》,称"云长死国事,神凭于楚之玉泉,而其子三郎以英异著者"[1]。或许宋代已流行关羽之子关三郎的传说。

《北梦琐言》卷一一:

> 唐咸通乱离后,坊巷讹言关三郎鬼兵入城,家家恐悚。罹其患者,令人热寒战栗,亦无大苦。弘农杨比挈家自骆谷路入洋源,行及秦岭,回望京师,乃曰:"此处应免关三郎相随也。"语未终,一时股栗,

---

[1] 杜洁祥. 中国佛寺史志汇刊:第三辑:玉泉寺志[M]. 台北:明文书局,丹青图书有限公司,1980.

斯又何哉！夫丧乱之间，阴厉旁作，心既疑矣，邪亦随之，关妖之说，正谓是也。

《威胜军新建蜀荡寇将军汉寿亭关侯庙记》[1]：

迄今江淮之间，尊其庙像，尤以为神。向也交趾入寇，廉白其事，诏元戎举兵问罪。铜川神虎，第七军以矫健应募者，由任真而下，凡二百三十七人，隶于左第一军前锋之列。摐金伐鼓，行逾桂州，驻旌荔浦，过将军之祠。询其居民，对曰："皇祐中，侬贼陷邕州，祷是庙，妄求福助，掷杯不应，怒而焚之。狄丞相破智高，表乞再完。仁宗赐额，以旌灵贶。"众骇其异，罗拜于庭，与神约曰：一军瞻假威灵，平蛮得侬，长歌示喜，高蹑太行，而北归旧里，当为将军构饰祠宇。复请木刀绘马，执为前驱，入践贼界，士气骁锐，武威震叠，蛮将闻钲鼓，望

---

[1] 冯俊杰. 山西戏曲碑刻辑考[M]. 北京：中华书局，2002.

风乞降,余众弃城而遁。进军临富良江,蛮酋遣将,乘蒙冲斗舰,举楫若飞,急趋争岸,迎官军陆战。江北神虎军,鼓噪先登。强弩甫射,贼大奔溃,自相腾轹,斩首及溺死者数万余人。既捷,策勋爵赏者二十六人。任真、贾信、董宵并指挥使,余以功之高下,递迁补有差。先是我军之行也,广源以南,地多深林,密于栉比。蛮人预伐,横绝其路。结营息众,势莫能前。夜有大风暴发,怒号之声若挝万鼙。迟明视之,卧木飞尽,九军得以并进。我军之战也,众与敌均。俄有阴兵,旌帜戈甲,弥亘山野,敌人顾望,惴恐而败。精诚所召,助顺之灵。暴风夜至,阴兵昼见,神以符效,应人之祷。神虎军踊跃请行,深入万里,果立战功。归而建庙,以享祀答神之休。庙制一新,高堂峻庑,雕焕深严。费逾千计,出于众心,悦助其资。成之不日,事有极异,不着于辞,久则寂无所闻。乃磐石镂记永传,嘉应于神无愧负矣。人之生也,种繁类殊,参差不齐。庸鄙常□□英□常寡惟□□□□□□□□□其铁肠石心，不以一毫小挫于人，是以生兮，为将死兮，为神英魂不散，修扬江表，飘激余□为风、为兵，助□□□□□□□□□□□□□能静乱。金坚玉粹，有时而销。刚毅之操，确乎不变。止于报国而已。古之良将非一，今人未尝置齿耳闻。惟大汉云长之勇□□□□□□□骞其功名之略。殊灵伟迹，未遮其详，请观诸碑。

乡贡进士李汉杰作于北宋元丰三年（1080），立于威胜军铜鞮县（今沁县城关）关羽庙。碑今存沁县石刻博物馆内。北宋神宗熙宁八年至九年（1075—1076），交趾先后攻陷钦州、廉州、邕州。朝廷联合占城、占腊等军合击交趾。"碑记当时沁州以任真为首的二百三十七人应募从军，编入左第一军前锋中。行军至邕州路过关王庙，遂祈祷许愿：如若保佑得胜而归，则在原籍为建祠庙一座。于是'请木刀绘马，执为前驱'，勇往无前，敌军望风而逃。一次丛林激战，又有阴兵相助，因而取胜。受爵赏归来的太行英雄，未忘记自己许下的诺言，于是就有了这座关帝庙。"[1]

《重建关将军庙记》[2]：

先有大力鬼神与其眷属怙恃凭据，以帝神力故法行业，即现种种诸可怖畏：虎豹号掷，蛇蟒盘瞪，鬼魅嘻啸，阴兵悍怒，血唇剑齿，毛发鬅鬙，丑形妖质，欻然千变。法师愍言："汝何为者，生死于幻，贪著余福，不自悲悔？"作是语已，音迹消绝。顾然丈夫，鼓髯而出："我乃关羽，生于汉末，值世纷乱，九州瓜裂。曹操不仁，孙权自保，虎臣蜀主，同复帝室，精诚激发，洞贯金石，死有余烈，故主此山。谛观法师，具足殊胜，我从昔来，本未闻见。今我神力，变见已尽。而师安定，曾不省视，汪洋如海，匪我能测，大悲我师，哀愍我愚，方便摄受，愿舍此山，作师道

---

[1] 冯俊杰. 山西戏曲碑刻辑考[M]. 北京：中华书局，2002.
[2] 杜洁祥. 中国佛寺史志汇刊：第三辑：玉泉寺志[M]. 台北：明文书局，丹青图书有限公司，1980.

场。我有爱子，雄鸷类我，相与发心，永护佛法。"师问所能，援以五戒，帝诚受已，复白师曰，"营造期至，幸少避之"。其夕晦暝，震霆掣电，灵鞭鬼捶，万壑浩瀚，湫潭千丈，化为平址。黎明往视，精蓝焕丽，檐楹栏楯，巧奇人目。海内四绝，遂居其一。以是因缘，神亦庙食千里内外，庙供云委。

荆州等地区关羽崇拜，本属厉鬼之祀，即"祀厉"[1]，此所以唐至宋初在民间流传之关羽或关三郎灵异传奇，往往有"鬼兵""阴兵"相伴随（如《北梦琐言》《威胜军新建蜀荡寇将军汉寿亭关侯庙记》《重建关将军庙记》所记）。有学者注意到，"宋元时期，军队作战之前祈祷关羽神，期望其能用'阴兵'助阵，已经蔚然成风"。早期崇拜中，关羽及其部属也常被描绘为具凶厉之相。如"大力鬼神""即现种种诸可怖畏：虎豹号掷，蛇蟒盘瞪，鬼魅嘻啸，阴兵悍怒，血唇剑齿，毛发鬐鬣，丑形妖质，

---

[1] 蔡东洲，文廷海. 关羽崇拜研究[M]. 成都：巴蜀书社出版社，2001.

欻然千变""关三郎鬼兵入城，家家恐悚"。下引《夷坚支志》条称关羽神有部下"容状可畏"，亦说明"关羽作为凶神的形象一直到两宋之交还遗留在民间"[1]。

《宋会要辑稿·礼》卷二〇：

> 蜀汉寿亭侯祠。一在当阳县，哲宗绍圣二年五月赐额"显烈"。徽宗崇宁元年二月封忠惠公。大观二年进封武安王。一在东隅仇香寺。羽字云长，世传有此寺时即有此祠，邑民疫疠必祷，寺僧以给食。

《夷坚支志》甲卷九：

> 潼州关王庙，在州治西北隅，土人事之甚谨。偶像数十躯，其一黄衣侧足，面怒而多髯，执令旗，容状可畏。成都驭卒王云至府，巫祝喻天祐见之，

---

[1] 刘永华. 关羽崇拜的塑成与民间文化传统[J]. 厦门大学学报（哲学社会科学版），1995（2）.

以为与庙中黄衣绝相似，乃招至其家，饮之酒，赂以银，杯且付钱五千，并大幞头范样，语之曰："市上耿迂开此铺，倩而为我与钱，使制造一顶，须宽与数日期，冀得精巧。"云不解其意，以意外有获，即从戒，至耿氏之肆。耿默念其安得有人头围如是之大者，亦利五千之入，约为施工。而云持公家符帖，不得久驻，舍之而归，竟不以喻生所嘱告。耿候其来取而杳不至，后数日，因出郊，入关王庙，见黄衣塑像，大骇曰："此盖是去年以钱五千令造大幞头者也。"因以小索量其首广长，还家校视之，不差分寸，悚然谓为神，立捧献之。事浸淫传，一府争先瞻敬。天祐正为庙史，借此鼓唱，抄注民俗钱帛以新屋宇，富人皆乐施，凡得万缗，天祐隐没几半。历十年，云复来潼，人见者多指点笑语，怪而问其故，或以告之。云曰："此喻祝设计造诈，借我以欺神人。吾往谒之，当得厚谢。"于是走诣之。天祐恐昔谋彰败，了不接识。云恨怒，诉于官。天祐坐黥窜，尽籍其赀。

《睽车志》卷二:

忠愍李公若水,宣和壬寅尉大名之元城。有村民持书至云:"关大王有书。"公甚骇愕,视其缄云:"书上元城县尉李尚书,汉前将军关云长押。"诘民何自得之。云:"夜梦金甲将军告某曰:'汝来日诣县,由某地逢著铁冠道士,索取关大王书,下与李县尉。'既觉,惊异,勉如其言,果遇道士,得书,不敢不持达。"公发书,其间皆预言靖康祸变,以事涉怪,即火其书,遣其人不复问。作诗纪之云:"金甲将军传好梦,铁冠道士寄新书。我与云长隔异代,翻疑此事大荒虚。"公后果贵显,卒蹈围城之祸。兆朕之萌,神告之矣。

《大宋宣和遗事》元集:

(宋徽宗)崇宁五年(1106)夏,解州有蛟在盐池作祟，布炁十余里，人畜在炁中者，辄皆嚼啮，伤人甚众。诏命嗣汉三十代天师张继先治之，不旬日间，蛟祟已平。继先入见，帝抚劳再三，且问曰："卿此翦除，是何妖魅？"继先答曰："昔轩辕斩蚩尤，后人立祠于池侧以祀焉。今其祠宇顿弊，故变为蛟，以妖是境，欲求祀典。臣赖圣威，幸已除灭。"帝曰："卿用何神，愿获一见，少劳神麻。"继先曰："神即当起居圣驾。"忽有二神现于殿庭：一神绛衣金甲，青巾美须髯；一神乃介胄之士。继先指示金甲者曰："此即蜀将关羽也。"又指介胄者曰："此乃信上自鸣山神石氏也。"言讫不见。帝遂褒加封赠，仍赐张继先为视秩大夫虚靖真人。

《古今图书集成·神异典》卷三七：

宋真宗大中祥符□年敕修关圣庙。按《宋史·真宗本纪》不载。按《解州志》：关圣庙在城西门外，宋真宗大中祥符年间敕修。

哲宗绍圣三年，赐玉泉祠额，曰显烈王。按《宋史·哲宗本纪》载。按《关帝圣迹图志》云云。

徽宗崇宁元年，追封忠惠公。

大观二年，加封武安王。按以上《宋史·徽宗本纪》俱不载。按《郑南加封记》云云。

宣和五年，敕封义勇武安王。按《宋史·徽宗本纪》不载。按李焘《续通鉴长编》：宣和五年正月己卯，礼部奏请侯封，敕封义勇武安王，令从祀武成王庙。

《古今图书集成·神异典》卷三八引《关帝圣迹图志》：

武安之王封于宋，伏魔大帝封于明。今总称之曰关圣帝君，盖遵明万历敕封也。

《古今图书集成·神异典》卷三八引《遗印考》：

今关庙中有寿亭侯印，即帝初封印一组。方二寸有奇，其上大环径四寸，下连四环，皆系印上。相传绍兴中洞庭渔人得之。焦竑曰：亭侯，爵名，汉寿，地名。今去汉字而单表寿亭者误。

关羽神于北宋始封为王。朱海滨指出，早在宋徽宗时期，朝廷对赐额、赐封已有滥发趋势，与关羽神同时代或更早被封王的神有很多，关羽神只不过是众多地方神灵中较为显赫的一位而已[1]。

《汉义勇武安王庙碑》：

> 起义于涿郡，争战于徐、兖，奔走于冀、豫，立功于江、淮，而殁于荆、楚。英灵义烈遍天下，故所在庙祀，福善祸恶，神威赫然，人咸畏而敬之，而燕、赵、荆、楚为尤笃，郡国州县、乡邑闾里皆有庙。夏五月十有三日，秋九月十有三日，则大为祈赛。整仗

---

[1] 朱海滨. 国家武神关羽明初兴起考——从姜子牙到关羽[J]. 中国社会经济史研究，2011（1）.

盛仪，旌甲旗鼓，长刀赤骥，俨如王生[1]。

《续文献通考·群祀考》卷三：

（元）文宗天历元年九月，加封汉将军关羽为显灵义勇武安英济王，遣使祠其庙。

《茶余客话》卷四：

关庙之见于正史者，唯《明史》有之，其立庙之始不可考。俗传崇宁真君封号出自宋徽宗，亦无据。按《元史·祭祀志》：每岁二月十五日于大殿启建白伞盖佛事，与众祓除不祥，抬舁监坛汉关某神轿。夫曰抬舁神轿，则必塑像，有塑像则必有庙宇矣，然则庙始于元之先可知也。又《日下旧闻》谓慈源寺东数百武有关王庙，相传即崇恩万寿宫殿中

---

[1] 元郝经《郝文忠公陵川文集》卷三三。

塑像，甚古，疑是元时旧塑。又谓关帝庙在皇城北安门东者，曰白马关帝庙，隋基也。姚彬盗马庙在三里河天坛，亦隋基也。是唐之前已有庙。

……

明万历四十二年甲寅十月十日，加封为三界伏魔大帝、神威远镇天尊、关圣帝君。四十五年丁亥五月，福藩常洵刻《洛阳关帝庙签簿》曰，"前岁予承命分封河南，关公以单刀伏魔于皇父宫中，托之梦寐间，果验，是以大隆徽号，由是敕闻天下而尊显之"云云。予见各省关庙题旌皆同此号，殆始于明神宗时。唐范摅《云溪友议》谓，荆州玉泉祠，天下四绝之地，或言此祠鬼助土木之功，祀三郎神。三郎神者，关三郎也。关帝庙遍海宇，一村一社处处有之，虽塞垣边障，祠宇亦多。顺治九年，敕封忠义神武关圣大帝。康熙五十八年，赐给河南洛阳县五经博士一人。雍正三年，封三代公爵。雍正四年，增设山西解州五经博士一人。十年，增设湖广当阳县五经博士一人。乾隆二十五年，山东臬使沈椒园请易谥神勇。三十四年，敕封灵祐忠义神武关圣大帝。

《七修续稿》卷四"关汉寿"条：

《桑榆漫志》：关侯听天师召，使受戒护法，乃陈妖僧智觊、宋佞臣王钦若附会私言。至于降神助兵诸怪诞事，又为腐儒收册，疑以传疑。予以既为神将，听法使矣，解州显异，有录据矣，诸所怪诞，或黠鬼假焉，亦难必其无也。……玉泉显圣，罗贯中欲伸公冤，既援作普净之事，复辏合《传灯录》中六祖以公为伽蓝之说。故僧家即妄以公与颜良为普安侍者。殊不知普净，公之乡人，曾相遇以礼，而普安元僧，江西人，隔绝甚远，何相干涉。是因伽蓝为监从之神，普安因人姓之同，遂认为监坛、门神、侍者之流也，此特亵公之甚。

《五杂俎》卷十五：

今天下神祠香火之盛，莫过于关壮缪，而其威灵感应，载诸传记，及耳目所见闻者，皆灼有的据，非幻也。如福宁州倭乱之先，神像自动，三日乃止。友人张叔弢亲见之。万历间，吾郡演武场新神像，一匠者足踏其顶，出谩亵语，无何，僵仆而死，则余少时亲见之。江右张观察尧文上计，至桃源病革，移入王祠中。其兄日夜哀祷，经七日复苏，亲见神摄其魂以还。张君言之历历，如在目前者，亦异矣。

……

唐以前，崇奉朱虚侯刘章，家祠户祷，若今之关王云。然自壮缪兴，而朱虚之神又安之也？今世所崇奉正神，尚有观音大士、真武上帝、碧霞元君，三者与关壮缪香火相埒，遐陬荒谷，无不尸而祝之者。凡妇人女子，语以周公、孔夫子或未必知，而敬信四神，无敢有心非巷议者，行且与天地俱悠久矣。岂神佛之中亦有遭遇而行世者耶，抑神道设教，或相禅而兴也？

《涌幢小品》卷之二十"关云长"条：

> 自古忠义雄勇士，不得志，冤死、兵死者何限，独云长之神最灵最久，思之不得其解，姑妄揣之。圣人继天立极，每每神道设教。圣人不生，则神自设教。云长必明神转世，姑托此幻躯，著姓名，结兄弟，驰骋干戈扰攘之场，耸动人耳目，著之史册中，俄然兵解以去，而神乃愈烈。要知气运薄，故寥寥二千年间，圣人不生，生亦扼于有位，于是有神焉。出没隐见其间，以待圣人之生，以补圣化之所不足。我太祖则大圣人出世矣，犹谓佛教暗助王化，而俗传云长为伽蓝神，理诚有之，不可得而拟议也。
>
> 山西盐池在解州，云长所产处也。相传黄帝执蚩尤于中冀，戮之，肢体身首异处，而名其地曰解，其血化为卤，遂成池。宋崇宁中，池水数溃，张静虚摄云长之神治之，池盐如故，云长见像于廷。于是加封拓祠，祠最伟，神亦最灵。池长百二十里，

阔七里，周垣守之。每大雨，辄能败盐，必祷于神而止。蚩尤以其血为万世利，而云长周旋，永此利源，同于煮海，奇矣，奇矣。

寒埋庵达严事云长，每事必告。居皖，梦侯语之为我公祖，已守平阳，解在部中。后起总督蓟辽。税珰高淮张甚，祷更力，阴得济其请，内帑亦然。累世信卜，叩之奇验。尝与联和至百韵，后为一小令来赠，末云："再挥戈蓟北，重整旧江山。"果验。

《续文献通考·群祀考》卷三：

（成化）十三年诏建汉寿亭侯庙。初洪武二十八年建庙于南京鸡鸣山。永乐中北京始建庙，至是时建庙于宛平县东。嘉靖十年，南京太常寺少卿黄芳言：汉寿者，封邑；亭侯者，爵也，止称寿亭侯误矣。乃改称汉前将军汉寿亭侯。岁五月十三日祭以太牢，果品五，帛一，遣太常寺官致祭，国有大事则告。

明初祀关侯只用本称，万历中特加封三界伏魔大帝神威远镇天尊。

《三教源流搜神大全》卷三：

义勇武安王，姓关，名羽，字云长，蒲州解良人也。当汉末，与涿郡张飞佐刘先主起义兵。后于南阳卧龙岗三谒茅庐，聘诸葛孔明，宰割山河，三分天下，国号为蜀。先主命关公为荆州牧。不幸吕蒙设计，公乃不屈节而亡。追赠大将军，葬于玉泉山。土人感其德义，岁时奉祀焉。宋真宗祥符五年十月十七日，夜有神人自空而降，奏曰："臣乃上天真符使者，玉帝有敕，后八日，有圣祖轩辕降于宫阙。"言讫而去。帝次日与群臣议之，洒扫宫室，设祭礼。至日，圣降于延恩殿。帝拜于前。圣曰："吾往昔人皇氏也，其后为轩辕，即汝赵宋之始祖也。吾以汝善修国政、抚育下民而来。"言讫，圣升天矣。帝大异之。帝与群臣议之，圣降之迹尚存，天香未散。群臣贺曰："陛下圣德所感，圣祖降于宫阙。"帝诏天下梵宫并建圣祖宝殿。至祥符七年，解州刺史表奏云："盐池自古生盐，收办宣课。自去岁以来，盐池减水，有亏课程。此系灾变，敢不奏闻。"帝遣使持诏至解州城隍庙祈祷焉。使夜梦一神告曰："吾城隍也。盐之患乃蚩尤也。往昔蚩尤与轩辕帝争战，帝杀之于此地盐池之侧，至今尚有迹近。近闻朝廷创立圣祖殿，蚩尤大忿，攻竭盐池之水。"飒然而觉，得此报应，回奏于帝，帝与群臣议之。王钦若奏曰："地神见报，当设祭以祷之。"帝遣吕夷简持诏就盐池祷之。祭毕，是夜梦一神人戎服金甲持剑，怒而言曰："吾乃蚩尤神也。奉上帝命来此盐池，于民有功，以国有益。今朝廷崇以轩辕，立庙于天下，吾乃一世之仇也，此上不平，故竭盐池水。朝廷若能除毁轩辕之殿，吾令盐池如故。若不从，竭绝盐池，五谷不收，又使西戎为边境之患。"言讫而去。夷简飒然而觉，其梦中之事回奏于帝。帝亦梦之。王钦若奏曰："蚩尤乃邪神也。陛下可遣使就信州龙虎山诏张天师，可收伏此怪。"帝从之，乃遣使诏天师至阙下。帝曰："昨因立圣祖轩辕殿致蚩尤怒，涸绝盐池之水，即今为患，召卿断之。"天师奏曰："臣举一将最英勇者，蜀关将军也，臣当召之，可讨蚩尤，必成其功。"言讫，师召关将军至矣，现形于帝前。帝云："蚩尤竭绝盐池之水。"将军奏曰："陛下圣命，敢不从之！臣乞会五岳四渎名山大川所有阴兵，尽往解州，讨此妖鬼。若臣与蚩尤对战，必待七日，方剿除得。伏愿陛下先令解州管内户民三百里内，尽闭户不出，三百里外尽示告行人，勿得往来，待七日之期，必成其功，然后开门如往。恐触犯神鬼，多致死亡。"帝从之。关将军乃授命而退。遂下诏，解州居民悉知。忽一日，大风阴暗，白昼如夜，阴云四起，雷奔电走，似有铁马金戈之声，闻空中叫噪。如此五日，方且云收雾散，天晴日朗，盐池水如故，皆关将军力也。其护国祚民如此。帝嘉其功，遣王钦若赍诏往玉泉山祠下致享，以谢神功，复新其庙，赐庙额曰"义勇"，追封四字王，号曰武安王。

宋徽宗加封尊号,曰崇宁至道真君。

《历代神仙通鉴》卷九:

(汉)桓帝时,河东连年大旱。蒲坂居民闻雷首山泽中有一尊龙神,相传亢旱求之极灵,集众往跪泣告。老龙悯众心切,是夜遂兴云雾,吸黄河水施降。上帝方恶此方尚华靡,暴殄天物,当灾旱以彰罪谴,而老龙不秉上命,遽取水救济过民。上帝令天曹以法剑斩之,掷头于地,以警人民。蒲东解县有僧普静,见性明心,结庐于常平溪侧。闻空中雷电,在白藤床上。晨出视之,溪边有一龙首,即提至庐中置合缸内,为诵经咒。九日,忽闻缸中有声,启视已无一物,而溪东有呱呱声,发自关道远家(夏直臣龙逢后)。(道远)名毅,世居解梁常平村宝池里。(延熹三年)六月十五日,忽快雨如驶,一黑龙现于村,绕道远之庭,有顷不见。夫人淹芳方娠,至二十四日产一子,啼声远达。普静索观,竖眼攒眉，超颏长面，遍体如噀血。普静点头曰："忠义性成，神圣之质。"乳名寿，幼从师学，取名长生。及长，膂力敌万夫，读书明易象，尤好春秋。娶妻胡氏，于光和戊午岁五月十三日，生子名平（俗传平为继子及年月日俱非）。后自名羽，字云长。后于麦城遇害，公魂悠悠荡荡，至当阳玉泉山。寺僧即普静。拜静为师，得成正果（往往显圣，乡人就山顶建庙，四时致祭）。

《历代神仙通鉴》卷一〇：

（关）羽是解梁老龙，（张）飞是涿州玄豹，（赵）云乃长山巨蟒，（糜）竺乃东海寿麇。

《历代神仙通鉴》卷一五：

玉泉山，昭烈皇帝刘玄德，荡魔真君关云长，忠显桓侯张翼德，顺正将军关平，归正将军周仓。

木公更嘱曰:"汉州玉泉关羽为护法伽蓝,今其转迓上方古佛、西域释迦等众。"

《历代神仙通鉴》卷一九:

(宋元祐中,哲宗召三十代天师张继先除解池之害)逾顷,雷电昼晦。帝问:"卿向用何将?还可见否?"曰:"臣所役者关羽也。"即握剑召于殿左,羽随见。帝惊,掷崇宁钱与之,曰:"以封汝。"(祀为崇宁真君)(徽宗时)宫中有祟。见一道士碧莲冠,紫鹤氅,手持水晶如意,前揖曰:"奉上帝命,来除此祟。"良久,一金甲丈夫捉祟擘而啖之。帝问金甲者何人,道士曰:"所封崇宁真君关羽也。"

《清朝文献通考·群祀考上》:

顺治元年定祭关帝之礼。
九年敕封忠义神武关圣大帝。

乾隆二十三年加封关帝为忠义神武灵佑关圣大帝。

《铸鼎余闻》卷二：

国朝沈涛《常山金石志》载：隆兴寺石刻云：至顺二年封齐天护国大将军、检校尚书、守管淮南节度使，兼山东河北四门关招讨使，兼提调诸宫庙神、无分地处检校官、中书门下平章政事、开府仪同三司、驾前都统军、无佞侯、壮穆义勇武安英济王、护国崇宁真君。

明姚宗仪《常熟私志》云：荆州牧前将军，其本号也。汉寿亭侯，其加封也。壮缪侯，唐封号也。宋真宗封义勇武安王，则王之矣。徽宗加封崇宁至道真君，则神之矣。今上尊为协天大帝，又敕三界伏魔大帝、神威远震天尊、关圣帝君，兼赐冕旒玉带，至尊无上也。

《茶香室丛钞》卷一五：

《北梦琐言》：唐咸通乱离后，坊巷讹言关三郎鬼兵入城，家家恐悚。按此则关帝之神在唐时已洋洋乎如在其上，如在其左右矣。

国朝钱曾《读书敏求记》云：《汉天师世家》一卷中称三十代天师讳继先者，宋崇宁二年投符解州盐池，碟蛟死水裔。上问用何将，随召关某见于殿左。上惊，掷崇宁钱与之，曰："以此封汝。"世因祀为崇宁真君。此当是关帝受封之始。

宋郭彖《睽车志》云：忠愍李公若水，宣和壬寅尉大名之元城。有村民持书至，云"关大王有书"。公甚骇愕。其缄云："书上元城县尉李尚书，汉前将军关云长押。"诘民何自得之，云：夜梦金甲将军告某曰："汝来日诣县，由某地逢著铁冠道士，索取关大王书，下与李县尉。"既觉惊异，勉如其言，果遇道士，不敢不持达。按此乃关帝灵异之著于宋代者。

《茶香室三钞》卷一九：

国朝吴仰贤《小匏庵诗话》云：元张师廉宪诗云："张侯生冀北，关帝出河东。"关帝二字竟入诗，大奇。关公灵迹自隋始显，历宋元加封为王，至明万历十八年封协天护国忠义帝，四十二年封三界伏魔大帝、神威远镇天尊、关圣帝君。自是始相沿有关帝之称。师廉不应用后世事，疑必元代先已封帝，今不可考矣。

《陔余丛考》卷三五：

鬼神之享血食，其盛衰久暂，亦若有运数而不可意料者。凡人之殁而为神，大概初殁之数百年，则灵著显赫，久则渐替。独关壮缪在三国、六朝、唐、宋皆未有禋祀，考之史志，宋徽宗始封为忠惠公。大观二年，加封武安王。高宗建炎二年，加壮缪武安王。孝宗淳熙十四年，加英济王，祭于荆门当阳县之庙。元文宗天历元年，加封显灵威勇武安英济王。明洪武中，复侯原封。万历二十二年，因道士张通元之请，进爵为帝，庙曰英烈。四十二年，又敕封三界伏魔大帝、神威远镇天尊、关圣帝君，又封夫人为九灵懿德武肃英皇后，子平为竭忠王，兴为显忠王，周仓为威灵惠勇公。赐以左丞相一员为宋陆秀夫，右丞相一员为张世杰。其道坛之三界馘魔元帅，则以宋岳飞代。其佛寺伽蓝，则以唐尉迟恭代。刘若愚《芜史》云：太监林朝所请也。继又崇为武庙，与孔庙并祀。本朝顺治九年，加封忠义神武关圣大帝。今且南极岭表，北极塞垣，凡儿童妇女，无有不震其威灵者。香火之盛，将与天地同不朽。何其寂寥于前，而显烁于后，岂鬼神之衰旺亦有数耶？

《新搜神记·神考》：

关圣帝君仕汉，封汉寿亭侯。后主景耀三年，追谥故前将军关曰壮缪侯。宋哲宗绍圣三年赐帝玉泉祠额曰显烈庙。徽宗崇宁元年追封忠直（一作惠）公。大观二年加封武安王。宣和五年敕封义勇武安王。高宗建炎三年加封壮缪义勇王。淳熙十四年加封英济王。明太祖洪武元年戊申，复原封称寿亭侯，于二十年正月建庙于顺天府正阳门之瓮城内。永乐元年癸未十二月，建庙于都城宛平县之东。成化十三年建俗呼白马庙，盖隋旧基也。又特颁龙凤黄纻旗一，揭竿竖之，每岁正旦冬至朔望，祭祀香烛等仪，俱是恒品。元天历复加显灵，故今称壮缪义勇武安显灵英济王。正德四年己巳赐庙曰忠武。万历十八年正月加封帝号，特颁衮冕肆辑图首冕服，次巾帻，又次公幞，又赐额显佑。以督河工部尚书潘季驯请。廿三年乙未赐坊名曰义烈，以伊府万安王褒奏于河南洛阳建坊请。九月以解州崇宁宫道士张通源题请，敕解州庙名曰英烈庙。卅三年甲寅十月十九日，太监李恩奉旨到正阳门庙上九旒珠冠一，真素玉带一，四蟠龙袍一，黄牌一，加封三界伏魔大帝神威远震天尊关圣帝君,醮三日,颁行天下,文武庆贺。熹宗天启四年甲子明祀典正神号。六月十三日太常卢大申题称追祀汉前将军寿亭侯,原奉我皇祖特封三界伏魔大帝神威远震天尊关圣帝君,业已帝而祀文犹侯,仰祈敕下部查议云云。奉圣旨:神号著遵照黄祖加敕封祀。此关圣帝君所由称也。本朝《大清会典》:顺治元年敕封"忠义神武关圣大帝",每年五月十三日祭,遣太常寺堂官行礼,不致斋,由本寺题请陈设供品帛一、白色白磁爵三、牛一、羊一、豕一、果品五,核桃荔枝圆眼杏栗各一盘,酒一尊,祭日教坊司作乐行三献礼,每献三跪九叩头。祝文曰:"惟帝纯心取义,亮节成仁,允文允武,乃圣乃神,功高当世,德被生民,两仪正气,历代名禋,英灵丕著,封号聿新,敬修岁事,显佑千春。尚飨。"考:明太常少卿黄芳以汉寿系封邑,而亭侯者爵也,上称寿亭侯者误,乃改称汉前将军汉寿亭侯关。愚按:孙承泽引宋司马智《玉泉封寿亭侯记》云:据此,则公固寿亭也。然终以邑名为是。夫以公之忠贯一时，气盖千古，封之为王，岂公之志？至曰真君，益不可闻于公也。不若就本称汉前将军汉寿亭侯关为得公之心，至于公之一生，则本朝崇封忠义神武四字尽之矣。

《清嘉录》卷五"五月·关帝生日"条：

（五月）十三日为关帝生日，官为致祭于周太保桥之庙。吴城五方杂处，人烟稠密，贸易之盛，甲于天下。他省商贾，各建关帝祠于城西，为主客议规条之所，栋宇壮丽，号为会馆。十三日前，已割牲演剧，华灯万盏，拜祷惟谨。行市则又家为祭献，鼓声爆响，街巷相闻。又相传九月十三日为成神之辰，其仪一如五月十三日制，俗以此二日雨为"关王磨刀雨"，主人口平安。

元至正间，将仕郎普颜花撰《关王庙碑》云："荆楚之人，相传王于六月二十三日生。子平，于五月十三日生,是日朝拜祭赛,远近辐辏。"钱塘冯少渠《关公祖系记》云:"侯以桓帝延熹三年庚子六月二十四日生。"则今之以五月十三日生者非也。唯考永乐北征时,每见神前驱。凯旋,乃制崇祀,以五月十三日祭。祀典:岁以春秋二仲月吉日及五月十三日致祭。《昆新合志》云:"是日,俗传为关神武诞,士夫家宰白雄鸡以祭之。"近亦渐少。

《民间新年神像图画展览会·附录六》:

> 晋初,关帝得勇壮关侯之封号。南宋时始被列入于正式祭典中。清代对之为更大之崇敬,将皇室与全国置于其特殊之保护下:得武帝尊号,与孔子并列。被人视为武神、财神,及保护商贾之神。人遇有争执时,求彼之明见决断。旱时人民又向彼求雨,又可抽求病人药方。又被视为驱逐恶鬼凶神之最有力者。

《中国社会与宗教》第十三章讲道:宋代关公信仰时有所闻,据《关帝圣迹图志》云:"哲宗绍圣三年(1096)

赐玉泉祠额曰显烈王。"郑南《加封记》亦云:"哲宗绍圣三年赐帝玉泉祠额曰显烈庙。"这可能是宋朝最早的封谥,但正史并未记载,真实性存疑。然玉泉山显圣,是关公神化的最早传说,如《三国演义》第七十七回所载,后云:"后来往往于玉泉山显圣护民,乡人感其德,就于山顶建庙,四时致祭。"玉泉山显灵传说已久,最早见于唐人所撰《荆南节度使江陵尹裴公重修玉泉关庙记》,《三国演义》是有所根据的。但是关公神化后,释、道二家强加许多传说,纳入自己的宗教体系里,使关公的神格愈趋复杂。

在宋代,关公的神格并非崇高,是个从祀神,如李焘《续资治通鉴长编》云:"宣和五年正月己卯,礼部奏请侯封,敕封义勇武安王,令从祀武成王庙。"还只是重视其义勇的武将精神。其封谥据《荆州志》所载,到南宋仍不离"义勇"二字,"高宗建炎三年(1129)加封壮缪义勇王"。到了南宋孝宗淳熙十年(1183),他的封号累积更长,并且其威灵更加显赫,如《荆州志》云:淳熙十四年(1187)告敕曰:生立大节,与天地以并传;没为神明,亘古今而不朽。荆门军当阳显烈神壮缪义勇武安王,名著史册,功存生民,一方所依,千载如在。凡有祷于水旱雨旸之际,若或见于悲蒿凄怆之间。可特封"壮缪义勇武安英济王"。

由此可知,关公在南宋时已具神格,且相当灵验,尤其是荆州一带,香火必然鼎盛。加上"英济"二字,有显英灵济世之意,假神道以助教化。元文宗天历元年(1328)又加上"显灵"二字[1]。

明代关公的神格逐渐升高,加封帝号。如《畿辅通志》云:"万历四十二年(1614)十月十一日,司礼监太监李恩赍捧九旒冠、玉带龙袍、金牌牌书,敕封'三界伏魔大帝神威远震天尊关圣帝君'。"足见关公到了明代末年,朝廷的封号已位极天神,"关圣帝君"的牌号,就此确立定名。

清初入关即封关公[2],在顺治九年(1652)敕封"忠义神武关圣大帝",足见关公在民间宗教信仰上地位显赫,

---

[1]《泰和阳琚庙记》。
[2]《大清会典》。

引起……注意,并利用百姓的信仰心理,作为笼络的手段。清代重视关公的"忠义"精神,封谥多有"忠义"二字。到了光绪五年(1879)其封号累积多至二十六字,全称为"忠义神武灵佑仁勇威显护国保民精诚绥靖翊赞宣德关圣大帝",关公成为护国保民维持人间秩序综理万事的大神。民间另外有"协天上帝"的神号,意为协助玉皇大帝料理天下大事,又称"通明首相",是实际执行宇宙万机的主宰。这种神格的完成,大致来自民间宗教团体的大力推广,宣扬的方式则是扶鸾善书的普遍宣传。

关圣帝君信仰与民间宗教结社结合,大约始于明代末叶,最早一部扶鸾善书是《三界伏魔关圣帝君忠孝忠义真经》,又名《三界伏魔关帝忠孝护国翊运真经》,其刊印年代大概也不早于明代晚期。这可从其封号得知,所谓"三界伏魔关圣帝君"应是明代万历四十二年以后的尊称,该真经所称关帝的全称为"至灵至圣至上至尊伏魔大帝关圣帝君大悲大愿大圣大仁贞元显应光昭翊汉灵佑天尊"。次早扶鸾善书为《关圣帝君应验桃园明圣经》,简称《桃园明圣经》或《明圣经》,其神号为"伏魔大帝关圣帝君大悲大愿大圣大慈真元显应昭明翼汉大天尊",又有二称号"盖天古佛昭明翊汉大天尊""大圣伏魔荡寇救苦救难天尊"。

善书中关公的神职在信仰里地位相当崇高,可以诠释"三界伏魔大帝"的职权。《忠孝忠义真经》中关圣帝君诰,云:太上神威,英文雄武,精忠大义,高节清廉,协然皇图,德崇演正,掌儒释道教之权,管天地人才之柄,上司三十六天星辰云汉,下辖七十二地土垒幽酆。秉注生功德,延寿丹书,执定死罪过,夺命黑籍。考察诸佛诸神,监制群仙群职。高证妙果,无量度人。

所谓协运皇图,即协助玉皇大帝综理万机。此一神格,据该经附录履历事实有一条云:"明隆庆元年(1567)三月封义勇武安英济王崇宁至道真君南极协天显威大帝。"另据《壹是纪》以为万历四十二年(1614)纳道士张廷元的献议,加封关帝为"协天护国忠义大帝"。协天的观念,使关公由武神升格为综理万机的文相。部分《明圣经》称关公为"南天文衡圣帝",其全称为"伏魔大帝关圣帝君大悲大愿大圣大慈玉帝殿前首相执掌雷部真元显应昭明翊汉天尊"，另有其他版本的《明圣经》加上"盖天古佛中皇大天尊"与"昭明高上帝"的称号。很明显，到了这些善书的刊行，关公的神职是玉皇殿前的通明首相，主宰宇宙，其官名为南天文衡圣帝，其尊称为中帝大天尊，仅次于玉皇大帝，也可以上帝称之，其名号为"昭明高上帝"。

关公被尊崇，与扶鸾降笔的民间信仰有关，关圣帝君善书只是这一类降笔文章中较成系统的作品，其流行的动力在于作品背后民间教团的推广，也可说此善书代表了民间某一教派的教义与活动，而这一教派是以关圣帝君作其信仰主神，因此抬高关公的神格，是必然的宗教情操。到了民国十三年（1924），刚好甲子年，进一步将关公晋位为玉皇大帝，成为万神之尊。此一事件见于《洞冥宝记》，关公的神号为"太平开天普度皇灵中天至圣仁义古佛玉皇大天尊玄灵高上帝"。这时候关帝信仰与民间老母信仰已合流，在玉皇之上有一权威的老母，玉皇的退位与接任，完全由老母主持。

关圣帝君，简称关帝，俗称关公，即三国名将关羽字云长者也。"称万人之敌,为世虎臣。"[1]汉献帝建安五年,曹操表封为汉寿亭侯。旋复归刘备。蜀汉授前将军,命镇守荆州。与孙吴作战而死,蜀汉追谥为壮缪侯。荆州人于当阳玉泉山立祠。然自魏迄唐,其崇祀似乎主要在荆楚民间流行,实为乡土守护神。唐代虽一度获朝廷认可,配享武神武成王(姜太公)庙,但在民间,其崇祀仍属"祀厉"。或因其生前之武勇,及成神以后的凶厉形象,麾下阴兵云集,唐、宋以来颇受武人崇拜,在民间隐隐然享有超越荆楚地域的武神之声威。自宋以后,更是平步青云。北宋末年,始封为公,或谓封为真君。民间传奇中,关羽也是道教张天师召唤神将之一。宣和间始封武安王。(不过正如朱海滨指出,宋徽宗时期朝廷滥封诸神的倾向,封王的地方神灵颇多。参见《国家武神关羽明初兴起考——从姜子牙到关羽》)元仍封王,或谓已有帝称,其庙祀亦趋向普遍,燕、赵、荆、楚,"郡国州县、乡邑间里皆有庙"。明初复为侯。洪武中期,关羽被确立为国

---

[1]《三国志》卷三六《蜀书·关张马黄赵传》。

家武神而列入朝廷祀典。万历中，封三界伏魔大帝神威远镇天尊关圣帝君，妻、子皆得厚封，并辅以丞相二人。此后相沿有关帝、关圣帝君之称。佛、道两家也竞相罗致关羽为本门神祇。佛教以其为护法伽蓝。道教则谓其前身为雷首山泽中之老龙，又编造种种神迹，以夸大其灵验。然而自明清以来，对关帝的信仰已不限于宗教范围，既列为国家祭祀要典，又是民间供奉的对象。清初，其庙祀已遍及天下。《陔余丛考》曰："今且南极岭表，北极塞垣，凡儿童妇女，无有不震其威灵者。香火之盛，将与天地同不朽。"在当时，这话并不夸张。有清一代，关羽俨然成为人神之首，与文圣孔子齐肩而为武圣，民间各行各业对其顶礼膜拜又甚于孔子。这种现象，在中国民间诸神中是罕见的。

究其原因，对专制统治者而言，关羽之崇拜价值在于他的忠勇神武，为国捐躯。故宋曾三异《同语录》赞曰："《九歌·国殇》，非关云长之辈不足以当之，所谓生为人杰，死为鬼雄也。"就下层民众而言，关羽之崇拜价值在于他的义气干云，坚贞不二。近代之哥老会、青洪帮特别敬祀关羽，江湖上结拜把兄弟，亦必于关帝像前顶礼膜拜，焚表立誓，誓曰"有难同当，有福同享，未能同年同月同日生，但愿同年同月同日死"。盖以《三国志演义》中之"桃园三结义"一节为楷模，以关羽之行为作江湖义气之表率。此与统治者崇奉关羽之忠勇的本意又大相径庭矣。然而人们信仰他的原因尚不止上述两端，凡司命禄、佑选举、治病除灾、驱邪辟恶、诛罚叛逆、巡察冥司等等职能，均加之于关羽名下。甚至招财进宝、庇护商贾，亦非关帝莫属，以致关帝又被商家崇祀为财神。巫婆神汉之徒，侈言灵验之辈，僧道术士之流，竞相张大其说，以迎合社会愚氓之心理，致使关羽神运大昌，香烟独盛，而令诸神垂涎侧目，自愧弗如矣！

专制统治者利用民间信仰的神道来维持巩固其政权，当以"关圣帝君"的发迹最具代表性。关羽的神位隆于内外交困的北宋末年，盛于腐败黑暗的明代晚期，至其暴升为全能的"第十八代玉皇大帝"，则为军阀武人觊觎神器的民国时期。统治者真正看中的是关公的"武安"，即暴力镇压，而所谓"义勇"之"义"已非江湖的结义，只是奴才顺民的"忠义"了。但这并不能代替民间对关公的信仰，民间秘密宗教结社，特别是"天地会"等反对现政权的帮会组织对关公的崇拜仍然保留自己的特色。中国台湾地区各地村镇极重关帝之祀，以为社群凝聚团结之象征，且年年来内地解州、当阳等地朝拜祖庙。两岸学者专门讨论关帝信仰，与当前民间活动相结合，竟形成为一专门课题——"关公文化"。这方面的研究成果极为丰富，有心诸君不妨找来看看。我们认为，"关公信仰"早已超出了鬼神信仰的范围，在深层反映着中华民族的一系列传统观念，内涵是极为丰厚的。

语言的神力

《纬书集成》[1] 前言

"集成"这样的书名，现在见的越来越多了。作者有魄力，编者有魄力，出版社有魄力，非"集大成"之作，简直难入法眼。但《纬书集成》与时下流行的许多"集成"有点儿不同。其特别之处在于，如此大部头的"集成"，完全靠断篇残简编缀而成，耗费精力、心血，难以想象，而从事这一繁重辑佚工作的竟然是两位外国学者。正如众人所知，纬书早在一千多年以前已经遭到官方的严厉禁绝，唐、宋以来，已经不复能见任何一纬书的原貌。明、清以来，有少数学者花了一番钩沉辑佚的工夫，辑成薄薄数册，已属不易。而现在日本学者安居香山、中村璋八又在前人各种辑本的基础上，从各种史籍、类书、古籍旧注的征引（其中有不少是日本的古籍）中，竟能辑成如

---

[1] 安居香山，中村璋八. 纬书集成[M]. 石家庄：河北人民出版社，1994.

此篇幅，可谓前无古人了。由于中国的古籍浩如烟海，续作、增补的工作仍有很大的可能和必要，而此书的引文、校点亦难免疏误之处，但二位学者几乎付出毕生精力的这部著作，对丰富中国思想文化的研究宝库，无疑是其功甚伟的。

纬书是什么样的书？为什么散佚得如此严重？后代学者又为什么要花那么大的功夫来钩沉呢？

纬书是对一批流行于西汉末年至东汉末年的带有相当神秘色彩的书籍的总称。其内容极为庞杂，涉及天文、地理、哲学、伦理、政治、历史、神话、民俗，以及医学等。它们的书名很特别，多以三字连文，如"考灵曜""运斗枢""感精符""考邮异"等，并常冠以儒家经典的名称，如《易》《诗》《尚书》《礼》《乐》《春秋》《孝经》《论语》，还有的则冠以《河图》或《洛书》的。凡是冠以六经之名的，被征引时常简称为《易纬》《诗纬》等，其内容也有一部分是解释或附会儒学经义的。所以大部分治中国思想史的学者认为，纬书的"纬"字，是"经纬"之"纬"，纬书就是辅经、补经的书。亦即《四库全书总目提要·易纬》所说:"谶自谶,纬自纬,非一类也。谶者诡为隐语,预决吉凶……纬者,经之支流,衍及旁义。"但冠以《孝经》《论语》的纬书,却称谶而不称纬。古人的讲法虽然相当有道理,亦不见得就是定论。第一,东汉人言及谶、纬,从来是混为一物,不加区分的,而谶非解经明矣。所以陈槃先生称纬书为谶书之别名,确为灼见。第二,东汉人所讲求学习的"图纬""纬候""纬术""星纬""谶纬"之"纬",常常是指星象。东汉人视谶纬为"内学",称其为"孔丘秘经,为汉赤制,玄包幽室,文隐事明"[1],地位几乎同六经相等。魏晋以降,对纬书的重视程度大大下降,为了自我标榜,"纬以配经"的说法才真正流行起来。

纬书的全貌,我们今天已经无从窥见。眼前这部《纬书集成》,是迄今为止较为完备的纬书辑本了。通过这部集成,我们可以发现,纬书中所包含的思想内容非常丰富。很久以来,治中国思想史的学者一提起纬书,不外乎

---

[1]《后汉书·苏竟传》。

以荒诞无稽、迷信、唯心、神秘视之。可是，汉代是中国历史上一个文化、思想极为昌盛的时代，对中国文化传统的形成影响甚大，而多数汉代学者，包括名师通儒，当时都醉心于纬书的学问，难道他们都背离了理性主义的儒学传统，都看不透纬书的荒谬性？后来的一些学者没有严肃地分析这一现象，就简单地把汉代归结为中国思想史上的黑暗时代。这里涉及中国思想史上的一个重大课题，需要作多方面的研究。相信这部集成会有助于我们大家真正了解汉代思想的精髓和糟粕所在。

仅以现存的佚文来看，纬书实已涉及当时社会、人文、自然科学的大部分领域。冯友兰先生在他的《中国哲学史新编》中，专辟有"纬书的世界图式"一章，讨论纬书中的宇宙发生论、时空图式等哲学范畴。先秦儒家首重伦理、理性，较少形而上的哲学层次的探讨。纬书则继承了《易传》和阴阳五行家的宇宙观，以象、数构筑其宇宙模型。除此以外，对儒家经典中古代制度的诠释，关于古史、古神话、民风民俗的记载，和地理、医学、农学、数学的知识，均时有精彩之论。汉代的儒生打破了原来的皓首穷经的陈荳，把这些儒学以外的学问纳进自己的学术范围，这究竟是简单的儒学的神学化、宗教化，还是儒学在某种意义上的一种解放？

纬书中最令人印象深刻的自然是它的天文占、五行占和史事谶了。其中仅天文占的内容就占现存纬书佚文的一半以上，如果加上五行占和史事谶，神秘的内容就更加可观了。可是是否就可以因此用"迷信""荒诞无稽"之类的断语来概括纬书的性质呢？

由于天文占在纬书中的显著地位，所以安居香山先生认为，战国以来大量的天文占著作是纬书思想的一个重要来源。中国自古以来以农耕立国，天文学的发达是很自然的。而古代的天文学，常常与占星术密不可分。纬书中既有大量根据星象的异常运动及变化预占人间吉凶的谶言，也有极精彩的古天文学遗产。如《春秋元命苞》记载"天如鸡子，天大地小，表里有水，地各承气而立，载水而浮，天如车毂之过"，这是宇宙发生论中的"浑天说"；"月为阴精，体自无光，藉日照乃明"，据此解释月之盈亏。《尚书考灵曜》记载："地恒动而不止，人不知，譬如人在大舟中，闭牖而坐，舟行不觉也。"这种朴素的"地动说"，在科学史上有极重要的价值。

所谓五行占，是根据地球各种物质（动物、植物、无机物、自然现象、人类）的异常运动和变化，按阴阳五行之间的辩证关系，预测未来。这一类观念，源自古代的灵物崇拜，后来经方士的发展，从战国开始，即有专书。这种预测的方法固然在今天看来是荒唐的，但荒唐的出发点未必就是迷信。对未来的预测欲望，是人类有生以来就具有的，无论在古代还是在今天以至未来，都是人类社会生活中必不可少的活动。而预测的方式则是伴随着人类对自然对社会认识的不断深化而不断发展、进步的。在今天看来，古代的预测方式似乎是幼稚可笑的，但古代人类在进行预测的时候却是相当严肃，毫无自欺欺人的意思。坐井观天，对天的认识是很不正确的，但出井观天所看到的天难道就是终极真理么？用"五十步笑百步"这句俗语来作比喻也许不大恰当，但我们总应该承认，无论是古代还是现代，都不过是人类认识发展长链中的环节而已。我们并不想为古代的荒诞辩解，只是希望不要轻易地用迷信之类的话蔑视古人。古代医学理论中的阴阳五行体系，尽管用现代科学衡量都会觉得不可思议，但为什么至今还找不到一种新的科学理论来取代它呢？至于纬书中关于物候学、气象学、生物学的一些知识，虽然貌似有"妖气"，但对古代甚至现在的实际生活未必毫无指导作用。

史事谶是以隐语、谜语的形式，对未来的政治变革所作的预言。这里有字谜，有数字游戏，有儿歌民谣，有双关语，当然也有直截了当的预告。这部分是纬书中最为荒诞的内容了。它被张衡讥为"不占之书"，即不经过任何方式的占卜，没有任何根据的预言。由于它与纬书中其他有数术根据的预言有所不同，在其盛行之初即受到当时有卓越识见的知识分子的反对。东汉初年的桓谭、郑兴、尹敏，稍后的张衡，极力反对的都是史事占中的谶记。这种对政治生活的预测应该起源很早，但作为谶言出现而载入史籍，则不早于战国时期。秦、汉时期，尤其是王朝的末叶，只要社会发生动荡，民间改朝换代的呼声一起，史事谶就应运而生，大批涌现。这种现象在纬书消亡之后的历朝历代依然绵绵不绝，甚至愈演愈烈。从只言片语到有仄有韵的歌谣,再发展到成篇累牍的《推背图》《烧饼歌》以及民间秘密宗教的各种"宝卷",读者可以从本书的附录中见到这一现象的大概。

民间造谶,革天命者和野心家也造谶,有的自己造谶以扩大政治影响,有的则迁就谶语以天命自许,还有阴谋小人用造谶或附会谶语来达到陷害忠良的目的。用谣谶作政治斗争的工具,这实在是中国政治的传统特色。近代政治家对文艺作品的敏感,正是这种传统意识的沿袭。我们认为,研究中国的政治史,似乎不应该忽略这一点。正是因为这个缘故,历代统治者总是要鼓吹有利于自己的图谶,而销毁、禁绝不利于自己的图谶。至隋炀帝严禁图谶,由于纬书与谶记相杂,竟被一举焚烧。纬书所遭受的"池鱼之殃"使中国文化又遭受了一次损失。

我们并不否认纬书的思想内容和表现形式有相当多的迷信、神秘、荒诞无稽的成分。随便翻开这部集成的任何一页,都会轻易地找出神秘荒诞的证据。问题在于我们是否应该因此而把祖宗的这笔遗产简单地像泼脏水一样地倒掉。

西周以后，以儒家学说为代表的理性主义思潮逐渐占据了中国文化的主流地位。纬书的神秘主义，除了在汉代风行一时，在中国古代的其他时期多被视为异端，而摒于严肃的学术研究以外，对它的否定有时是相当严厉的。事实上，基督教、佛教、伊斯兰教、印度教等世界著名宗教的神秘荒诞的成分丝毫不比纬书中的少，可是这并不妨碍它们成为严肃的学术研究对象。而这些宗教也产生过许多杰出的思想家、哲学家。即以中国哲学史而言，佛教的影响就相当大，而且颇多正面的影响。宋明理学之所以能在形而上的哲学层次上使传统儒学有较大的提高，就在很大程度上得益于佛教。那么，纬书中的思想为什么就应该受到简单化的对待呢？

以孔、孟为代表的正宗儒学，固然是以理性主义为旗帜，但其中并非毫无神秘主义的因素。西汉末年产生的纬书，多号称孔子所作，这当然是伪托圣人之名，拉大旗作虎皮。但《易传》《中庸》以及今文经学对纬书形成所产生的影响，也是毋庸置疑的。

自然，纬书思想中的神秘主义倾向，主要来自儒家以外的文化传统，如占星家、阴阳五行家等。可是纬书的基本哲学基础则是中国文化中独特的天人合一观念。在基督教中，神和人是绝对分离的，人是神的创造物，是神的奴仆、神的工具，人以及人所存在的世界、宇宙，都是神的创造物；人可以通过改造自然、改造宇宙以取悦于神。在佛教中，人的肉体是可厌可憎的，现世是虚幻的；人只有彻底摒弃肉体和现世，才能发扬佛性，不堕轮回，也就是说，如果要成佛，就不能做自然人。而中国传统的天人合一观念，讲的是宇宙（自然）与人（自然人）的和谐共处。天与人合一而不对立。自然对人而言，永远是完美无缺的，是人类一切行为的楷模。人的行为不是改造自然以适应自己或迎合神谕，而是修养自己以适应自然之道。这种观念发展到春秋战国时期，在思想界分为数途，其中最有影响的学派就是儒家和道家。道家以自然的永恒和完美为人生的楷模，主张修身养性以契合自然之道。儒家以自然界的井然有序为人治的楷模，主张修养自身以"替天行道"，力图引导人类的群体、社会的秩序契合自然之道。这两家无论偏向于哪一方，但都是把天人间的和谐视为美的极致，真的极致。这种观念，不仅是精英文化的基础，也是大众信仰的共识。区别在于，天对于儒、道两家而言是一种绝对的秩序，而对民众来说则是一种有意识、有情感的超自然存在。

存在决定意识，一个民族的意识特征也取决于这个民族的存在特质。古代中国的社会结构，正如马克斯·韦伯所言，家法制、父系的家长制在中国持续了数千年。虽然战国、秦汉以来，中央集权制政体和职业官僚制度逐渐完善化、理性化，但社会结构及财产支配和继承的基本单元，仍然是村社、家族共同体——家庭共同体。最上层的皇帝宗族始终保持着宗法性、世袭性；职业官僚退归林下，则成为乡绅，以充实村社、宗族共同体的领导层。在这样的社会结构和由此建立的文化背景之下，最高统治者——王或者皇帝，必然身兼世俗领袖和最高祭司长的两重身份。作为世俗领袖，他应当按照理性原则，领导官僚集团，保证国家机构的正常运行。作为祭司长，他要维持天人之间的和谐关系。他既是天之子，又是人之王，他是天与人的统一体，是沟通天与人的桥梁。这时的天人合一毫无天人平等的意思。天是高高在上的，对人间事物有绝对的最后的裁决权。而作为天子的王或皇帝，他们统治权授受的合法性也是由天意、天命来裁定的。君权天授，于是中国的帝王必须不断地向民众证明他具备"卡理斯玛"特质，即天赋超人、超自然的力量和品质。风调雨顺，万物有序，可以证明君主保有上天的宠信和"卡理斯玛"特质。水旱风火，日食地震，就可以证明君主失去了上天的宠信和"卡理斯玛"特质。这种信仰在中国民众和知识分子心中已经根深蒂固，这就使得天文占、五行占在政治生活中产生巨大的影响和作用。

这当然是一种神秘主义的观念。但如果我们换一个角度来看，岂不也可以称之为"巫术理性主义"（Magic Rationalism）吗？用超自然的力量限制现世君主的极权，这是中国人的一种聪明，符合天人合一的和谐理念。

秦、汉大帝国建立以后，中央集权特别是皇权不断得到强化，先秦士人的"良臣择主而事"以及"民为贵，社稷次之，君为轻"的政治理念受到严重的挑战。理性主义的儒家官僚，转而求助于巫术理性主义，与阴阳五行家、占星术士及民间信仰合流，企图在新形势下找到维持天人合一的有效途径。汉儒之大谈天人感应、天谴灾异，就是用以警告、限制君主的违反天道的行为。到了君主对感应、天谴无动于衷、为所欲为的时候，革天命、改朝代的谶言便应运而生了。君主究竟只是天子而不是天。正如君主可以废立太子，天也是可以废立天子的。所以，两汉的灾异、谶纬之学成为压倒性的主流思潮，实有其深刻的社会、思想和文化背景，这是一种虽然谬误但却合理的思潮。

纬书在东汉为显学，不懂纬就是没有学问，大臣奏折，皇帝诏令，都是动辄称引纬书，所以不懂纬就会仕途艰难。但魏晋之后，政界、学术界风气大变，历代帝王的严厉禁止，理性主义的复归，再加上佛教、道教的兴起，于是纬学不传，而纬书也渐渐散佚了。但谣谶却没有消亡，只要中国民众对帝王负有和谐天人的责任的观念不变，这一类东西就不会根绝，于是造谶的活动就一直延续到20世纪。

最后我们简单地介绍一下《纬书集成》的两位作者。

安居香山先生在一九四四年毕业于日本大正大学文学部中国哲学文学社，次年入大正大学研究科，一九五一年开始历任这所大学的助教、讲师、副教授、教授、文学部长，一九八七年任大正大学的校长。一九八九年去世。安居先生的著作除《纬书集成》外，还有《纬书的基础研究》《谶纬思想的综合研究》《纬书》《预言与革命》《纬书的形成及其发展》《中国神秘思想在日本的发展》《纬书与中国神秘思想》等。先生的最后一部著作《纬书与中国神秘思想》，深入浅出，通俗易懂，综合了先生一生的研究成果，已经由河北人民出版社介绍给中国的读者。中村璋八先生一九五一年毕业于日本东京文理科大学（即现在的筑波大学）文学科汉文学专业，同年入本校大学院（特别研究生）。自一九五六年开始，除在驹泽大学先后担任讲师、教授之外，还兼任过樱美林大学、鹤见大学、大阪大学、京都大学、国际基督教大学、日本大学、九州大学的教职。中村先生的著作除了与安居先生合作完成的《纬书集成》《纬书的基础研究》以外，有关中国文化的著作还有《五行大义》《五行大义的基础研究》等。

关于《纬书集成》的书名，我们需要做一点说明。安居、中村两位先生在纬书研究方面的合作大约始于一九五四年。他们在一九五九年把辑成的《纬书集成》诗、礼、乐三卷油印出来，当时只印了三百部，卖得很快。到一九六四年，就把全书六卷八册同时以油印方式印出。此后，他们的辑佚工作并没有停止，随着研究的进一步深入，他们取得了日本文部省的出版补贴，改名《重修纬书集成》，由明德出版社铅排出版。《重修纬书集成》仍为六卷八册，出版的时间顺序是：一九七一年三月出版卷三，一九七二年三月出版卷五、卷二，一九七八年三月出版卷六，一九八一年三月出版卷一上册，一九八五年二月出版卷一下册，一九八八年二月出版卷四上册，到本书最后一册卷四下册在一九九一年二月出版的时候，安居先生已经去世一年多了。所以这部书从写作到最后出版，一共经历了三十多年，可见作者严谨的治学精神和坚韧的工作毅力。河北人民出版社准备出版的就是《重修纬书集成》，但由于原油印本《纬书集成》在中国流传极少（有二三部吧），"重修"二字对中国学者失去意义，甚至会产生误解，所以我们就径直采用原来的书名。

原书没有采用新式标点，在断句和引文出处上也有值得斟酌的地方，这当然有多方面的原因，而纬书原文的舛讹衍夺无疑是最主要的原因。我们对原书重新标点时参以己意，做了较多的改动（补充的一些校语，有的标以"校者按"字样），得当与否，还要请学者们指教。至于一些限于学力不能解决的标点问题，我们只好一仍其旧，有俟高明。其次，由于《重修纬书集成》各卷出版的时间前后交错，其中的一些说明和凡例有重复之处，现在我们把各卷同时出版，就有必要做一些删削合并的整理工作。另外，原书分为六卷八册出版，我们现在合并为三册，取消了原来的分卷，按照纬书的内容分为易、尚书、中候、诗、礼、乐、春秋、孝经、论语、河图、洛书共十一编。其中的易为原来的第一卷（分上、下册），尚书、中候为原第二卷，诗、礼、乐为原第三卷，春秋为原第四卷（分上、下册），孝经、论语为原第五卷，河图、洛书为原第六卷。

参加这次标点、校勘、翻译、整理工作的还有高洪钧、黄正建、任道斌、秦进才、赖长扬、商传、李世愉、周保中、陈海龙、濮文起等同志。

纬书的辑佚和整理是一项相当艰巨的工作，我们很难要求两位日本学者在任教之余的有限时间内把这工作做得尽善尽美。但他们的成绩已经使我们震惊，为我们继续推动这项工作奠定了坚实的基础。我们希望在不久的将来，在此基础上再出版一部新的《纬书集成》，作为中日两国学者学术交流的成果。相信这不仅符合中村先生的愿望，也一定可以告慰九泉之下的安居先生的。

吕宗力　栾保群

一九九三年四月

《汉代的谣言》[1] 绪言

什么是谣言?

现代汉语中,谣言往往被定义为"没有事实根据的传闻,捏造的消息""没有事实根据的消息""没有事实根据的传言"。讨论大众心理学的普及读物,或将其定义为主动造假、凭空捏造而在一定时空范围内流传的言论[2]。社会心理学著作称之为"错误不实的消息"[3]"在社会大众中相互传播的关于人或事的不确切信息"[4]。有的历史学者在其研究近代史上谣言的著作中定义谣言为"彻头彻尾的假言,凭空捏造,毫无依据""构成因素中没有一

---

[1] 吕宗力. 汉代的谣言[M]. 杭州:浙江大学出版社,2011.
[2] 张铁民. 谣言和流言:错位的心态[M]. 南京:江苏教育出版社,1997.
[3] 刘安彦. 社会心理学[M]. 台北:三民书局,1993:133.
[4] 周晓虹. 现代社会心理学:多维视野中的社会行为研究[M]. 上海:上海人民出版社,1997:427.

点真实性的条件"[1]。

以上通俗或学术的定义,各有其特定语境和学术、社会背景。欧美经典谣言心理学著作认为,谣言是指在缺乏可靠证据的情形下,人们基于自己的信念所作的特定或时事性陈述,一般经过口耳相传,在人与人之间传播;在传播过程中,任何谣言都可能包含着某些真实的信息[2]。

谣言是如何发生、如何成形的?奥尔波特(Gordon W. Allport)和波斯特曼(Leo Postman)认为,谣言的发生有两个基本条件:对于传谣者和听谣者来说,流传中的谣言必须包含"重要"的议题;而谣言中所包含的真实信息必被隐藏并经过"模糊"处理。谣言其实也遵从着社会心理学的一个普遍规则:人们对环境的感知与演绎中,难免涉及主观情感的扭曲,扭曲的程度,则取决于"重要"和"模糊"的叠加效果。他们由此归纳出一个

---

[1] 苏萍. 谣言与近代教案[M]. 上海:远东出版社,2021:5.
[2] Allport, Postman (1965), *The Psychology of Rumor*, "*Preface* IX". 该书原版由 Henry Holt and Company 于1947年出版,1965年由纽约的 Russell & Russell, INC. 重版。中译本作奥尔波特等著,刘水平、梁元元、黄鹂译《谣言心理学》(沈阳:辽宁教育出版社,2003)。

谣言发生条件的著名公式:R(Rumor 谣言)=i(importance 重要性)×a(ambiguity 模糊性)。所谓"模糊性",是指谣言发生时所处情境、语境所具有的不明朗性。所带出的信息、议题越重要,所处语境的不明朗性越高,谣言的影响力就越大。

这个公式在揭示谣言发生的前提条件方面,有一定说服力,有助于理解谣言的发生机制,但却忽略了在谣言形成、传播、演变过程中人际沟通网络的重要性,以及不同群体、个人的反应和互动,有意无意间将牵涉谣言发生和流传的群体、个人视为"无意识地做出反应的主体"[1]。

欧美社会学家们在研究谣言时,针对谣言传播过程中的人际网络、群体互动,作了深入的探讨。希布塔尼(Tamotsu Shibutani)发现,在谣言研究中,不同学科的关注重点有所不同:历史学家和法理学家关注证言可靠性的

---

[1] 诺伊鲍尔(2004),页 221。即 *Hans-Joachim Neubauer. The Rumour: A Cultural History* (Trans. into English by Christian Braun, London: Free Association Books, 1999),书名原意为《谣言文化史》。中译本作汉斯·约阿希姆·诺伊鲍尔著《谣言女神》(顾牧译,北京:中信出版社,2004)。

问题,心理学家更关注感知与记忆的准确度,精神病学家对沟通行为中所表现出来的被压抑之冲动有特别兴趣,社会学家则着重研究谣言形成过程中如何凝聚成集体解决问题的方案、公众舆论,以及面对灾难的群体回应[1]。他称谣言为"即兴创作的新闻",认为谣言是一种集体解决问题的方式,是一种在人群、社会中反复出现的沟通形式。人们通过这种沟通形式,尝试在不明朗、不稳定的社会处境中,共享其智力资源,建构出对他们而言有意义的关于处境的诠释[2]。

也有学者认为,虽然"不明朗"因素在谣言形成中是一个常见的原动力,却并非必要条件,其他环境因素,例如社区的矛盾冲突,就可能对谣言的发生和形成更为重要[3]。谣言有别于与其他言论资讯例如新闻报道、记事、声明等之处,主要在于其"未经(权威来源)证实"。这些"未经证实"的信息很可能在事后被证明是真实的,当

---

[1] Shibutani (1966), p. 3.
[2] Shibutani (1966), p. 17.
[3] Knopf (1975), pp. 90—91.

然也可能是虚构的[1]。"谣言并非事实,只是传闻或闲言碎语。有些谣言最终可能被证实是正确的,但当其仍被视为'谣言'时,它们是未经证实的信息。"[2]

一则谣言出现以后,能否获得广泛传播、广泛接受,其涵盖的议题、提出的看法和诉求是个关键。希布塔尼认为,谣言传播和形成过程中的人际互动和群体散布,应该是一个充满有意识的"扭曲"、沟通、集体讨论、构建和再构建的动态过程,最后达致共识。因此,"虚假谬误"并非谣言必然具备的特性。一则谣言可能在初起时传达着虚假信息,但在构建、再构建期间逐渐发展成为自我实现的预言[3]。

参考上述社会心理学家、社会学家关于谣言的论述,笔者在本书中将谣言定义为一种未经证实但未必虚妄谬误、主要经口头传播(当然也可以文字为载体)的言论信息,经人际沟通、集体参与和广泛传播而构建成形。至于

---

[1] Knopf (1975), p. 2.
[2] Rosnow and Fine (1976), p. 10.
[3] Shibutani (1966), pp. 14—24, 70—97, 140—181.

谣言的最初版本是否属无中生有，或谣言原创者（如果有的话）的动机是否故意捏造，并不是本书关注的重点。因为一则言论，如果不能进入传播渠道，并在人际互动中赢得一定的受众和关注，它就不属于本书要探讨的谣言。而一旦它进入传播渠道并产生相当的社会影响，并在群体互动中建构出能够凝聚一定共识的版本，那它代表的已是群体的意愿和诉求，与原创者的主观动机不再相干。本书所要讨论的谣言，是一种广泛存在的社会文化现象。在任何历史时期、任何国家地区、任何社会文化形态中，可以说是无时不在、无处不在。"虽然其具体内容会因不同时空的语境而异，其行为方式却是不断重复的。"[1]正因为谣言是一种普遍存在、影响广泛的文化现象，在现代语言学、社会学、心理学、人类学、传播学、市场学中，谣言已成为一个重要的研究范畴[2]。

---

[1] Shibutani (1966), p. 17.
[2] 如周晓虹（1997）在其《现代社会心理学》中论述"由信息传播影响的集群行为"时，专门讨论了流言与谣言的性质、传播过程及制止的方法。

谣言与历史也大有干系。其实人类历史的大部分时间,是在对种种谣言或谣言类言论作出反应,与之互动[1]。在古希腊的雅典,谣言被视为宙斯的神谕,当时的人们曾为传播谣言的女神设立神坛[2]。在古罗马帝国,谣言女神的名字叫法玛,在拉丁语中意为名誉、公众看法、流言蜚语、谣言。帝国首都罗马,曾是"一个充斥着流言、听传与谣言的城市"[3]。欧洲的中世纪至近现代历史叙事中,谣言仍然满天飞。欧美历史学家对此已作出一些研究,如文艺复兴时期欧洲的新闻与谣言[4];16 世纪大发现时代的旅行、谣言与流行于巴尔干、东欧、小亚细亚、中东、北非、印度等地区的东方基督教徒[5];法国

---

[1] Allport and Postman (1965), p. 159.
[2] 诺伊鲍尔 (2004), 第 12—13 页。
[3] 诺伊鲍尔 (2004), 第 43、51 页。
[4] Matthews (1959), *News and Rumor in Renaissance Europe: the Fugger Newsletters*.
[5] Rogers (1962), *The Quest for Eastern Christians: Travels and Rumor in the Age of Discovery*.

大革命前夕的谣言与政治[1];《锡安长老议定书》——一个反犹太主义的谣言案例[2],谣言与18世纪中叶北美殖民地纽约的"黑人大阴谋"冤案[3];等等。

在中国历史上,谣言也是普遍存在的社会文化现象。许多脍炙人口、传诵千古的传奇、神话故事,其原型都来自谣言;在军事、政治斗争中兵不厌诈地使用的大量诈伪之言,亦可说是谣言;朝廷种种言不由衷的宣言,御史的风闻言事,种种政治神话、民间传说,即使被载入正史,仍然可能是谣言。

现代中国谣言研究的先驱陈雪屏先生[4],在1939年已指出:"谣言与其他一切语言文字的报告或陈述,如新

---

[1] Farge and Revel (1991), *The Vanishing Children of Paris: Rumor and Politics before the French Revolution*.
[2] Bronner (2000), *A Rumor About the Jews: Reflections on Antisemitism and the Protocols of the Learned Elders of Zion*.
[3] Davis (1985), *A Rumor of Revolt : the "Great Negro Plot" in Colonial New York*.
[4] 陈雪屏(1901—1999),江苏宜兴人。1926年毕业于北京大学哲学系,主修心理学,随即赴美国哥伦比亚大学心理研究所进修,获硕士学位。30年代初回国,先后任教于东北大学、北京师范大学、北京大学、西南联大,著有《谣言的心理》(1939)等。

闻、传说、历史等,在实质上是可以相通的。"如果以"真实"作为区分不同形式言论信息的标准,则"不可靠""不真实"并非谣言独有的特性。报纸和广播所传播的新闻,是现代人生活中一种不可缺少的知识来源,应该在性质上与谣言大不相同,但在国际形势复杂,新闻受到管制,社会上迷信、欺诈流行的时代,新闻却不可尽信。众所周知、深入人心的民间甚至历史传说,其实往往是经过时代淘洗而得以长久留存的谣言;最可宝贵、最可信赖的史料,以及依据史料撰述而成的史学论述,其中难免掺杂着无数不可靠的成分,而事过境迁,客观的标准早已不存在。本应是最真确的档案文件,往往由于某些不便宣布的理由,若干部分竟被篡改或删除,被删除的部分有的比保存下来的也许更重要,《东华录》的编纂方法就是一个好例子。各种有意无意的主观成见,都足以减少历史的可靠性。如果以"无根之言""传闻之未实者"来界定谣言,则这样的言论"在新闻、供词、传说、宣称与历史中无不存在"[1]。

---

[1] 陈雪屏(1939),第4—9页,13页。

笔者引用以上论述，当然并非要将谣言与出自严肃、权威渠道的言论信息等量齐观，而是要说明在历史研究上，各种形式的语言文字信息都有其特定价值与局限。从这个意义上说，孔飞力（Philip A. Kuhn）《叫魂》[1]，柯文（Paul A. Cohen）《历史三调：作为事件、经历和神话的义和团》第五章[2]，苏萍《谣言与近代教案》等著作，以谣言为切入点，别出蹊径，研究清史和近代史，都可谓独具只眼的力作。

清、近代的史料浩如烟海，为研究历史上的谣言提供了较大的便利。中国古代的传世和出土文献虽然数量有限，但也记载了一些谣言、谣言类言论。官方认可的政治神话、民间流传的传奇俗说，有些已著录文本。这

---

[1] Kuhn (1990), *Soulstealers: the Chinese Sorcery Scare of 1768.* (Cambridge, MA.: Harvard University Press, 1990) 中译本作孔飞力著，陈兼、刘昶译《叫魂：1768年中国妖术大恐慌》（上海：上海三联书店，1999）。

[2] Cohen (1997), *History in Three Keys: the Boxers as Event, Experience, and Myth* (New York: Columbia University Press, 1997). 中译本作柯文著，杜继东译《历史三调：作为事件、经历和神话的义和团》（南京：江苏人民出版社，2000）。

些言论通常被视为虚妄、谬误、无稽、迷信,没有事实根据的传闻、捏造的消息、怪诞不经的邪说,易为有心人利用来误导、愚民,颇类现代汉语所说的谣言。这些谣言或谣言类言论,或散见于史籍纪、传,或与朝野间流行的诗谶、民谣、童谣一起,由传统历史编纂者编入《五行志》诗妖类,成为诠释历史时的小小注脚。我们今天如果要研究古代历史上的谣言,历代的《五行志》可以说是一个宝库[1]。但到目前为止,中国古代史研究中,尚缺乏对这些谣言或谣言类言论的系统整理和严肃讨论,当然也就难以认真回答如下问题:在中国古代,什么样的言论被标签为谣言?谣言因何而发生?有哪些表现形式?如何传播?如何建构?所传递的信息属何性质,有何特点?谣言所承载的信息与真相、虚假、讹误之间有什么样的关系?传谣者和受众以什么样的心态看待谣言?人们为何信谣和传谣?谣言有什么样的社会、政治影响力,功能及局限?统治当局如何面对、回应谣言?

---

[1] 陈雪屏(1939),第8页。

知识界如何面对、回应谣言？

由于种种局限（包括史料和功力、见地），本书恐怕难以逐一回答上述一系列问题，完整地重构约两千年前谣言发生、传播时的社会文化情境。但对有关历史文献所记载的流言、讹言、妖言、谶言、谣言、政治神话、民间传说及其相关语境进行认真考察和研究，可能有助于我们揭示官式文本、主流思维之外的另类真相或史观，解读特定历史时空中的群体心态和社会心理氛围，描绘出更多维、多层、多彩的历史图像，对此类信息的历史真实性及其与特定历史语境之间的关系作出更完整的解读。这正是笔者在这本小书中想作的尝试。

《汉代的谣言》[1]后记

无独有偶，十年前的此刻，我在清水湾畔闭关，埋首于两晋南北朝时期谶言信仰的研究，其成果就是2003年出版的英文书《语词的威力——谶言与两晋南北朝政治》(*Power of the Words: Chen Prophecy in Chinese Politics*, 265—618. Oxford, Bern, Berlin, New York: Peter Lang AG, 2003.)。此时此刻，再度闭关，艳阳依然当空，微风吹拂照旧，空间却转换到了未名湖畔。感谢香港科技大学人文社会科学学院院长李中清教授和北京大学国际合作部的细心安排，未名湖北岸的健斋真是读书、写作的好去处，绞脑之暇，绕湖散步，赏心悦目。更不可思议的是，蒙前来探望的表侄宗年相告，半个多世纪前，舅父宗白华先生由南京转任北京大学教职，也曾在健斋短暂落脚。我的房

---

[1] 吕宗力. 汉代的谣言[M]. 杭州：浙江大学出版社，2011.

号是203，他住在204。是万中无一的巧合？还是冥冥中难以言明的机缘？当然，时空变幻，如今的健斋，改叫帕卡德国际学者公寓，由美国企业家捐助改建，形同实异，今非昔比了。

正是十年前对两晋南北朝时期谶言、谶谣政治、社会影响的研究，令我注意到谶言、谶谣与谣言的密切关系。"以斛律光之旧将，而有百升明月之谣。"[1]明月之谣源自敌方间谍的传播，而在境内儿童中传唱之后，经政敌操弄"破译"，成为谶谣，导致一代将星陨落，北齐自毁长城，齐、周军力均势失衡，"谣言可畏"，竟是祸首。自此开始关注欧美和中国社会心理学、社会学、传播学、舆论学、历史学有关谣言的著述。

从心理学、社会学的角度重新审视汉代文献，发现在当时语境中的流言、讹言、谣言、谶言、谶谣、神话、传说等言论信息，非常类似现代社会心理学、社会学学者所界定的"谣言"。这些谣言类史料在历史研究中不受重

---

[1]《北齐书》卷十七《斛律光传》："斛律累世大将，明月声震关西，丰乐威行突厥，女为皇后，男尚公主，谣言甚可畏也。"

视,但在汉代的社会、政治、文化中确实扮演了重要角色。正如社会学家希布塔尼所论,谣言是一种集体解决问题的方式,是一种在人群、社会中反复出现的沟通形式。人们通过这种沟通形式,尝试在不明朗、不稳定的社会处境中,共享其智力资源,建构出对他们而言有意义的关于处境的诠释。

从 2003 年开始,我陆续发表了有关研究,包括《汉代的流言与讹言》[1],《汉代"妖言"探讨》[2],《略论民间歌谣在汉代的政治作用及相关迷思》[3],《汉代开国之君神话的建构与语境》[4]等。本书的第一、二、三章,第五章的前半部分,就是在上述研究基础上重新组织和增补而成。第四章"谶言和谶谣"和第五章的后半部分"民间传说",则是最近的研究成果。

附录包括三篇关于汉代谶纬的旧作。本书所讨论的

---

[1] 吕宗力. 汉代的流言与讹言[J]. 历史研究,2003 (2)。
[2] 吕宗力. 汉代"妖言"探讨[J]. 中国史研究,2006 (04)。
[3] 吕宗力. 略论民间歌谣在汉代的政治作用及相关迷思[J]. 社会科学战线,2008 (09)。
[4] 吕宗力. 汉代开国之君神话的建构与语境[J]. 史学集刊,2010 (02)。

谣言，包括谶言，而《纬书与西汉今文经学》[1]和《东汉碑刻与谶纬神学》[2]均发表于二十多年前，有兴趣的读者已很难找到。《感生神话与汉代皇权正当性的论证》[3]虽然发表时间不算久远，但与本书第五章政治神话的讨论密切相关，所以一并附上，以便读者检阅。

本书的研究，断断续续持续了十年。感谢宋超（《历史研究》）、彭卫（《中国史研究》）、尚永琪（《社会科学战线》）、孙久龙（《史学集刊》）诸位先生一直以来的支持，令这一研究得以坚持下来。更感谢浙江大学出版社以及编辑赵琼女士的热情鼓励和极高的工作效率，令我下定决心，闭关数月，终能完成全稿，呈请方家和读者批评指教。

2011 年仲夏于未名湖畔

---

[1] 吕宗力. 纬书与西汉今文经学[M]// 安居香山. 谶纬神学的综合的研究. 东京：图书刊行会，1984.
[2] 吕宗力. 东汉碑刻与谶纬神学[M]// 研究生论文选集. 南京：江苏古籍出版社，1984.
[3] 吕宗力. 感生神话与汉代皇权正当性的论证[M]// 秦汉史论丛. 昆明：云南大学出版社，2001.

《菜根谭两种》[1]序

《菜根谭》的作者洪应明,目前人们所了解的情况大致如下:字自诚,号还初道人,或说又号月旦堂主。诸史无传,籍贯及生平事迹不详。约为明神宗万历(1573—1620)年间人。著有《仙佛奇踪》《菜根谭》。今存《仙佛奇踪》作于万历三十年(1602),《菜根谭》的撰写年代不详。《四库全书总目提要·子部·小说家类存目二》:"《仙佛奇踪》四卷(内府藏本),明洪应明撰。应明字自诚,号还初道人。其籍贯未详。是编成于万历壬寅,前二卷记仙事,后二卷记佛事。首载老子至张三丰六十三人,名曰《消摇墟》,末附《长生诠》一卷。次载西竺佛祖自

---

[1]《菜根谭两种》,于20世纪末叶应河北人民出版社之约,与陈海龙先生合作,以谢国桢先生所藏《遵生八笺》本为底本,参校日本中村璋八、石川力山的注译本、喜咏轩本和岫云寺本,点校而成,惜未能出版。本序后经中村璋八先生摘译为日文,刊发在《驹泽大学外国语论集》31号(1990),第195—202页。

释迦牟尼至般若多罗十九人,中华佛祖自菩提达摩至船子和尚四十二人,曰《寂光境》,末附《无生诀》一卷。仙佛皆有绘像,殆如儿戏。考释道自古分门,其著录之书亦各分部。此编兼采二氏,不可偏属,以多荒怪之谈,姑附之小说家焉。"

记仙事的《消摇墟》,载有了凡道人袁黄所作引言。袁黄,字坤仪,一字了凡,江苏苏州吴江县人(一说浙江嘉兴府嘉善县人)。据日本学者今井宇三郎、酒井忠夫等的考证,其生于嘉靖十三年(1534),卒于万历三十五年(1607)。万历十四年(1586)进士,任宝坻知县,擢兵部职方司主事。日本侵朝鲜时,佐经略宋应昌军出征,多所策划。后因京察免归。博学多才,精通天文、历法、数学、音律、水利、戎政、堪舆之学。

记佛事的《寂光境》,载有真实居士冯梦祯所作引言。冯梦祯,字开之,其祖原居江苏扬州府高邮县,明初移居浙江嘉兴府秀水县。一说生于嘉靖二十五年(1546),卒于万历三十三年(1605)。万历五年(1577)会元,初为翰林院庶吉士、同编修,累迁为南京国子监司业、同祭酒，有文名。寻中人蜚语，归乡。

为《菜根谭》作题词的于孔兼，字元时，号三峰主人，出身于江苏镇江府金坛县的名门望族。万历八年（1580）进士，授九江推官。后入京为礼部主事，再迁礼部仪制司郎中。因议建储触帝怒。万历二十一年（1593），神宗下三王并封诏，于孔兼与员外郎陈泰来合疏争之，未报。未几，东林党人、吏部考功司郎中赵南星坐京察削籍，于孔兼上疏论救。帝积前恨，谪为安吉判官。赴任即投牒归里，家居二十年，杜门读书。《菜根谭》的题词，即是在他家居期间撰写的。去世后为权阉指为东林党人，矫旨削籍。

日本学者今井宇三部根据上述袁、冯、于三人的生活年代及其与洪氏的交往情况，推测洪应明与于孔兼年岁相仿，撰成《仙佛奇踪》之时（万历三十年，1602），为四十四五岁；《菜根谭》的完成，在万历三十五年（1607）至四十一年（1613）；卒于万历末年。今井的考证，虽不无商榷之处，但所划定的年代范围，大致上是合理的。

关于洪应明的籍贯，中外学者多承袭《四库全书总目提要》"贯里不详"之旧说。因袁黄所作《逍遥墟引》中称洪氏为"新都弟子"，所以日本学者或也假设洪氏为四川成都府新都县人。但此说之基础十分脆弱。第一，虽然明代唯四川置新都县，但新都作为地名尚可有其他解释；第二，四川新都县洪姓甚为罕见；第三，从洪应明的著述、交友等情形来看，他的活动区域主要在江浙一带。如《仙佛奇踪》即"书于秦淮小邸"，而他的三位退隐林下的友人，也都生活在江浙地区。因此，我们拟提出另一种假设，即洪应明可能籍属安徽徽州歙县，世居江苏淮安，出身于一个富有的徽州盐商家庭。

中国古代的士大夫，在言及籍贯时，每每借用古名称呼今地。如明季吴从先（宁野），撰有《小窗四纪》，他是安徽歙县人，但先后自称为古歙、延陵、新都人氏。延陵为其郡望。新都为三国吴之郡名，治始新（今浙江淳安西），辖境相当于今浙江淳安以西、安徽新安江流域、祁门及江西婺源等地。晋改名新安郡。这一地区洪姓者甚众，即如明、清著名的徽州商人中，洪氏也算著姓。据乾隆年间（1736—1795）刊印的《歙西王充东源洪氏宗谱》[1]，世居于歙县王充东源的洪氏宗族，自奉唐御史弘察为始祖（以避讳，易姓为洪）。其孙洪经纶，唐德宗时曾任宣歙观察使，徙居婺源之官源，遂为徽洪之一世祖。其后族裔繁衍迁居歙、休、祁、饶、浙、淮、两广、光州者皆有之。至第十二世有洪俊者，北宋时任职于新安，遂定居于歙县王充东源里，历年八百余载，支派甚众。其东源本族，自南宋以来，颇有货殖致富者；至第三十三世，有名洪应明者，事迹不详。其父洪燿，于兄弟五人中排行第二；其大伯洪焰，生于明嘉靖十三年（1534）。据此推算，洪燿应生于嘉靖十五年（1536）前后，应明应生于嘉靖三十五年（1556）前后。应明之高祖洪宗悦，生于明天顺五年（1461），卒年不详，死后葬于淮安府树阳县（明无树阳县，疑当为沭阳县）。应明之曾祖洪淮，字束之，生于明成化十七年（1481），尝在淮安府新坝镇总持客商纲纪，与其弟洪江协力经营，富有万贯。淮安为两淮重

---

[1] 陈海龙先生检自中国社会科学院历史研究所图书馆藏书。

要产盐地,设有盐运分司;新坝位于涟河上,运输便利,附近有大盐场(清称板浦场)。洪氏世居淮安,领袖客商,当为盐商无疑,正合徽商本色。目前,我们尚不敢断言这份宗谱所载之洪应明,与《菜根谭》的作者即为一人,但确有几点巧合值得注意:第一,歙县正在古新都郡境内;第二,两人生年颇相近;第三,宗谱所载之洪应明数代居住淮安,而《菜根谭》的作者撰述《仙佛奇踪》时居住秦淮(南京),为《菜根谭》作题词的于孔兼住镇江金坛,两位洪应明的活动地域也大致相近;第四,汪氏亦为徽州大姓,与洪氏互为姻戚,而《菜根谭》之早期刊本,即由觉迷居士汪乾初校订。尽管存在种种巧合,我们也不能排除两人正好同名同姓的可能性。但这些巧合毕竟为我们探索"贯里未详"的洪应明之身世,提供了若干线索。顺便提一下,就在该宗谱所记西源中门一支中,也有一个洪应明,列于第三十三世。但因其兄洪应魁生于万历十八年(1590),距《仙佛奇踪》之问世仅隔十二年,理当排除。

菜根者,蔬菜之根也,相对美味肉食而言,比喻艰苦贫困的生活环境。宋儒信民尝言,"人常咬得菜根,则百事可做"。朱熹在引用此言时说:"胡康侯闻之,击节叹赏,"并评论道,"学者须常以志士不忘在沟壑为念,则道义重,而计较死生之心轻矣。况衣食外物,至微末事,不得未必便死,亦何用犯义犯分,役心役志,营营以求之邪?某观今人,因不能咬菜根,而至于违其本心众矣。可不戒哉?"[1]

生活甘居淡泊,意境方臻极致,这是儒家士大夫人生观的传统命题。例如《论语·雍也》:"子曰,贤哉,回也!一箪食,一瓢饮,在陋巷,人不堪其忧,回也不改其乐。"《论语·述而》:"子曰,饭疏食饮水,曲肱而枕之,乐亦在其中矣。不义而富且贵,于我如浮云。"不少事实证明,甘居淡泊,以为修养手段,追求的是修身齐家治国平天下,即俗语所谓"吃得苦中苦,方为人上人"。所以,孟子说:"故天将降大任于是人也,必先苦其心志,劳其筋骨,饿其体肤,空乏其身。行拂乱其所为,所以动心忍性,曾益其所不能。"[2] 到了宋代以后,由于理学和禅学的

---

[1]《小学集经》卷六《善行》。
[2]《孟子·告子下》。

影响，儒者们逐渐把修身养性中的自我净化、自我完善视作人生的目的，人生如梦寐，富贵如浮云的佛家哲理更为这种人生观添上几分虚无恍惚的气氛。

洪应明生活于明帝国衰乱之际，中国历史上最黑暗的时期，皇帝荒怠国政，阉官把持朝纲，官僚士大夫党争不休，仕途风波险恶，志士报国无门，富豪醉生梦死，社会动荡不安。作者逢此乱世，面对诡异万端的世情，难怪发出这样的慨叹："释氏随缘，吾儒素位，四字是渡海的浮囊。盖世路茫茫，一念求全，则万绪纷起，随遇而安，则无入不得矣。"

《菜根谭》采用宋代以来常见的语录体，融合儒、道、佛三家的哲学思想，皆以警句格言出之，言近而旨远，词浅而义深，诚如岫云寺刻本的序言所云："其间有持身语，有涉世语，有隐逸语，有显达语，有迁善语，有介节语，有仁语，有义语，有趣语，有禅语，有学道语，有见道语。词约意明，文简理诣。"无怪乎，后代有人，得之如获瑰宝，昕夕玩索，身体力行，喻之为养性强身的药石，处世待物的箴言。当然，时势不同，人之不同，对《菜根谭》的瑕瑜褒贬，也自不同。今日读者，从中了解一下古人持身立业，养性怡情，涉世交际诸方面的生活经验，总还是不无益处的。

《菜根谭》撰成后，洪应明向居乡讲学的于孔兼求序。于孔兼为官任侠，勇于直谏，人高其谊。解官归里后，在县城西郊建堂筑亭，借士友讲学其中。"讲学之暇，巾车櫂舟"，优游于云月山水之间，日与渔文田夫朗吟唱和，胸襟洒脱，未尝为牵连贬官所累。其不好佛道，不乐与云外人游。时过无锡锡山，东村书院讲学。"其论学，一本于程、朱，诸新说与旧相戾者，塞耳不欲闻。尝曰：'学不在事空言，无求顿悟。唯下学上达，躬行君子，是儒门真儒。'其训子曰：'士君子能于群讥众诋时立得脚定，才见坚贞；能于尊官厚禄时回得头早，才见知几；能于主少国疑时看得命轻，才见节概；能于淡泊冷寂时无歆想心，才见志趣；能于风波震撼时无惊恐念，才见器度。汝曹见之。'"[1] 于孔兼读《菜根谭》："予始诞诞訑訑然视之耳，既

---

[1]《东林列传》卷二一《于孔兼传》。

而彻几上陈编,屏胸中杂虑,手读之,则觉其谭性命,直入玄微;道人情,曲尽岩险;俯仰天地,见胸次之夷犹;尘芥功名,知识趣趣高远;笔底陶铸,无非绿树青山;口吻化工,尽是鸢飞鱼跃。此其自得如何,固未能深信,而据其所摘词,悉贬世醒人之吃紧,非入耳出口之浮华也。谭以菜根名,固自清苦历练中来,亦自栽培灌溉里得,其颠顿风波,备尝险阻可想矣。"[1]他对《菜根谭》的推崇之情跃然纸上矣!

《菜根谭》问世之初,并未引起世人重视。所以,明末至清季刊印的几种本子,在《四库全书总目提要》《四库未收书目提要》等重要书目中,均未著录。可是,该书于明末东渡海外,在日本却引起很大反响。在江户时期,已流行多种刊本、钞本。文政五年(1822)加贺藩文学林瑜(字孚尹,号荪坡、兰坡、藤坡)加以校订,重新刊行后,更受到日本读者喜爱,纷纷翻刻。明治(1868—1912)以来,又出现多种注疏本,如近藤元粹的《评点

---

[1]《菜根谭》题词。

〈菜根谭〉》、山田孝道的《菜根谭讲义》、东敬治的《标注菜根谭》等。仅近年来，就有鱼返善雄的译本（角川文库，1955），神保侃、吉田丰的译本（德间书店，1965），今井宇三郎的译注本（岩波文库，1975）等。最近则有中村璋八、石川力山的译注本（讲谈社学术文库，1986）。中村先生是日本驹泽大学教授，长期研究中国古代思想史，在儒家和道教思想的研究方面有很深造诣。石川先生是日本驹泽大学教授，专攻佛教禅学。他们两人通力合作，从儒学、道学、佛学的各个角度，探索、阐释《菜根谭》的思想意义，与以前各种译注本相比，具有明显特色。在该书末尾所附的《解说》中，概括地介绍和总结了日本学术界关于《菜根谭》的研究成果，对我们曾有颇多启示。

《菜根谭》流传于世的各种版本，可归纳为两个系统。第一种分为前、后两集，凡三百五十六条，署为"还初道人洪自诚著，觉迷居士汪乾初校"，多冠有明万历年间于孔兼的题词。据中村璋八、石川力山《菜根谭·解说》，现存最早的这种版本，附载于《雅尚斋遵生八笺》（以下简称《遵生八笺》），明高濂撰，凡十九卷，讲养生之道。初刊于万历十九年（1591）之末，由内阁文库收藏。未收《菜根谭》；第十九卷后附有《菜根谭》的当为其后期刊本，但仍属明刻。尊经阁文库藏有此本的单行本，文句相同，唯未附于孔兼的题词，亦属明刻。其后日本流行的各种刻本、译注本，包括极有名的文政五年（1822）林瑜重刻本，皆以此为祖本，在日本影响极大。我们可将这一系统的版本，称为《遵生八笺》本。日本最近出版的中村璋八、石川力山译注本，即以内阁文库所藏明刊《遵生八笺》本为底本，参校了内阁文库所藏明钞本的重刻本，静嘉堂文库所藏文政五年林瑜重校本和内阁文库文政五年加贺陆原淳后跋本。自文政本风行于世，其祖本逐渐湮没无闻。所以长期以来，无论是在日本还是在中国，多有误解，以为这一系统的版本仅存于日本，中国久佚。民国初年，孙锵在日本京都的书店购得文政本后，如获至宝，携回中国，略作校订，刊行于世。实际上，《遵生八笺》在中国并未绝迹，分前、后集的《菜根谭》当然也非佚书。如北京图书馆藏有万历十九年的高氏自刻本，在谢国桢（刚主）先生赠给中国社会科学院历史研究所的藏书中，也有附有《菜根谭》的《遵生八笺》晚期刊本。

自清初以来在中国流行的各种《菜根谭》版本，属第二种系统。这种本子没有于孔兼的题词，署为"洪应明著"，分为修省、应酬、评议、闲适、概论五章，凡三百六十九条。其前四章的内容共一百六十九条，为《遵生八笺》本所无；第五章概论共二百条，文句、顺序与《遵生八笺》本略同，而条数减少了一百五十六条，所缺条数中，前集占七十一条、后集占八十五条，文字略有小异，个别条的顺序亦有不同。这一系统的祖本亦成于明代，但目前所能见到的均为清代刻本，所以我们统称之为清刊本。此本最早有康熙（1662—1722）时的选本，共一百七十三条，满汉文对照，由内府所刊，现藏台湾故宫博物院。其次有乾隆三十三年（1768）北京岫云寺重刊本，1977年曾由台湾赵氏宗亲会据其藏本重刊。该本有三山病夫通理（1702—1782）的题序，谓岫云寺监僧来琳早年得之于不翁老人，暮年因是书行世已久，纸朽虫蠹，原版无从稽得，遂命工缮写，重为刊刻。来琳之得书，当在康熙末年,则其祖本应为清初所刊。乾隆五十四年(1789)浙江会稽人胡信(字朴堂),客居河北满城县,偶过方顺桥之宣文寺,寺僧以岫云寺乾隆三十三年(1768)重刻《菜根谭》相赠。道光六年(1826),胡信据以翻刻。台湾新文丰出版公司1980年出版的黄公伟注疏本,即以其为底本。但从我们校勘的结果来看,胡刻本与岫云寺本的文字、顺序稍有差异,条数亦略少于岫云寺本。与岫云寺本并行于世的另一种清刊本,我们称之为喜咏轩本。该本有乾隆五十九年(1794)遂初堂主人识语,谓其于古刹残经败纸中拾得此书,携归重加校雠,缮写成帙。旧有序,文不雅驯,且于是书无关涉语,故芟之。民国间此钞本为武进陶氏所得,遂合《仙佛奇踪》,编为《还初道人著书二种》,收入喜咏轩丛书,重印于世。该本与岫云寺本非常接近,唯文字、顺序间有小异。

现在来谈谈这两种系统版本的关系。两者孰先孰后?我们认为,《遵生八笺》本刊行在先。因为:第一,目前国内外所见的《菜根谭》明刊本,皆属这一系统;第二,该本附有作者友人于孔兼的题词,当为洪氏原刊。当然，诸清刊本的祖本，实亦源于明季。如明人陈继如（眉公）的《小窗幽纪》，辑录有一部分《菜根谭》的文句，其中既有出自《遵生八笺》本者，也有同于清刊本前四章者，陈氏生于明嘉靖三十七年（1558），卒于崇祯十二年（1639），可证《菜根谭》版本的两种系统，明末均已行世。所以有人推测，《遵生八笺》本应为洪应明早期著作，清刊本之祖本则为洪氏晚年之修改本。两者是否均出于洪氏手订，尚有讨论的余地，皆成于明代，则是毋庸置疑的。

本书名为《菜根谭两种》，第一种以谢国桢先生所藏《遵生八笺》本为底本，参校以中村璋八、石川力山的注译本；第二种以喜咏轩本为底本，参校以台湾赵氏宗亲会翻印的岫云寺本。相信这样做可以让广大读者了解《菜根谭》的全貌。校点由陈海龙先生完成，他也是本序的合作者。

师恩友情

点点滴滴忆恩师[1]

1976年夏,我从上海(华东)师范大学中文系毕业,分配到古典文学教研室工作。1977年秋获系里安排,到古籍整理组(即后来之华东师范大学古籍整理研究所),在徐震锷、徐德邻、叶百丰等老师指导下,参与校点《续资治通鉴长编》的工作,因而培养起对古典文献研究的浓厚兴趣。

1978年,中国社会科学院研究生院成立,我和师兄孙言诚、刘桓幸运地考取历史系古文献专业,导师为张政烺(字苑峰)、李学勤。1981年毕业后,刘桓师兄因故离开北京,孙言诚师兄为了家庭团聚,不久也离开历史所,高就山东齐鲁书社。我则留在老师身边,并担任过由老师主持的中国历史图谱项目的助手,因而与老师接触较多,

---

[1] 吕宗力. 点点滴滴忆恩师[M]//张永山,张政烺先生学行录. 北京:中华书局,2010.

受教匪浅。只是那时老师精力充沛,事事亲力亲为,需要我帮手的事少,我求助于老师的事多。而我1989年出国以后,长期在海外求学、工作,在老师最需要照顾的晚年,却未能守护,深以为憾。

学问如汪洋大海

犹忆在硕士学业的第三年,须确定毕业论文的论题,赴苑峰师家中请示。师曰:"题目你自己找,我不会给你规定的。总之,从甲骨文到《红楼梦》《水浒传》,我都可以指导。"这番话出自他人之口,或有妄言之嫌,出自苑峰师之口,惟令人感叹其学问之如汪洋大海,无边无际,深不可测。

苑峰师以博闻强识闻于世。多位先贤学长曾指出,他记忆力惊人,过目成诵。记得苑峰师对我说过,他当年背诵的非止四书五经,连注疏也照背。更令后学惊叹的是,苑峰师作为古文字、古文献、考古学、先秦史名家,却无分古近代和领域,连文集、笔记、方志、农业、历算、气象、戏曲、小说,都无所不读。他不仅涉猎极广,而且能将读过的书籍中的相关事物相互印证、辨析。难怪在脍炙人口的古文字、考古学、文献学、先秦史论著之外，还写出《玉皇张姓考》《一枝花话》《王逸集牙签考证》《封神演义漫谈》《宋江考》《岳飞"还我河山"拓本辨伪》等令宗教学、文学史学界耳目一新的文章，可谓文史不分家的通人。吴荣曾教授指出，运用出土材料研究历史，在先秦、秦汉史中颇常见，用以研究明清史就很不寻常。苑峰师的《十二寡妇征西及其相关问题》考证出明清以前的十二生肖神，后来演变成丧家出殡时的十二女神或十二寡妇，一般由妓女来扮，此举或与悼念崇祯有关。十二生肖和十二寡妇，一般人看来毫不相干，但经过先生的考证，找出了从十二生肖向十二寡妇转化演变的全过程，证据确凿，不由你不信。

一般的印象，是苑峰师不甚健谈，拙于世俗应对，讲课时语言不流畅。但我在历史所工作的八年间，作为学生及助手，常于下午三时许到老师家拜访。极简短地谈完"公事"后，苑峰师就开始即兴发挥，滔滔不绝，往往谈至六时左右尚欲罢不能。论题随手拈来，如古今中外的厕所史；或是唐代高级妓女自高身价，寄寓寺院，如崔莺莺；旁征博引，趣味盎然。深深感到老师读书真是读通了。

……

重情重义

苑峰师常年沉浸于学问书海，加上动作、语速缓慢，表情有时木讷，往往被人误解为不通人情世故[1]。但其实熟悉他的人知道，他的思维敏捷，洞察世情。正因此，他与中央研究院历史语言研究所（以下简称"史语所"）同仁所维系的关系，就格外发人深思。

圈内的人都知道，苑峰师早在北京大学历史系求学期间，即已获得胡适、傅斯年先生的赏识。1936年毕业后，即获史语所聘用，先后担任助理研究员、副研究员，

---

[1] 我要借此机会感谢当时华东师大古籍整理组和中文系领导的支持，在短短数月中，安排周子美老先生为我亲授版本目录学，胡邦彦先生教授文字学，又获戴家祥先生指导青铜器、金文。要不然，我是没有机会考取的。

并负责图书馆的收集采购。抗日战争期间屡经播迁，与史语所同仁之间建立了深厚的情谊。1946年苑峰师应聘至北京大学历史系任教授，离开史语所。之后因政治社会环境发生变化，史语所部分同仁随中央研究院迁至台湾，数十年间不再有往来。但我与老师相处多年，每言及史语所同仁及其对中国史学、考古学的贡献，他在言谈中充满自豪和亲切，从未因政治或意识形态而稍加避讳。

我于1980年选定硕士论文题目，即研究东汉碑刻中的谶纬，因而结识日本治谶纬的大师安居香山和中村璋八。曾拜托中村璋八教授带信给史语所研究谶纬的前辈陈槃先生，向他请教。陈槃先生迅速回信，在解答我的问题之外，热情问候苑峰师，怀念之情跃然纸上。后来我才知道，苑峰师在史语所已成为不朽的传奇。不仅当年的师长、同事对他怀念不已，即使在1949年后进入史语所的学者，也多熟知苑峰师的为人和事迹。我于1990年进入美国威斯康辛大学东亚系修读博士，导师郑再发教授，台湾人，曾师从董同龢，在史语所工作多年，至今仍是史语所的通讯研究员，提起苑峰师十分景仰。我于1995年起在香港科技大学人文学部任教。2001年许倬云教授来校客座,时任人文社会科学学院院长的丁邦新教授将我介绍给许先生时,第一句话就是"这位是张政烺先生的弟子"。许先生立即亲切地拉着我的手,说:"啊,不是外人,不是外人。"郑、丁、许三位先生都是在台湾进入史语所的,年龄上较苑峰师晚了一辈,从未同事,但只要提到苑峰师,都有亲切感。我想,这固然因苑峰师的人格、学风令人敬佩,也因为他重情重义,从未因政治地理上的海峡暌隔而在情感、认知上自我划限,所以才受到史语所前后几辈同仁的尊重亲近。

牛的精神

我生何幸,在中国社会科学院研究生院历史系读研乃至后来在历史所工作期间,前辈学者如顾颉刚、侯外庐、尹达、何兹全、胡厚宣、杨向奎、张政烺、孙毓棠、王毓铨、谢国桢等,皆一时之选。而令我等学生深感自豪的是,无论在其前辈、同辈乃至后辈中,苑峰师都属深受爱戴者。这无疑是老师人格感召力所致。

苑峰师无论面对前辈、同辈或后辈,皆谦恭自抑,乐于助人而吝于求人。前面提过,我曾在老师身边十来年,又曾受委任为助手,但除了公事之外,从未因私事或自己的研究要求我协助,甚至借书、找资料也都亲力亲为[1]。反而是对于我的请求,全力满足[2]。

苑峰师人缘好,认识人多,前来拜访或书信求教的人很多。他总是来者不拒,有问必答,有求必应。花费大量宝贵时间帮人看稿改稿。他对自己的文稿要求极严,改了又改,一压多年,不肯轻易拿出去。但如有他人研究相关论题,他往往将自己多年积累的资料、草稿无代价地赠送。夏含夷教授在《早期中国》刊登的讣告中以苑峰师为《中国社会科学通讯》(1997年)所写的牛年题词"以牛

---

[1] 1978年获知我考取苑峰师的研究生后,当时华东师大中文系古典文献教研室的领导、专研元明清戏曲而对古史界不大熟悉的齐森华教授就对我说:祝贺你!我拜读过张先生的《宋江考》,功力极深。能跟这样的老师学习,三生有幸啊!

[2] 20世纪80年代中期的一次聊天中,我提起改革开放以来,沿海居民得风气之先,日益富裕。苑峰师说,他的故乡胶东荣成的渔民,就是先富起来的一个例子,不过,带着他那睿智而不失童真、会心中含有一丝狡黠的笑容,苑峰师说:"他们可不是因为打鱼而富起来的哟。"

的勤恳、踏实的精神,为两个文明作出贡献"作为结语。我想,这既是苑峰师对院内同人的期许,也是对他自己一生的最好写照了。

李学勤先生与我的学术生涯[1]

如果从进大学算起,我踏入学术圈至今已有46年了。这四十多年中,有十多年属于学习阶段,期间屡遇明师:一是1973年至1976年,作为华东师范大学中文系的工农兵学员,曾从徐中玉老师学习文史哲研究中工具书的使用方法;1977年至1978年,在华东师范大学古籍整理组进修,蒙徐震谔、徐德嶙、叶百丰等老师指导,参与整理《续资治通鉴长编》;期间曾有机会向戴家祥先生请教金文,从周子美先生学版本,跟胡邦彦先生读《说文》。二是1978年至1981年,入中国社会科学院研究生院历史系,师从张政烺、李学勤先生,修读古文字古文献学的硕士学位;期间除时时请益张、李两位恩师,亦有幸聆听顾颉刚、侯外庐、尹达、胡厚宣、杨向奎、谢国桢、王

---

[1] 吕宗力. 李学勤先生与我的学术生涯[J]. 中国史研究动态, 2019 (5).

毓铨、孙毓棠、田昌五、何兹全、任继愈等先生的讲座,以及得到邱汉生、王利器、刘起釪、杨希枚、林甘泉、熊德基、钟肇鹏等先生的指导。三是1990年至1995年在美国威斯康辛大学麦迪逊校区修读博士学位,导师是语言学家郑再发先生,亲炙教诲的还有周策纵、刘绍铭、林毓生、倪豪士(William H. Nienhauser)、高德耀(Robert Joe Cutter)等先生。但这三段学习经历中,对我学术生涯影响至深、获益最多、最难忘怀的,应数师从张先生、李先生,在社科院研究生院学习的这三年。

从社科院研究生院毕业以后,我涉足的学术领域,包括古典文献、民间信仰、中国官制史和秦汉至魏晋南北朝政治、社会、文化史,而长期投入的研究领域,则是谶纬学。我的硕士论文,是《东汉碑刻与谶纬神学》,博士论文是《中国中古时期的天命与人的命运——谶言的政治作用》(*Heaven's Mandate and Man's Destiny in Early Medieval China: The Role of Prophecy in Politics*)。在博士论文的基础上修改而成的第一本英文论著,是《语言的威力:谶言与中古中国的政治》(*Power of the Words: Chen*

Prophecy in Chinese Politics, AD 265—618)。目前我正在撰写的专著，是《谶纬与魏晋南北朝》。可以说，谶纬学是我毕生的学术关注。而我会对谶纬这样的生僻领域产生如此持续不懈的浓厚兴趣，则是因为在硕士学习后期选择论文方向的关键时刻，受到了李先生的启发。

1978年我考入社科院研究生院时，李先生45岁，风华正茂。当时他的职称是助理研究员，但不久就与李泽厚先生一起由社科院破格提升为研究员。先生极渊博、极勤奋，反应极敏捷。每有请益，先生思路开阔、中外兼通、论说利落、不发空言，严谨不失亲切，令学生受益之余，如沐春风。有一次向先生言及舅父宗白华，先生立即说，入读清华大学哲学系时，曾与宗先生的女儿宗福紫同班，可惜院系调整后，大家各自东西，遂不相闻问。其后李先生曾数次让我代为问候福紫表姐。

1980年，我们已修完所有课程，准备撰写毕业论文。当时大师兄孙言诚已计划利用新出土秦简研究秦代的边防体系，二师兄刘桓专注于甲骨。我有一段时间游移不定。曾请示张先生，先生说："题目你自己找，我不会给你规定的。总之,从甲骨文到《红楼梦》《水浒传》,我都可以指导。"这番话出自他人之口,或有妄言之嫌,出自苑峰师之口,惟令人感叹其学问之如汪洋大海,无边无际,深不可测。之后又向李先生请教,李先生出示了一篇20世纪70年代前期在《文物》发表的一篇讨论乙瑛、韩勑、史晨三通汉碑的文章。由于特定的时空语境、历史背景,文中自然有一些意识形态意味浓烈的表述。但如果剔除这些套话,李先生从汉碑史料中发掘汉代思想观念形态的新鲜视角和对当时学界罕有人关注的纬书的敏锐观察,令我脑洞大开。

李先生又告诉我,他于20世纪50年代担任侯外庐先生助手,参加《中国思想通史》编撰时,曾与杨超先生绎读纬书,查检各种辑本,编撰了《纬候书录目》,发表在历史所的油印刊物《历史学习》上。至60年代见到日本学者安居香山、中村璋八辑成的《纬书集成》油印本,"叹为未曾得有"。李先生认为纬书是研究中国古代传说、习俗、科学、哲学等现象和观念的宝贵史料。在李先生的鼓励下,我主动联系安居和中村两位先生,迅速得到热情回应。两位先生陆续寄赠国内极罕见的《重修纬书集成》铅印本，并将我的粗浅论文收入他们主编的论文集。中村璋八教授还为我带信给史语所研究谶纬的前辈陈槃先生。陈槃先生迅速回信，在解答我的问题之外，热情问候苑峰师，怀念之情跃然纸上。谶纬研究，于是成为我与两位恩师、毕生最难忘的学习经历和学术生涯终身志业三者之间的交集点。这样的情景，如果不说是"缘分"，又该如何解释呢？

李学勤先生与谶纬学研究[1]

先师李学勤先生被学界同人誉为"当代学者中极少的百科全书式的学问家"。李先生是著名的历史学家、考古学家、古文字学家、古文献学家。他在上古史、甲骨学、青铜器、战国文字、简帛学、学术史等领域的杰出研究,尤为脍炙人口。较少提到的是李先生在思想史领域(包括汉及汉以后)的深厚底蕴。

李先生于20世纪50年代初考入清华大学哲学系,老师有金岳霖、冯友兰等。后因院系调整,清华哲学系并入北京大学。李先生当时对古文字情有独钟,决定终止本科学业,到中国科学院考古研究所参与殷墟甲骨的整理。但1953年底,又转到历史研究所,担当侯外庐先生的助

---

[1] 吕宗力. 李学勤先生与谶纬学研究[M]// 清华大学出土文献研究与保护中心. 半部学术史,一位李先生——李学勤先生学术成就与学术思想国际研讨会论文集. 北京:清华大学出版社,2021.

手,参加《中国思想通史》的写作。李先生曾告诉我,他参加《中国思想通史》编撰时,曾与杨超先生绎读纬书,查检各种辑本,编撰了《纬候书录目》,发表在历史所的油印刊物《历史学习》上。

20世纪50年代,台湾的陈槃先生持续研究谶纬,日本则有安居香山等先生正在整理辑录谶纬佚文,基本属于绝学。在内地,谶纬更是极冷僻也极不受待见的思想史资料,可资参考的一手或二手资源奇缺。李先生独具只眼,注意到谶纬在汉代乃至其后思想史上的独特价值,搜检各种明清纬书辑本,编成《纬候书录目》,辑录《河图》、《洛书》、七经纬、杂纬篇目220种。

纬书篇目,东汉光武帝"宣布图谶于天下"后,张衡概括为"《河洛》五九,《六艺》四九,谓八十一篇也"[1]。南齐王俭《七志》,其五"阴阳志"下有"纪阴阳图纬"门类。但《七志》已佚,所录图纬细目不明。梁阮孝绪撰《七录》,其术技录内篇有"纬谶部三十二种,四十七帙,

---

[1]《后汉书·张衡传》。

二百五十四卷"。《七录》亦佚，而其细目保存在《隋书·经籍志》的附注中。《隋书·经籍志》将谶纬类书籍附于经部，列于九经之后，著录三十二部，二百三十二卷，包括亡佚、阙失；当时存世者十三部，合九十二卷。所列篇名杂有东汉的"杂谶纬"，甚至有伪托宋均注，其实成形于两晋南北朝时期的新谶书。《旧唐书·经籍志上》《新唐书·艺文志上》著录谶纬文献，仅限于附有郑玄、宋均的《七经》纬加《论语》纬（谶），共九部八十四卷。至元、明、清谶纬辑本，篇目愈收愈多。作为晚近集大成者，安居香山、中村璋八辑《纬书集成》收录164种，山东大学《两汉全书》谶纬部分收录176种。李先生辑录篇目达220种，可知先生所下功夫之深。《纬候书录目》所采辑本8种，包括明孙瑴《古微书》、清姚东升《续古微书》、清马国翰《玉函山房辑佚书·纬书类》、清黄奭《逸书考·通纬》、清赵在翰《七纬》、清刘学宠《诸经纬遗》、清乔松年《纬捃》及清朱彝尊《经义考·毖纬》。八种辑本，除李先生已注明全抄《说郛》的《诸经纬遗》，都是存世40多种纬书辑本中，最受近数十年谶纬学者推崇的辑本。由此亦可知先生学术识见之精准。

《纬候书录目》于篇目之末,附有"纬候中自然科学史材料辑略",摘录散见于诸纬中涉及天文律历、科技医药的佚文,极富思想史、科学史的研究价值,拓展了谶纬研究的视野。

1979年中国青年出版社出版的《中国思想史纲》,由侯外庐主编,张岂之、李学勤、杨超、林英、何兆武、卢钟锋、黄宣民、樊克政共同编著。其第二篇第二章第一节"两汉之际的谶纬、古文经学和异端思想",篇幅不大,却很可能反映了李学勤、杨超两位先生对谶纬的学术见解,如揭示了谶纬思想盛行的历史文化背景,指出谶与纬的内容相通,谶语有时依托于经,如《西狩获麟谶》即依托《春秋》的"西狩获麟";纬书名目繁多,大抵和经名相连,如《易乾凿度》《诗推命灾》《尚书帝命验》等;其内容神怪诡异,涉及神灵、历史、地理、天文、博物、典章等方面;由于纬书谈到的天地上下和古今事变的范围很广,有时也包含一些自然科学知识,如《尚书考灵曜》提出了"地动说","地恒动而人不知,譬如人在舟中,闭牖而坐,舟行而人不觉也"[1]。上述论述,与《纬候书录目》的研究成果非常契合。

李先生始终认为纬书是研究中国古代传说、习俗、科学、哲学等现象和观念的宝贵史料,曾计划重新辑录纬书佚文。至60年代见到日本学者安居香山、中村璋八辑成的《纬书集成》油印本,先生"叹为未曾得有",遂搁置辑录佚文的计划。20世纪70年代前期,李先生曾在《文物》发表讨论乙瑛、韩勑、史晨三通汉碑的文章。由于特定的时空语境、历史背景,文中自然有一些意识形态意味浓烈的表述。但如果剔除这些套话,李先生从汉碑史料中发掘汉代思想观念形态的新鲜视角和对当时内地学界罕有人关注的纬书的敏锐观察,曾令笔者脑洞大开,启发笔者从此以谶纬为终身关注的领域之一。

1994年,笔者获中村璋八先生慷慨授权,与栾保群先生合作,由河北人民出版社出版安居香山、中村璋八先生编撰的《重修纬书集成》的中译本《纬书集成》。该书

---

[1] 侯外庐.中国思想史纲[M].北京:中国青年出版社,1979.

出版后,成为谶纬研究者最重要、最常用的谶纬文本。李先生慨允作序[1]。在序言中,李先生就谶纬研究中的一些重要问题发表了看法:

1. 汉代的纬学,是经学的一部分

纬书在东汉被称为"内学",尊为"秘经",而儒家原本的"六经"则被视为"外学"。纬书为经书的"配经"说由此而来,如刘勰《文心雕龙·正纬》篇:"前代配经,故详论焉。"胡应麟《四部正讹》以为谶纬有别:"世率以'谶''纬'并论,二书虽相表里而实不同。'纬'之名所以配'经',故自六经、《语》、《孝》而外,无复别出,河图洛书等纬皆《易》也。""配经"说认为,纬书是对儒家经书的配合,对经典经义的辅助阐释。但刘勰《正纬》篇并不同意纬书的作用是配经书。他认为纬书所记"事以瑞圣,义非配经"。据笔者最近对《礼》纬佚文的研究,其中涉及经义的约一半,另一半则讨论天文星占、历法、五德期运、符瑞、《洪范五行》说等。涉及经

---

[1] 安居香山,中村璋八.纬书集成[M].石家庄:河北人民出版社,1994.

义的部分论述,"义非配经",却对后世的《礼》学产生一定的影响;有些论述,可以视为"配经"的补充性诠释;还有一些内容,不仅仅对经义作补充性诠释,更有自成一格的阐释发挥[1]。所以,纬书未必是汉代经书的一部分,但纬学一定是汉代经学的一部分。正如李先生所指出,"在考察汉代经学的时候,如果摒弃纬学,便无法窥见经学的全貌。近人讲汉代经学史,每每于董仲舒以下没有多少实质性的话可说,就是这个缘故。前人误把当时经、纬隔离开来,讥评汉儒采用纬说",不知纬书的作者其实也是先儒,"汉代经学许多重要内涵是保存在纬书里面的,经学、纬学密不可分,因而儒者说经援引纬书是很自然的"。

2.纬书的意义与价值

纬书自称孔子所作,为汉制法,因而引发历代学者对纬书及其"作者"的"真伪"争论不休。如《隋书·经籍志》卷三十二。

---

[1]张玖青,曹建国.《诗》纬论《诗》[J]. 中南民族大学学报(人文社会科学版),2007(4).

《易》曰:"河出图,洛出书。"然则圣人之受命也,必因积德累业,丰功厚利,诚著天地,泽被生人,万物之所归往,神明之所福飨,则有天命之应。盖龟龙衔负,出于河、洛,以纪易代之征,其理幽昧,究极神道。先王恐其惑人,秘而不传。说者又云,孔子既叙《六经》,以明天人之道,知后世不能稽同其意,故别立纬及谶,以遗来世。其书出于前汉,有《河图》九篇,《洛书》六篇,云自黄帝至周文王所受本文。又别有三十篇,云自初起至于孔子,九圣之所增演,以广其意。又有《七经纬》三十六篇,并云孔子所作,并前合为八十一篇。而又有《尚书中候》《洛罪级》《五行传》《诗推度灾》《汜历枢》《含神务》《孝经勾命决》《援神契》《杂谶》等书。汉代有郗氏、袁氏说。汉末,郎中郗萌,集图纬谶杂占为五十篇,谓之《春秋灾异》。宋均、郑玄,并为谶律之注。然其文辞浅俗,颠倒舛谬,不类圣人之旨。相传疑世人造为之后,或者又加点窜,非其实录。

纬书非孔子等先圣所作,辨明甚易。但"只要我们剥去纬书乃孔子撰作这层外衣,即可正确估计纬书的意义和价值。这好像基督教的《圣经》,于《旧约》《新约》之外,还有所谓《伪经》,其中不乏富于史料或文学价值的篇章。近年中外学者的工作已经表明,研究中国古代传说、习俗、科学、哲学等,纬书实是珍贵的库藏,有待我们深入开发"。刘师培认为谶纬有五方面的价值:补史、考地、测天、考文、征礼。用现在的话来说,就是说谶纬有史学、天文、地理、文字学、礼仪等方面的价值。

3.纬书起源的年代

纬书文本于两汉之际大量涌现,东汉初整理为附著《易》《书》《诗》《礼》《乐》《春秋》《孝经》《论语》《河图》《洛书》的纬或谶,当时常称为纬候、内学、秘经等,后来多称纬书。对这些文本及其观念之来源与发生年代,历来有不同说法。钟肇鹏先生归纳为十二类,概括如下:

（1）源于上古《河图》《洛书》。持此说者有刘勰、胡应麟、孙珏、蒋清翊等。

（2）源于《易经》。持此说者有胡寅、胡玉缙、姜忠奎等。

（3）源于古之太史。持此说者有俞正燮。

（4）起于太古。持此说者有刘师培。

（5）起于周代。持此说者有任道镕。

（6）起于春秋之世。持此说者有孙珏、顾炎武、全祖望等。

（7）出自孔子。持此说者实即纬书的匿名作者或编者，一般认为是汉代的儒者及方士。

（8）出自仲尼七十子之徒。持此说者有钱大昕、王鸣盛、赵在翰、张惠言、李富孙等。

（9）起于战国之末。持此说者有胡渭、朱彝尊、汪继培、姚振宗等。

（10）起于秦朝。持此说者有张九韶、王鸣盛。

（11）源于邹衍。此说发自金鹗而证成于刘师培、陈槃。

（12）起于西汉末。此说发自东汉通儒如桓谭、张衡，历代支持者有孔颖达、徐锴、郑樵、朱载堉、王祎、阎若璩等[1]。

诸说于谶、纬之定义、分际或有歧异，所言起源之年代或观念之来源或指谶，或指纬，或混而言之。当代学者通行的看法，就纬书形成的年代而言，倾向支持第十二说，即出于西汉末人之手；就纬书中神秘观念的来源而言，倾向支持第十一说，即源于邹衍。当然，单就谶言现象、谶言信仰而言，一般也同意起源更早的说法。

李先生引述《汉书·李寻传》"五经六纬"说，认为西汉成帝朝已有整齐的六纬与五经相提并论，足证纬书有更早的起源，更指出长沙马王堆汉墓出土的帛书，埋藏于文帝前期，有的内容已有与纬书相似处。哀平之际，不过是纬书大盛而已。先生敏锐地注意到谶纬观念和纬书文本与西汉前期甚至更早的出土文献之间的联系，对纬书起源的研究有极大的启发。

---

[1] 钟肇鹏. 谶纬论略[M]. 沈阳：辽宁教育出版社，1995.

4. 谶、纬名义及其关系

这也是谶纬研究中长期众说纷纭、莫衷一是的议题。据钟肇鹏先生的概括,主张谶、纬无别的,有王鸣盛、俞正燮、姜忠奎、顾颉刚;主张谶自谶、纬自纬的,有胡应麟、孙毂、《四库全书总目》、迮鹤寿、阮元、赵在翰、蒋清翊、任道镕、刘秉璋、张采田。钟先生自己认为从思想实质来看,谶与纬只是异名同实。

据台湾学者黄复山《东汉谶纬学研究》的归纳,主张谶自谶、纬自纬,谶、纬名实有别的可细分为三种论述形态:第一,谶为隐语,纬以配经(胡应麟《四库全书总目》、冯友兰《新编中国哲学史》、侯外庐《中国思想通史》、张广保、黄开国、丁鼎);第二,谶纬异源,杂成纬书(皮锡瑞、安居香山、刘泽华、王步贵、陈其泰);第三,《河》《洛》为谶,七纬为纬(王葆玹)。主张谶、纬名异实同的有两种论述形态:第一,谶纬互文,同实异名(王鸣盛、徐养原、陈槃、吕凯、王利器、钟肇鹏、徐兴无);第二,谶为原名,纬乃别称(俞正燮、顾颉刚、黄复山)。

李先生参与编撰《中国思想通史》,持谶自谶、纬自纬说,自不待言。先生指出谶的起源很早,如《史记》《淮南子》所载秦始皇时卢生所奏《录图》不宜视作纬书的渊源;"纬不拘性质如何,总是要解经,尽管有的杂入谶的内容,总不是其主体。不能由于纬书有术数妖妄之辞,与谶相通,文献连称,便认两者是一不二"。尽管先生的论述也是一家之言,但以先生在古文献、出土文献、汉代思想史三个领域的深厚学养,他的观点值得谶纬研究者深思。

李先生数十年来对谶纬学和纬书史料持久不懈的关注,早年可能来自他尝试更全面地理解和阐释汉代思想的独特视角。20世纪70年代以来,先生亲自参与多部战国至汉出土文献的整理和研究,对中国古代的思想文化和古代的文献形态有更深刻的体会。他在1981年提出有必要"重新估价中国的古代文明"[1]。重新认识谶纬的思想内容、历史影响及其思想文化价值,想必也是先生长

---

[1] 李学勤. 重新估价中国的古代文明[M]// 李学勤. 当代学者自选文库——李学勤卷. 合肥:安徽教育出版社,1999:12.

期思考中的重估中国古代文明的议题之一吧!

(原载《半部学术史,一位李先生——李学勤先生学术成就与学术思想国际研讨会论文集》,清华大学出版社,2021年)

《东方海王》[1]序

除了为本人编撰的书作过自序,我未曾为他人的著作作序。从这个意义上说,这次遵子今之嘱提交的算是我的"处女序"了。

20世纪80年代,我在北京中国社会科学院历史研究所工作,住在建内5号老学部院内3号楼侧。子今于1985年来北京,在中央党校任教,有时来历史所找他在西北大学历史系的同学、我的同事彭卫串门。我们在院子、楼道里见过几面。但真正认识,应该是在1986年(第三届,芜湖)、1988年(第四届,徐州)的秦汉研究会年会上。因为我本来学的是古文字古文献专业,在历史所一开始也是分在古文字古文献研究室工作。后来所里作学科调整,古文字古文献研究室被撤销,因为我的硕士论

---

[1] 王子今. 东方海王:秦汉时期齐人的海洋开发[M]. 北京:中国社会科学出版社,2015.

文研究课题本是汉碑，林甘泉先生安排我到战国秦汉史研究室，所以到第三届年会才有机会与秦汉史学界结缘，同属青年后学的子今和我，算是真正的认识了。

1989年我去了北美，1995年应聘至香港科技大学任教。1996年我到广州参加第七届秦汉史年会，算是回归组织，与秦汉史学界再续前缘。这时候的子今，已是成果丰硕、崭露头角，在同辈中脱颖而出了。此后的每届秦汉史年会，乃至一些小范围的论坛、专题研讨会，常有机会与子今相聚深谈，遂成莫逆。

从20世纪90年代至21世纪10年代，子今渐渐成为秦汉史学界甚至中国古代史学界的一个传奇，奇在其酒量和学术高产。老实说，子今的酒量，如果与人单挑，未必能打遍学界无敌手。但他胜在连续作战，即午餐喝尽兴，晚餐尽兴喝，有时喝到走路摇摇晃晃了，一两小时后的宵夜仍能再贾余勇。如此一连数日，谁敢不服？2011年春季学期，子今应邀到香港科技大学客座一个学期，而我因轮到休学术假及香港科大的工作安排，须在北京大学常驻一年半，不能亲尽地主之谊。知道子今嗜高度白酒，在香港难觅知音，愧疚遗憾之余，拜托同样来自内地的陈建华、陈致、张宏生诸友及与子今同时到科大客座的徐兴无代我不时陪酒。不久他们却"闻王色变"，纷纷挂起免战牌了。科大有一家百佳超市，为住校的师生们供应日常生活用品，因市场需求少，高度白酒存货不多，不久就被子今扫空，补货一时不及，子今只好拿低度的竹叶青充数。一笑！

奇妙的是，子今好酒，却对他的学术高产毫无负面影响。在秦汉史学界乃至中国古代史学界，如子今般著作等身而不带水分（即无自我复制、无以编代著，不断开拓新领域新视野）者，虽非绝无仅有，却也罕见。究其实，他的超人饭量应该是原因之一。子今的饭量与其酒量当作等量齐观，尤嗜西北面食，大碗酒、大碗面，具六郡良家子遗风。如此体魄强壮，能量充沛，是从事学术研究的天赐优势，当然尚非其唯一优势。子今挟其体力、精力优势，研究写作极其勤奋，即使酒酣耳热，随时可以打开手提电脑，心无旁骛地敲打键盘。他的许多论文，就是在会议期间、旅途中见缝插针完成的。

子今在史学上的创见和成就，于勤奋之外，更得益于他的完整学术训练、文学素养和开阔视野。子今在本科期间学考古，研究生则修读古代史。在"地不爱其宝"的今天，考古（包括古文字）与史学的有机结合已是从事历史研究的最佳学术准备。子今不但接受过考古学的科班训练，而且与考古学界持续保持紧密合作，密切关注考古发现的最新成果，多次亲身参与实地考察，这无疑是他历史研究成就的亮点之一。他最擅长的交通史以及之后开发的生态史、区域史、历史地理研究，无不得益于历史学与考古学研究方法和史料的结合。填补史学研究空白的"王教授"《中国盗墓史》，无心插柳地刺激了21世纪初盗墓系列玄幻小说创作的流行，其学术底蕴就来自考古学与考古实践。

不同于大多数历史学者和考古学者，子今颇具文学天赋。他写旧体诗、写小说，曾同王利器、王慎之等合编《竹枝词》。所以他写作效率高，历史撰述可读性强，在学术专论和通俗史学之间转换自如，游刃有余。

子今在学术上的开阔视野，源自他的广泛阅读兴趣、强烈的求知欲和开放的思维方式。子今极爱书，几乎是不论什么类型的书,见到就想读、想买、想索要。他的藏书博而杂。因为阅读面广,生性好奇,他对新的研究方法、视野极其敏感,对前沿课题乐于尝试。所以在他的论著中,除了交通史、生态史、区域史、历史地理,我们还可以看到有关社会史、生活史、民间信仰、女性的研究和对文化人类学、神话学研究方法的借用。他的新著《东方海王:秦汉时期齐人的海洋开发》,可以说体现了上述种种特色:史学与考古的结合、流畅的表述、开阔的视野、研究方法的多元。

子今在本书后记中说:"我生在东北,长在西北,很晚才第一次见到海。作为个人,我们在海面前实在是太渺小了。"几十年来,子今其实去过世界上的许多地方,其中不少地方是能见到大海的。但他在香港科技大学客座半年,所住的宿舍就坐落在清水湾畔,他天天去锻炼的泳池俯临大海,这应该是他一生中与大海为邻最久也印象最深刻的经历了。或许为了这个原因,他将这篇序交给了我。以我的学力,不足以对本书作全面评介,就谈几点读后感吧。

上古华夏文明覆盖的地域十分广袤，各地区地形复杂，生态、气候和生产生活方式迥异，难以简单化地用所谓海洋文明、大河文明或蓝色文明、黄色文明来概括。从辽宁的长山群岛沿中国海岸南下直至环珠江一带岛屿与海南岛等中国沿海地带，考古学者都已发现了新石器时代的海洋文化遗迹。中国自古就拥有漫长的海岸线，西汉皇朝的海岸线比今天的中国还长。当然，正如葛剑雄所评论，古代中国优越的地理条件，催生了内聚型的文化心态和经济形态，结果在历史上，海洋对中国所起的作用不大。拥有蜿蜒曲折海岸线的山东半岛北临渤海，与辽东半岛相对，东隔黄海与朝鲜半岛、日本列岛遥遥相望，海洋文明的发展空间广阔，历史悠久。不过对战国秦汉时代生活在燕齐地区的人们来说，沿渤海、黄海蜿蜒曲折的海岸线就是他们生存、发展的生命线。齐人靠海吃海，视齐国为"海王之国"，管仲建议齐桓公以"官山海""正盐策"[1]为富国、王霸之本。传说"齐景公游于海上而乐之，

---

[1]《管子·海王》。

六月不归"[1]，则齐国的造船和航海技术也相当高。邻近的鲁人孔丘也许感染到齐人的海洋情怀，发愿说如果"大道不行，乘桴浮于海"[2]，以海外的世界为其最后的栖息地。到了秦汉时期，正如子今所论，辛劳的"海人"，多智的方士，勤政的帝王，他们在海上的活动，称得上是中国海洋探索史和海洋开发史上真正的"大人"和"钜公"[3]。正是从这一视角，将先秦、秦汉齐人对海洋资源（如鱼、盐）的开发，"将面对海洋的齐人的光荣、秦汉的光荣告知大家"[4]。

先秦、秦汉时代的齐人，不仅是当时海洋探索和海洋开发的力行者，也是色彩鲜明的海洋文化创造者。中国古代思想文化的形成和发展具有明显的区域特征。任继愈先生认为先秦时期（尤其是春秋战国阶段）主要可以区分为四种地区性的文化类型，即邹鲁文化、燕齐文化、三晋

---

[1]《说苑·正谏篇》。
[2]《论语·公冶长》。
[3] 王子今.《东方海王：秦汉时期齐人的海洋开发》[M]. 北京：中国社会科学出版社，2015.
[4] 同上。

文化和荆楚文化[1]。先秦秦汉中国文化区域这一分类当然可以作进一步细化或讨论，但齐地确实"具有许多内陆国家所不能有的海洋文化的特点"，即于今所谓"齐文化的海洋因子"。"海上自然景观较内陆有更奇瑰的色彩，有更多样的变幻，因而自然能够引发更丰富、更活跃、更浪漫的想象。浮海航行，会使得人们经历陆上生活难以体验的神奇，思绪可以伸展至极广阔的空间。于是海上神仙传说久已表现出神奇的魅力，而沿海士风，也容易表现较为自由的特色。"这种特色，充分反映在燕齐的神仙方术和邹衍天下观和海洋观的形成。燕齐神仙方术对战国中后期至汉武帝时期的宫廷和上层社会影响极大，之后成为道教信仰的源头之一。邹衍的大九州、阴阳主运、五德终始学说在当时已惊世骇俗，后来成为建构谶纬意识形态的重要理论资源。道教和谶纬影响中国社会、政治和文化达两千年以上，而其中的"海洋因子"至今尚未见到充分论述。《东方海王》在这方面的讨论，是富有意义的尝试。

---

[1] 任继愈. 中国古代哲学发展的地区性[M]// 中华书局编辑部. 中华学术论文集，北京：中华书局，1981.

秦始皇"续六世之余烈,振长策而御宇内,吞二周而亡诸侯,履至尊而制六合,执棰拊以鞭笞天下,威振四海"[1],成就"海内为一,功齐三代"的伟业[2]。但为了追求长生不死,误信燕齐方士徐市、卢生等,劳民伤财,颇受后人耻笑。《东方海王》却从秦皇巡东海、祀八神、向往三神山、"梦与海神战"、在咸阳秦宫和帝陵地宫复制海洋等史实,揭示出秦始皇"服膺齐人海洋事业的成功,感叹齐地海洋文化的辉煌"的海洋意识和海洋情结。对历史人物的行为和心态作这样细腻的钩沉索隐,较之简单化地讥嘲责难他们的迷信、荒谬、好大喜功,显然能为读者勾勒出一幅更立体、更多视角、更多层次的历史图景。(《东方海王》关于齐地神秘主义文化影响汉武帝时代信仰和政治的讨论,与此异曲同工,此不赘。)

交通史研究是子今的学术强项。《东方海王》下编讨论的"南洋通道与齐文化"和"齐海港丛说"无疑颇多出彩之处。而令我印象深刻的是他在考证东海黄公、青徐滨

---

[1]《史记·秦始皇本纪》。
[2]《史记·平津侯主父列传》。

海妖巫和东海白虎的过程中,挥洒自如地透过人类学、神话学、文学史的研究视角,得出种种深具启发性的论点和假设。

子今近年来对社会史、生活史、文化史和生态环境史的关注展现出他开阔的史学视野和敏锐的学术触觉。《东方海王》中对青州海贼的精彩考证和在灾难史视野下对齐地海溢历史记忆的系统整理,即属于他对社会史、生态环境史系列研究的组成部分。从田横海岛传声联想到海洋是战国秦汉政治流亡者"逃离权力控制的特殊的空间条件",为新政治史的研究提供了一个崭新的视角。

徐市奉秦始皇命出海求仙不复返的故事,古往今来吸引了无数关注,其中不乏严肃的历史学、神话学、人类学探讨。但对徐市为什么要携带童男女出海远航,至今停留在一些较浅层的解释。子今前几年承担"秦汉时期未成年人生活研究"课题,对秦汉民间娱乐生活中的"歌童""歌儿"和神祀体系中的"童男女"有深刻的认识。他指出,秦汉民间意识中"童男女"的神性或复杂的文化象征意义,是值得探讨的学术命题。他自己在"航海家徐市·'童男女'的神秘意义"一节中，对此已作出深具启发性的论述。

视野开阔，在研究方法上兼收并蓄，是子今的学术优势。但国内历史学者经常借鉴的社会史、性别研究、文化人类学、神话学等学科的许多范式、框架和方法，多源自欧美，各自有其形成和发展的理论背景和学科脉络，各自有其面对的特定问题、语境、处理策略、理论优势及局限性。虽然"他山之石，可以攻玉"，但当借用其他学科的某些学术成果或假说来诠释中国历史尤其是古代史上的一些问题、现象时，如果能完整阅读所借鉴学科、理论的经典原著，我们对相关问题、现象的诠释可能会更准确、更完整。子今对此有清醒的认识，多次表达过未能完整阅读外语文献的遗憾。我的建议是，扬长避短，子今今后更多地发挥他在史学、文献学和考古学方面的深厚功底，才是王道。

历史文献记载的巨型海洋生物（大鱼、巨鱼、鲸鱼）在渤海、黄海一带海域不时出没乃至集体搁浅，无疑是秦汉海洋生态史上极有趣极值得关注的现象。从秦始皇

"梦与海神战",到秦宫兰池刻石为纪,秦陵地宫设模拟海洋、以"人鱼膏"(鲸油、龙膏)为烛,以及两部《汉书》、《淮南子》、《论衡》对大鱼、鲸鱼陆续有记载,可见这种海洋生物及生态现象对当时人们生理刺激与心理震撼的程度。

《东方海王》上编"秦始皇'东有东海'""向往与追念:秦地海洋复制""航海家徐市",下编"北海出大鱼:海洋史的重要发现"诸节,以及附论"汉代'海人'称谓",都有精彩的考辨和论述。相关史事年代有先后,各节论述也各有侧重,但讨论对象既然相同,某些史料的援引和有些论点的阐述,难免重叠。或许今后在章节安排上可以作适当调整?意见仅供参考。

吕宗力

甲午孟冬于维港北岸

《古谣谶》[1] 序

按老话说,保群兄是我的"同年"。他虽然长我几岁,可我们是同一年(1978)考入中国社会科学院研究生院历史系。那会儿,周扬先生是研究生院的院长,温济泽先生是我们尊敬的副院长。

保群和我分属不同的专业。他是王毓铨先生的弟子,专攻秦汉史,我则从张政烺、李学勤师学习古文字古文献。但保群和我有两点气味相投,因而奠定了持续近四十年的同学情谊和学术合作:我们都毕业于中文系,因此不约而同地对文化史和古文献保持发自内心的兴趣;我们的学术关注有时都有些另类或"不务正业",例如夫子不语的怪力乱神,号称秘经内学其实久遭主流儒学摒弃的谶纬之学等。

---

[1] 栾保群. 古谣谶[M]. 北京:文物出版社,2018.

1981年研究生毕业，我留在中国社会科学院历史研究所工作，保群则因照顾家庭的需要，回到石家庄，长期在河北出版机构工作。保群从事古籍整理持之以恒，著作等身，其中一些项目，如《智囊全集》《日知录集释》《陔余丛考》等，是我们合作的成果。这些在河北出版的合作项目，既反映出我们共同的学术兴趣，也是兄弟情谊的体现。要知道20世纪七八十年代，学人收入微薄，今日视为鸡肋的古籍整理稿费，在当时可是大补之物。

我们另一项合作成果，则是《中国民间诸神》。"说神道鬼"的最初设想，来自保群和河北人民出版社的朋友。我和保群深入检阅文献以后，决定扩展为《中国民间诸神》。这部当年在历史研究所"被视为异端之作，至不能作为其研究成果[1]"的著作，第一版于1986年在保群任职的河北人民出版社出版（署名宗力、刘群），1991年在台湾学生书局出了繁体字版，2000年承王亚民兄的盛情，在河北教育出版社出版了增补版。此后我因工作环境的限

---

[1] 商传. 史学传统与晚明史研究[J]. 历史研究，2003（1）。

制和研究领域的调整，无暇继续在民间信仰方面深耕细作，保群则孜孜不倦地将鬼神研究进行到底，《中国神谱》《中国神怪大辞典》《扪虱谈鬼录》陆续问世，在相当程度上弥补了《中国民间诸神》覆盖面的不足。

我对谶纬的研究始于1981年完成的硕士论文《东汉碑刻与谶纬神学》。在论文写作中与日本的谶纬研究权威安居香山、中村璋八结下善缘。安居、中村先生从1954年开始合作研究谶纬并开始辑佚工作，所辑佚书定名《纬书集成》。到1964年完成了全书，以油印的方式印行，印数极有限。后来他们取得了日本文部省的出版补贴，对原书做了进一步的修订补充，改名《重修纬书集成》，由东京的明德出版社于1971年开始出版，到1991年全部出齐，共六卷八册。《重修纬书集成》是迄今为止谶纬辑佚整理的集大成之作，它在明清以来诸家谶纬辑佚书的基础上，综合参校，注明出典，还补充了中国、日本资料中为前人所漏辑的谶纬佚文，是到目前为止搜罗谶纬佚文最为完备的辑佚书（上海古籍出版社版《纬书集成》则是诸家谶纬辑佚书包括安居、中村《纬书集成》本未加整理的汇编）。明德版《重修纬书集成》排印出版后深受学界欢迎，需求孔殷，然而对当时的中国读者而言，价格昂贵，也不易求购。我当时正在美国修读博士学位，保群向我建议争取《纬书集成》在中国出版。当时安居先生已去世，经我居中联络，中村先生非常慷慨地同意授权河北人民出版社出版《纬书集成》中文版。河北版《纬书集成》（1994）书末的附录编出自保群之手，收录了散见于历代史书、笔记的一些有代表性的谶言和谣谶，以及五代以来流传较广的九种谶书（保群称之为"大预言"），包括《推背图》《藏头诗》《烧饼歌》《透天玄机》《乾坤万年歌》《梅花诗》《金陵塔碑文》《黄蘗禅师诗》《马前课》等。保群从此对谶言、谣谶持续关注。2006年出版的《历史上的谣与谶：权力斗争中的异类武器》是对中国历史上的谶言、谣谶的普及性介绍。这次推出的《古谣谶》则是对《纬书集成》附录的极大扩充，辑录历代谶言和谣谶，采集来源于正史之外，兼及碑铭、石文、笔记杂说，其中不少是研究文史者较少关注的文献。保群在广泛辑录相关史料的基础上，也提供了一些版本的互校和史源学的讨论，为日后有意于谶言、谶谣研究者，提供了极大的便利。

人类的生存伴随着无穷尽的灾难，当人类的能力不足以应付自然和人为灾难时，视这些灾难为超自然力量的惩罚，在心理上较易承受。既然灾难来自超自然，与超自然力量沟通以预知未来、趋吉避凶，就成为人类的普遍愿望。在人类几大古代文明中，都出现过预言信仰，相信人类在某些特定情形下能受到超自然力量的启示而预言未来。预言的产生和表达有多种形态，在不同的文明、不同的时代中可能呈现为缤纷多彩的文化风貌。在古代地中海地区如古希腊、古罗马，占卜和神谕在日常生活和政治生活中扮演着重要的角色。犹太教、基督教的《圣经》和伊斯兰教的《古兰经》等，都收录有大量预言。古代中国人一般相信自己的活动和命运受到超自然神灵的支配。在政治生活和日常生活中，人们广泛运用各种占卜方法，寻找超自然的启示，从中窥测神灵的旨意，或为自己的选择和决定提供心理的支持或正当性的证明。龟卜、筮占、占星、占梦等占卜术曾在殷商、两周时期的政治生活和日常生活中流行。神谕、谶语等预言形式也已出现。秦汉以来，龟卜、筮占等逐渐从政治仪式和活动中淡出，更多地在社会日常生活中发挥其解惑决疑的作用。星占、式占等术则融入儒、道、阴阳诸家的神秘主义学说，构成天人感应宇宙观和天谴灾异论述。到西汉后期，声称代言天命、预示皇朝存废及个人命运的大量政治预言开始在社会各阶层广泛传播。一些政治预言被称为谶言，与上述神秘主义儒家论述紧密整合，形成一系列的纬书（亦称谶纬）文本，构成随后几个世纪中国政治、社会、宗教生活中的主流话语体系。

汉代的谶言与希伯来及早期基督教传统中先知（prophet）所传播的预言（prophecy）相比较，主要差异之一是希伯来及早期基督教传统中先知所传播的预言，在内容上道德批判的色彩浓厚，凸显宗教和道德要求；而汉代的谶言则更着眼于世俗层面的政治斗争、政治人事、权力转移，凸显政治要求。在这一点上，谶言与欧洲中世纪流行的 Nostradamus（1503—1566）及 Dr. John Dee（1527—1608）预言倒有更多相似之处。另一个重要差异是希伯来及早期基督教传统中,先知是上帝与民众之间不可或缺的沟通媒介。因此,希伯来、早期基督教传统中,一则预言的影响力、生命力,在相当程度上取决于相关先知即预言宣示者与上帝的个别关系,来自该先知的声誉和资格。而汉代的谶言,其创作者或宣示者多半匿名,或伪托尧、老子、孔子、刘向等名人,但其实往往是集体创作。匿名或假托不仅出于安全考虑。因谶言的影响力、生命力并非取决于创作者或传播者的声望或可信度,而是民众的接受度。

谶言是一种具有中国特色的预言形式,借助汉字的特殊性,以谐音、离合、双关等修辞方式,增加语言的模糊性和抽象性,提供充满隐语、隐喻等暗示的"预言",令"破译"者和受众享有足够的想象空间,从而释读出他们所期待的天启信息。灵验的谶言,有时是无心插柳、浑然天成;有的用字用词或玄奥晦涩,或看似直白却语含双关,往往要到事后才会恍然大悟。古人相信谶言的预言能力,源自冥冥中的灵感、上天不经意的启示。

魏晋至隋,谶纬特别是谶言屡遭皇权严厉禁绝。虽然禁而不绝，但谶纬在东汉三国时期享有的官方意识形态地位确被废止。谶言于是逐渐摆脱谶纬文本的限制，在社会各阶层乃至民间活泼泼地生存和发展。多种形式的佛谶、道谶、方士谶、年号谶、诗谶、数字谶、签诗、秘密宗教的宝卷、通俗文学中的谶语，各种"大预言"，竞相争鸣。其内容也从政治预言扩展到社会生活的各个层面。唐宋科举兴盛之后兴起的科举谶就是一例。

古书中所记谶言，有些是事后补作的，有些是事后附会的。尽管如此，古人对谶言的兴趣和信仰不减，有其原因：时局愈不安稳，信心愈不足，愈想预知未来的结局。即使是事后的附会，也有"心安理得"的抚慰作用。而且谶言中的西贝货固然不少，毕竟仍有灵验的真预言。有趣的是，越是流行的谶言，信仰者越多，越有应验的可能，即所谓诚则灵。谶言不同于占卜神谕之处即在此：占卜是黑箱作业，结果只允许由极少数人诠释；谶言无论最初的作者是谁，必须在流传过程中受到考验，大家不愿信仰的谶言很快被淘汰，大家愿意信仰的谶言迅速流行。谶言因而在中国古代的社会、政治语境中有其不可替代、不可或缺的作用，也因此社会各阶层都有不少人诚心信仰谶言。

至于谶谣，是指拥有预言能力的民谣、童谣。"曲合乐曰歌，徒歌曰谣。"[1]先秦的歌、谣都可以唱，只不过歌有乐器伴奏，谣却是"无乐而空歌，其声逍遥然也"[2]。歌、谣皆韵文，朗朗上口，便于口头传播。只是谣多在庶民、儿童等文盲或教育程度较低的群体中流传，用语更为通俗易记，易传播，影响广。民谣、童谣在古代中国的民本论述中享有特殊的地位，被视为上天能够听到并能够代天传达信息的声音，是民众参与和批评时政的一种特殊表达方式，担当了一定的社会舆论监督的角色。对于现当代研究者而言，民间歌谣既是民间即兴、自由创作的大众文学，也是珍贵的社会政治史料，具有强大的社会批判能力。其中有些民谣、童谣，被古人视为言语异常、暗藏天机、预言未来的隐语，史家称为谣妖、诗妖，即本书所收录的谶谣。

---

[1]《诗经·魏风·园有桃》。
[2]《春秋左传正义·僖公五年》。

古人为什么相信谶谣能够预言天意？前辈学者有云："谣谚皆天籁自鸣，直抒己志，如风行水上，自然成文，言有尽而意无穷，可以达下情而宣上德。"[1]天籁之语，发自心声，而与天意隐隐然若合符节，有其深意，即使未能应验，也可用作历史反思的借鉴，验证世事发展的趋势，有益于世教：

> 童龀之子，未有念虑之感，不解自为文辞，而群聚集会，成此嬉游遨戏之言。其言韵而有理，似若有神凭之者。其言或中或否，不可常用。博览之士及能惧思之人，兼而志之，以为鉴戒，以为将来之验，有益于世教。故书传时有采用之者[2]。

汉代还有更富神秘色彩的解释："当童之谣也，不知所受，口自言之。口自言，文自成，或为之也。"[3]即童

---

[1] 刘毓崧《古谣谚·序》。
[2]《春秋左传正义·僖公五年》。
[3]《论衡·纪妖》。

谣有意无意间泄露的天机,其实是上天或鬼神借儿童之口作出的启示。附身儿童启示天机的神灵,汉人认为即荧惑(火星):"世谓童谣,荧惑使之,彼言有所见也。"[1]"当星坠之时,荧惑为妖,故石旁家人刻书其石,若或为之,文曰'始皇死',或教之也。"[2]荧惑在中国古星神体系中属执法星官,主刑罚灾异。当天下动乱之际,上天谴告,令荧惑附童子身,或指使儿童,以童谣形式传播谶言,在汉代是一种有说服力的论述。魏晋南朝更演化出荧惑化身小童传播童谣的传说。

> 凡五星(岁,荧惑,镇,太白,辰)盈缩失位,其精降于地为人。岁星降为贵臣;荧惑降为童儿,歌谣嬉戏;填星降为老人妇女,太白降为壮夫,处于林麓;辰星降为妇人。吉凶之应,随其象告[3]。

---

[1]《论衡·订鬼》。
[2]《论衡·纪妖》。
[3]《晋书·天文志中》。

另一种神秘解说,指谶谣为"诗妖"。"诗妖"一词,始见于《汉书·五行志》所引伏胜《洪范五行传》:"言之不从,是谓不乂,厥咎僭,厥罚恒阳,厥极忧。时则有诗妖,时则有介虫之孽,时则有犬祸,时则有口舌之疴,时则有白眚、白祥。惟木沴金。"按照《尚书》和《汉书·五行志》的论述,在上位者发号施令不顺众心(言之不从),却不知自省,反滥加刑罚,打压在下位者,即阳气过盛,在自然界会引起旱灾伤农;而在下位者畏惧刑罚,不敢说出反对意见,民怨就会以童谣的形式抒发出来。

阳气过盛为什么会引发诗妖童谣?按照《论衡》的解释:

> 天地之气为妖者,太阳之气也。妖与毒同,气中伤人者谓之毒,气变化者谓之妖。世谓童谣,荧惑使之,彼言有所见也。荧惑火星,火有毒荧。故当荧惑守宿,国有祸败。火气恍惚,故妖象存亡。《鸿范》五行二曰火,五事二曰言。言、火同气,

故童谣、诗歌为妖言。言出文成,故世有文书之怪。世谓童子为阳,故妖言出于小童[1]。

童子为阳,荧惑火星属阳气,言又与火"同气",所以"童谣、诗歌为妖言","妖言出于小童"。照此论述,传诵歌谣的儿童和刻石的民众犹如梦游者或后世的扶乩者一样,所诵所写,全不由己,其实充当着荧惑和阳气的传声筒。

我们今天当然不会尽信汉人神秘之说。但文明、科技的进步,并不能令人类对灾难免疫。人类应付自然和人为灾难的能力固然与时俱进,但灾难或挑战也自然"魔高一丈"。当今的人类面对已出现或可能出现的灾难,难免心存焦虑和侥幸,预知未来、趋吉避凶,无论能否实现,仍然是人类的普遍愿望。所以今天的读者阅读古代的谶言和谣谶时,仍然产生浓烈的好奇心。

美国古希腊、古罗马史学者 David Stone Potter 曾注

---

[1]《论衡·订鬼》。

释罗马帝国著名的预言集《西坡拉神谕集》(成书于公元2至6世纪)第十三篇。他指出,该神谕集对当代学者而言,是了解公元3世纪罗马帝国历史信息的珍贵资源,因为它们能揭示当时人们对其政治生活的理解和信仰。(*Prophecy and History in the Crisis of the Roman Empire: A Historical Commentary on the Thirteenth Sibylline Oracle.* Oxford: Clarendon Press, 1990.)保群兄编纂的《古谣谶》,对于研究中国历史、文学、宗教、思想、文化的学人来说,岂非也可以作如是观?

吕宗力

2015年2月